今宵あなたをオトします！

目次

今宵あなたをオトします！

心の宝箱に仕舞って、誰にも教えたくない大切な思い出がある。

あれは去年の秋。夏のうだるような暑さがようやく和《やわ》らいだ頃、私――本多天音《ほんだあまね》は会社に忘れ物をして取りに戻っていた。

警備員のおじさんに頼み込んで裏口の扉を開けてもらい、そっと足を踏み入れる。

足音をつい潜《ひそ》めてしまったのは、きっと変なものをおびき寄せたくなかったからだ。例えば幽霊とか、オバケとか。

二十三という歳で何を、と笑われてしまうかもしれないが、夜中の社内は昼と違って妙に怖くて、まるで夜の学校だった。肝試しを企画したら意外と人気が出るかもしれない。

……真っ暗な給湯室からぽたりぽたりと水音が聞こえてきそうで、廊下の奥では数字を取れない営業マンの霊が「契約くれェ」と怨嗟《えんさ》の呻《うめ》き声を上げていそうで。想像が恐怖を生み出し、恐々《こわごわ》とした足取りで廊下の角を曲がる。

そこで、営業部フロアに明かりがついているのに気づいた。

こんな夜中に、誰かいるのかな？

音を立てないように扉を少し開けて、中を窺《うかが》う。すると、男の人がデスクに向かって仕事をしていた。プレゼンに向けた準備をしているのか、机には資料やサンプルが山積みになっている。

……あの人は。

私は目を丸くした。まさか『あの人』が孤独に居残りしているなんて思ってもみなかったから。

彼の名は高柳幸人《たかやなぎゆきと》。私と同じ営業部二課の所属で、同期でもある。でも彼の肩書きはそれだけじゃない。

私たちが勤める高柳繊維ロジスティックス株式会社の社長令息なのだ。

当時鳴り物入りで入社した彼の姿はしっかりと覚えている。入社式でも、ひときわ目立っていたから。全てにおいて恵まれた彼は、苦労なんて一つもしたことがないんだろうなと、少し妬《ねた》ましく思ったことも覚えている。

そんな高柳さんが、一人で居残りをしていたとは。

必死になって仕事をしなくても、将来はそれなりのポストが用意されるはず。彼は頑張らなくてもいい人間なのだ。でも、彼の営業成績はいつもよかった。

高柳さんはコネだけの人間ではない。入社当初こそ一部の社員からナナヒカリと陰口を叩かれていたけれど、常に実力で結果を出してきた。次第に、彼を悪く言う人間はいなくなった。

それは全て、陰で努力していたからこそだろう。

穏やかで優しい、王子様みたいな高柳さん。けれどその夜は、普段の彼からは想像もできないほど苦悩した姿を見せていた。

片手で額《ひたい》を押さえながら、ノートにガリガリと何か書いている。資料をめくり、クロスサンプルの質感を確かめて、孤独にパソコンを打つ。結果を出そうと懸命になっている。

ドキドキと胸が高鳴った。体中が熱を帯《お》びて、心がふわりと浮き立つ。

――私は高柳幸人に恋をしたのだと、この時はっきり自覚した。


さて、恋を自覚したはいいものの、早くも立ちはだかった超難関に、私は四苦八苦《しくはっく》していた。

何せ相手は御曹司《おんぞうし》。高柳社長の三男に当たる。高校から大学までアメリカで過ごしたという彼は、ハリウッド俳優もかくやというほどの美貌で、人のよさそうな笑顔が似合う爽《さわ》やかなイケメンだ。

誰に対しても分け隔《へだ》てなく親切で、社員のみならず取引先の好感度も高い、我が社きってのアイドル君である。営業成績の伸びもいい彼を嫌うのは、今や嫉妬《しっと》にまみれた一部の男くらいなものだろう。

それだけの魅力をお持ちの高柳さんは、当然だけど女性社員から絶大なる人気を誇っていた。

高柳繊維ロジスティックスは国内はおろか海外にも進出しており、未だ成長を続けている大企業。その社長令息というだけでも十分価値がある。その上、顔がよくて性格までよかったら、そりゃあもう倍率は高くて当たり前だ。

対して私は顔も頭脳も普通。体力はちょっと自信あるかな。でもアスリートほどではないから、あくまで普通の域を超えることはない。

人より秀《ひい》でた特技があるわけでもなし、あっと驚く超能力を持っているわけでもなし。悲しくなってしまうほどの平凡人間だった。もうホント、こんな一流企業によく入社できたな、と自分自身に感心してしまう。

しかもこの歳になるまで恋愛事に縁がなく、男性経験ゼロ。

そんなわけで、私が真っ向から高柳さんにアプローチしたところで、同じように彼を狙う『その他大勢』と一緒くたにされるのが関《せき》の山だろう。

シンデレラが王子様に見初《みそ》められたのは、美人だったからだ。美人でない私は、シンデレラになるのがとても難しい。それこそ宝くじに当たるくらいの幸運がなければ無理だろうと、誰よりも私が自覚していた。

「ほんと毎回、皆飽きもせずよくやるよねー」

先輩でありよき親友でもある総務部経理課の宮村《みやむら》江美《えみ》さんが、社員食堂の端でテーブルに頬杖をつきながら笑っていた。私はよろよろした足取りで、彼女のもとへと戻る。

手に持っているのは二種類のお弁当。今日、高柳さんが社員食堂で昼食を取ることを知っていた私は、彼に手作りのお弁当を差し入れるべく、早起きして超頑張ったのだ。しかし……

「何で毎回、声をかけることすら許されないの!?」

そう、私は敗者である。今回も高柳さんに声をかけることができなかった。

高柳さんが社内で昼食を食べるのは、基本的に月末の営業会議の日と、毎週月曜日にある二課ミーティングの日だけ。その情報は会社中に知れ渡っているため、いつも社員食堂がエライことになる。カレーや日替わり定食を頼もうとする高柳さんを捕まえてお弁当を渡し、お昼をご一緒しようと狙う女性社員たちが、ハイエナのごとく群がるのだ。

「一種の風物詩だよね、アレ」

あははと気楽に笑うのは、江美さんをはじめとした、高柳さんに興味のない社員たち。一方、我々高柳幸人を狙う女たちは、懲《こ》りもせず見苦しい抗争を繰り広げている。

ちなみに、高柳さんは一度もお弁当を受け取ったことがない。やんわりと断り、普通にカレーとか定食とかを注文して食べている。それでも女たちは諦めない。彼の隣や向かいや斜め向かいや後ろや、とにかく周りに座って話しかけようと、阿鼻叫喚《あびきょうかん》の椅子取り大会が始まるのだ。

……ほんと、モテるって大変だと思う。そんな肉食女子たちに囲まれても和やかに笑顔で応じる高柳さんは、もはや菩薩《ぼさつ》レベルの男と言っていいだろう。悟りの一つや二つ開いていないと、あんなに愛想を振りまくことはできない。

私も毎回、頑張ってはいるのだ。無駄だとわかっていても「お弁当食べてくれませんか」と言いたい。でも私のような平凡人間は、その一言をかけることすら許されなかった。

なぜなら、高柳さんの周りには鉄壁部隊がいるからだ。営業部一課と秘書課の女性で構成された部隊は美人揃いで、高柳さんに声をかけたいハイエナ（私含む）を、ことごとく蹴散らしてしまうのである。「あなたごときが、高柳君に声をかけていいと思ってるの？」と。

いわゆる取り巻きだ。私たちのようなパッとしない一般女子は高柳さんに声をかける前に、彼女らに軽くあしらわれる。あんまり逆らうと鬼のイジメを食らうらしいし、円滑《えんかつ》な会社生活を送るためにも、そこまで無謀になることはできない。

ともあれ、お祭り騒ぎのようなひと時は一瞬で終了した。敗者たちはスゴスゴと引き下がり、食堂のどこかでお弁当を食べる。その一人である私も江美さんの向かいに座って、二つあるお弁当のうちの一つを彼女に渡した。

「やったー！　私、高柳君が食堂で昼食取る日が楽しみなんだよね～」

「昼食代が浮きますものね……」

「うん！　どれどれ、今日の天音のお弁当はどんなかな～」

ニコニコと笑顔でお弁当の包みをほどく江美さんも、一年前までは営業部二課で事務をしていた。私は彼女の後任であり、入社当初から半年にわたって仕事を教えてもらったのだ。私たちはとても気が合って、今や彼女は三つ年上の親友となっている。色々相談に乗ってもらったり、昼食を一緒に取ったり、休日に遊んだりと、私にとって頼れるお姉さん的存在だ。

私も自分のお弁当の包みをほどく。ぱかりとフタを開けると、中には黒ごまを振った俵《たわら》おにぎりが三つと、渾身《こんしん》の卵焼き、手作りハンバーグ、ポテトサラダ、彩《いろど》りを添えるためにプチトマトが二つ入っている。

「毎回ちゃんと作って偉いよね～。冷凍食品一つもないし」

「そりゃまぁ、一応高柳さんにあげるつもりで作ってるんだし、さすがに手抜きはしないですよ」

「え～、噂によると、結構手抜きしてる子多いっぽいよ？　だって高柳君、一度もお弁当受け取ったことないし。無駄だとわかってるから、適当に詰めてる子もいるって」

「もしかしたら、いつか気が変わって受け取ってくれるかもしれないじゃないですか。まぁ……ないでしょうけど」

受け取ってもらうどころか、高柳さんに声をかけることすらできない。

御曹司《おんぞうし》を狙うってこんなにも大変なんだなぁ。そりゃまぁ、もし彼に見初《みそ》められたら一躍シンデレラなわけだし、皆必死になって当たり前だと思うけど、同時に不毛だなぁとも思う。

「そういえば、うちには御曹司《おんぞうし》がもう一人いますよね」

「ああ、高柳課長ね」

プチトマトを一つ摘まみながら、江美さんがそっけなく答える。

「って、自分の上司でしょう？　あの人もこんな風に大騒ぎされてたんですか？」

そう、うちの会社には社長令息がもう一人勤めているのだ。長男である高柳要一《よういち》。彼は総務部経理課の課長を務めており、江美さんにとっては直属の上司に当たる。私は部署が違うので滅多に会うことはないけど、廊下などで見かけると、驚くほどの美形だなぁと感心してしまう。三男の幸人さんがあれだけ顔がいいのだから、兄も当たり前のように眉目秀麗《びもくしゅうれい》なのだ。

シャープなメタルフレームの眼鏡がよく似合う彼は、今年三十歳で、硬質な格好よさを持つ。幸人さんと違って、愛想がないところが玉に瑕《きず》だ。ちなみに次男は、噂によると弁護士らしい。

「私が入社した頃はすごかったよ～。ここだけの話だけど、高柳君の取り巻きをしてる営業一課と秘書課の人たちってね、最初は課長の取り巻きしてたんだよ。でも課長って昔からあでさ、終始仏頂面《ぶっちょうづら》で態度も堅物そのものだから、愛想のいい三男君が入社した途端、皆そっちに鞍替《くらが》えしたんだよね」

「……そ、そうなんですか？　軽ぅ……」

悪口みたいだから声を潜《ひそ》めつつも、私はチラリと後ろを見てしまった。ニコニコ顔で日替わり定食を口にする高柳さんに、取り巻きの人たちはキャッキャと話しかけている。

卵焼きをぱくっと食べた江美さんが、くすくす笑った。

「こんなこと言ったら高柳君に悪いけど、課長は清々《せいせい》してるんじゃないかな。彼女たち、ほんっとにしつこかったもん。そんなに玉の輿《こし》って乗りたいのかな。正直、絶対面倒くさいと思うよ？」

「そうですよね、私もそう思うんですけど……」

もし玉の輿《こし》に乗れたとしても、その後どんなことが待ち受けているのか、想像もつかない。ぱく、と力なくハンバーグを食べた。我ながらウマイ。レシピはネットで調べたんだけど。

諦めが悪いなぁと、自分でも思っている。高柳さんに恋をしてから様々なことを試して、ことごとく玉砕《ぎょくさい》してきたのだ。

仕事終わりを狙ってお食事に誘おうとしたものの、彼が営業フロアを出た瞬間、同じようなことを考えた女性社員たちに囲まれていた。逆に出社前に声をかけたらいいんじゃないかと思って会社前で待ち伏せしたら、彼がやってきた時、すでに周りに人垣ができていた。

もう何なの。磁石でも内蔵しているのか御曹司《おんぞうし》。

そう思ってしまうほど、彼には常にバリアーがついている。女の群れという名のバリアーが。

諦めの悪い私もさすがに挫折《ざせつ》しかけていた。入社当初から彼を狙っていたという人たちの中にも、最近は諦める人が出てきているらしい。

何せ営業部一課と秘書課で構成された、あの鉄壁部隊がいるからな……。美人で気が強くて下手を打つとイジメや嫌がらせをしてくるから、彼女らを恐れて諦める人が多いのかもしれない。

あの夜がきっかけで高柳さんを好きになったけど、彼はまさに高嶺《たかね》の花だ。同じ課なのに近づくことすらできないなんて、本当に悲しい。

「私もさ、天音の恋を応援してあげたいって思うよ。でも、やっぱり諦めたほうがいいんじゃないかな。よしんば仲よくなれたとしても、女の嫉妬《しっと》がすごそうだし」

「……うん」

最後の俵《たわら》おにぎりを食べて、お弁当を片付ける。江美さんもお弁当を食べ終わり、「ごちそう様でした」と手を合わせた。

「こうやってせっかくおいしいお弁当を作っても、私のお腹に入っちゃうんだし。潔《いさぎよ》く諦めて、別の人を好きになったほうがいいんじゃない？　せめて鉄壁部隊がいないような人とか」

「それはわかっているんですけど……。でも、あと一回だけチャレンジしてみることにします」

江美さんからお弁当を回収しつつ、私はかねてからの決意を口にする。江美さんは不思議そうに「チャレンジ？」と首を傾げた。

私が勤める高柳繊維ロジスティックス株式会社は、主に繊維資材や生地製品を扱う商社だ。国内の要所に支店を置き、海外進出にも積極的で、めざましい成長を遂げている。就活生の人気も高い。私のような平凡人間がこんな大企業に新卒採用されたことは、たぐいまれなる幸運だろう。つまり、この会社に入社した時点で、私は運を使い果たしているのだ。

高嶺《たかね》の花に恋をしたところで、成就できるべくもない。

だけど私は、最後のチャンスに懸けることにした。これで駄目だったら、もはや打つ手はない。

つらいけど、この恋は私の身の丈に合わなかったということで、自《みずか》ら幕を引くしかないだろう。

「本多さん、これ今週分の経費請求書です。それからギザ七十スムースの大ロットを近々出荷する予定ですので、倉庫管理部に手配をお願いできますか？」

「はい、わかりました」

今日も高柳さんから仕事を受け取る。いつも変わらない優しい笑顔に、耳にじわりと残る低い声。そして見飽きることのない素敵なお顔。

……こうやって毎日高柳さんと顔を合わせて、ほんの少し会話ができるところは、二課の営業事務という立場ならではの利点だろう。ただし仕事の話しかできない。当たり前だけど、他の営業さんを相手にする時とまったく同じやりとりである。

正直、ちょっとくらい世間話をしても罰《ばち》は当たらないと思うのだ。しかし、私は徹底して仕事にプライベートを持ち込まないようにしている。というのも、入社してほどなく鉄壁部隊……もとい取り巻きの皆様に呼び出されてしまったことがあるのだ。

「同じ課だからって調子に乗るんじゃないよ。仕事中に色目なんか使ったら、すぐあんたの上司に報告して、会社にいられなくしてやるからね」

はっきり言って脅《おど》しだった。新人相手に大人げない人たちである。だが、その頃の私はまだ高柳さんに恋していなかったので「わかりましたー」と適当に返事をしておいた。

それからしばらくの間、一課の取り巻きの方々から鬼のような目で監視されていたけれど、本当に仕事上のやりとりしかしない私を見て、彼女らも安心したらしい。だんだんと敵視されることもなくなって、私は今の平穏な会社生活を手に入れた。

けれど、もし仕事中に高柳さんを誘うような真似をすれば、一転して立場が悪くなるであろうことは想像に難《かた》くない。それに彼女らのことがなくても、仕事中に浮《うわ》ついた話はできなかった。高柳さんは優しい人だけど、同時にとても真面目な人なのだ。彼を落胆させるような真似は絶対できない。

つまり、社内で彼を誘うことは無理だった。昼休みはあんな状態だし、出退社時もまったく話しかけられない。

そんな私に大きなチャンスが訪れた。

今日は営業部の壮行会がある。二課の営業マンが支社へ異動することになったため、営業部だけで飲み会を行《おこな》う。他部署の人間が参加するのは禁止されているので、今回こそ高柳さんとお話しできるかもしれないのだ。

鉄壁部隊のメンバーである一課の先輩たちがちょっと怖い……でも、そんなの怖がっていたら勝負なんかできない。仕事中ならともかく、飲み会での行動にまでケチをつけられるいわれはない。

――私は今宵、高柳さんを誘って口説《くど》いてみせるのだ。

仕事が終わった後、ロッカールームで念入りに化粧を直し、髪の毛をヘアアイロンで巻く。服装は控えめなビジューのついた萌黄色《もえぎいろ》のニットアンサンブルに、膝下丈の白いフレアスカート。仕事場では会社規定の事務服を着ているので、今日は高柳さんに私服を披露するまたとないチャンスだ。

昨日は必死に爪を磨いた上、サンゴと白の二色を使ってネイルを仕上げた。靴はスカートの色と合わせた白のパンプス。ストッキングに伝線はない。うん、完璧だ。

ロッカールームを後にして、ポケットから取り出したのは、二つ折りにしたメモ用紙。

飲み会で堂々と高柳さんに声をかけるつもりはない。彼の隣は一課の先輩たちが陣取って、周りを牽制《けんせい》しているだろう。昼食時と変わらず、まともに話しかけることすらできないはずだ。

でも会社の飲み会となれば、お酌して回ったり他の社員や上司と話したりと、彼女らも高柳さんにつきっきりというわけにはいかない。つまり必ずスキが生まれる。

私はそのチャンスを虎視眈々《こしたんたん》と待ち、メモ用紙を高柳さんのポケットに忍ばせるのだ。

メモには宴会の後に飲み直しませんかというお誘いの文句と、お店の場所が書いてある。飲み会の会場から歩いて五分のバーだけど、横道にそれたところにあるから目立たない。

一度下見に行って、店内の雰囲気やメニューも確認した。御曹司《おんぞうし》を誘うにはちょっと地味なお店かもしれないけど、落ち着いた雰囲気だしテーブル席もあるので、ゆっくり話をするのに向いている。あそこなら、口説《くど》くのに最適だろう。

幸いなことに、高柳さんは私を知っている。毎日仕事で顔を合わせているのだから当然だ。つまり、名前も知らない相手に誘われるより警戒心は薄いはず。これで彼が来なかったら、それは振られたも同然ということだ。潔《いさぎよ》く諦めよう。

私はぐっとお腹に力を入れて、意気揚々《いきようよう》と戦場に赴《おもむ》いたのだった。


……それなのに、どうしてこうなるの？

がっくりと肩を落として、宴会会場の端っこでビールを飲む。そんな私の隣では、江美さんが気だるそうに枝豆を摘まんでいた。

何で営業部の飲み会に総務部の江美さんがいるのか。それは営業部の壮行会が急遽《きゅうきょ》、総務部との合同宴会になったからだ。

総務部の飲み会とたまたま会場が同じで、しかも隣同士の大部屋だった。それなら一緒に飲み会したほうが盛り上がりますよ、と上層部が余計なことを言ったせいで、大部屋の仕切りが外されてしまったのだ。

当然、高柳さんの周りは秘書課と営業部一課の取り巻きたちがガッチリ固めている。我々のような木《こ》っ端女《ぱおんな》は、彼女らに睨《にら》まれて近づくことすらできない。皆、端々で悔しげに酒を呷《あお》るのみだ。

「何だろね、あの人たち。高柳君のＳＰでも気取ってるのかな」

「あー、何か納得です。あれで黒服黒サングラスだったら、完全にＳＰですよね」

「当の高柳君はどう思ってるんだろ。鬱陶《うっとう》しいって思わないのかな～」

二人で枝豆を摘まみながら、遥か遠くにいる高柳さんを見つめる。彼は今日もニコニコと穏やかな笑みを浮かべていて、取り巻きたちからかわるがわるお酌されていた。

「普通、モテる男は同性から顰蹙《ひんしゅく》を買うものだけど、あそこまでがっちり取り巻かれると、かえって同情されそうだよね」

「そうですね。それにしても、はぁ……」

げんなりしてため息をつく。今日こそ勝負しようと、はりきってお洒落《しゃれ》したのにな。

私の心中を察したのか、江美さんが笑って自分のグラスを私のグラスにカチンと当ててくる。

「そう落ち込むなって。今日の天音は可愛いよ」

「ありがとうございますー」

「気合入れたんだねぇ、ホントに高柳君が好きなんだねぇ」

「うん……。でも、やっぱり私にとっては高嶺《たかね》の花なんでしょうね」

シンデレラなんて簡単になれるものじゃない。それはわかっていたけど、ここまで手が届かないと虚《むな》しさが募《つの》る。きっと私だけじゃなく、多くの人たちがそう思っているのだろう。

高柳さんは結局、あの取り巻きの中から恋人を選ぶのかな。悔しいけど彼女らは美人だから、私よりもずっとシンデレラになれる確率が高いのかもしれない。

残り少なくなったビールをぐぐっと飲み込む。すると私の隣に、誰かがドッカリと座ってきた。

あまりの遠慮のなさに嫌な予感がしつつ横を向くと、そこにいたのは赤ら顔をしたオジサン……もとい、営業部三課の伍島《ごしま》課長だった。

「おう、飲んでるかね、本多君！」

「は、はぁ……。まぁ、それなりに」

彼が喋《しゃべ》ると辺りが一気に酒くさくなり、私は頭が痛くなった。さりげなく彼から顔をそむけると、江美さんはすでに明後日《あさって》のほうを向いてお酒を飲んでいる。本気で関わりたくないのだろう。

伍島課長は営業部の中で一番嫌われていると言っても過言ではない。何せその口から発せられる言葉の多くがセクハラに該当するし、嫌味も多い。仕事の指示も要領を得ない上、言い方が常に偉そうなのだ。

私も伍島課長は苦手だった。私は三課ではなく二課の事務だというのに、半年ほど前からやたらと話しかけてくる。はっきり言って、困り果てていた。

「いやあ、本多君は新しい仕事を任されて、いつも忙しそうだね。しかしそれだけ営業事務として期待されているということなのだから、より一層励むようにな」

「ありがとう……ございます。頑張ります」

ははは、と軽く笑っていると、彼がこれみよがしに空《から》になったグラスをクイクイ上下させた。ビールを注《つ》げということらしい。非常にめんどくさいけど、これも仕事みたいなものだろう。

私はトホホと思いながらビールを注《つ》ぐ。早く飲んで早く酔っぱらって早く潰れていただきたい。

「君みたいに若い娘《こ》は、励むものが色々あって大変だなあ」

「はぁ、色々……ですか？」

「日中は仕事だろうが、夜にも励むものがあるだろう？」

「……」

げらげら笑う課長の横で、げんなりしつつ頭を抱える。

隣では江美さんも額《ひたい》に手を当てていた。あからさまな下ネタに頭痛を感じているのだろう。

「ご、伍島課長はずいぶんと酔っていらっしゃいますね。何かいいことでもあったんですか？」

必殺・話題そらしでセクハラを回避する。

彼はぐびぐびとビールを飲み、ぶはぁと息を吐いた。

「君が仕事を真面目にしてくれているだけで、私にはたくさんいいことが起きるんだよ」

何だそれは。意味がわからない。私は二課の仕事をしているだけだし、三課の課長が得をする理由なんてないと思うけど。それとも営業部全体の話をしているのかな？　酔っ払いとの会話は成立しないことが多いから、非常に疲れる。

「今月もよろしく頼むよ～。ウチの阪上《さかがみ》から仕事を回すからねえ」

「あぁ……エコ業務のことですね。わかりました」

阪上さんというのは、三課の営業事務をしている女性だ。こんなオジサンの下についているのに文句一つ言わない、とても真面目な社員さんである。

半年前から私はエコロジーに関する仕事を一つ任されていて、その書類は伍島課長や阪上さんを経由し、毎月私に回ってくる。彼がやたらと絡んでくるようになったのは、私がその仕事を任されてからだ。

もしかするとエコ業務に関することで、伍島課長は上に褒められたのかもしれない。どうして書類を回すだけの彼が褒められて、実際に仕事している私が褒められないのか非常に気になるところだけど、それが会社というものなのだろう。

何にしても、今日は色々とさんざんだ。せっかく考えた計画はおじゃんになるし、挙句《あげく》の果てには伍島課長にお酌を強要されるし……。これはもうトコトン飲むしかないと、半《なか》ばヤケになった私は、店員さんにおかわりを頼むのだった。

……ちょっと飲みすぎたかもしれない。

お手洗いから出たところで、よろりと壁に寄りかかる。あれから江美さんと仕事の愚痴《ぐち》を言い合ったり、周りの営業マンや総務のオジサンたちにお酌したりしていたら、すっかり酔っぱらってしまった。

まぁいいか、別にこの後用事があるわけでなし。アパートに帰って寝るだけだ。

そう思っていたのに、隣のお手洗いからひょこっと高柳さんが現れた。

「ひょえっ⁉」

驚きのあまり変な声が出る。まさかここで彼と会うなんて！

高柳さんは壁に寄りかかる私に気づき「あれ？」と首を傾げた。

「本多さん、大丈夫ですか。もしかして飲みすぎてしまいましたか？」

私のような平凡女にも優しい高柳さん。ほんとに菩薩《ぼさつ》のような人だ……。あれだけモテるのだから、少しくらい横柄《おうへい》になってもおかしくないのに、いつも控えめで紳士で、良心の塊《かたまり》みたいな性格をしている。

思わずぽやーっと見蕩《みと》れてしまってから、ハッとした。

これはチャンスじゃないだろうか。今、彼のそばにはあの鉄壁部隊が一人もいない。それどころか、まるで神様が奇跡をくれたように、私たちは二人きりだった。

今だ、今しかない。今渡すべきだ！

私はポケットから二つ折りのメモ用紙を取り出す。ぐっと握りしめ、彼の胸に押しつけた。

「えっ？」

「これ、あの、読んでください！」

渾身《こんしん》の勇気を振り絞って声を出す。やっと仕事以外で彼に声をかけることができた。嬉しいけれど、きっと私の顔は真っ赤になっているだろう。

いつも笑顔の高柳さんが、少し戸惑った顔をしている。そんな彼をジッと見つめてから、私は足早に宴会会場へと戻った。

ドキドキと胸が高鳴っている。あまりの緊張に、体中から汗が出てきそう。

高柳さんはメモを読んでくれるかな。少なくとも、そのまま捨てることはないと信じたい。彼は優しい人だから。

ちゃんとお洒落《しゃれ》してよかった。ヘアアイロンで髪の毛を巻いてよかった。平凡一直線な私だけど、少しでも好印象を持ってくれたら嬉しい。

自分の席に戻ると、江美さんが焼酎の水割りを飲んでいた。

「手紙、渡せましたよ」

興奮気味に小声で報告したら、江美さんは驚いた顔をした。でも、すぐに笑顔に変わり、「やったね！」と背中を叩いてくれる。

嬉しいけどちょっと痛い。人のことは言えないが、江美さんも相当酔っぱらっていた……

宴《えん》もたけなわ。壮行会の主役である営業マンが挨拶《あいさつ》をして、皆で拍手する。彼は長年勤めた本社を離れ、支店で役職につくのだ。酔っぱらった上役が「全員で万歳三唱！」とか言い出して、私たち事務員はドン引きしつつ半笑いで万歳する。上役たちはついに社歌まで歌い出して、恥ずかしくなった部下たちが彼らを追い立てるように解散の流れとなった。

二次会に行く人、そのまま帰る人。皆がそれぞれの行動を取り始める中、私は一人こそこそとバーに向かう。こういう時、目立たないのは便利だ。私は誰の目にも留まることなく横道へ入り込んだ。

ぼんやりした照明が灯るバーの入り口。その前で彼を待つ。

……来るかな、来ないかな。高柳さんは男女関係なく人気がある人だから、間違いなく二次会に誘われているだろう。たくさんの会社仲間と、たった一人の私。優先順位で言うなら間違いなく前者が上だ。つまり私のお誘いに乗ってくれる確率は、限りなく低いということ。

でも、後悔はしていない。やっとアプローチすることができた。自分でチャンスを作ることができた。今までは取り巻きたちに阻《はば》まれて、声をかけることすらできなかったけど、ようやく私は彼女らを出し抜いたのだ。

うん、それだけでも大きな成果だろう。私は恋をして、できる限りのことをやった。

……十分、二十分。

腕時計を時々見て、刻々と過ぎる時間にため息をつく。細い路地から見上げると、建物の隙間《すきま》に夜空があった。星が見えないのは、ここが繁華街だからだろう。

……三十分。

まぁそうだろうなと思ってはいたけれど、やっぱり高柳さんは来ない。きっと彼は二次会を優先したのだ。取り巻きの皆様も当然ついていっているはず。

よし、飲もう。せっかく後ろにバーがあるんだし、今日は一人でヤケ酒してぐーすか寝よう。明日は休みなんだから、何も遠慮することはない。

そうと決まればいざお酒と、バーのドアレバーを掴《つか》んだ時――

「お待たせして、すみません」

後ろから、耳に心地よい低音が聞こえた。

「えぇっ⁉」

ぐるっと振り返ると、目の前に立っていたのは、あの高柳幸人さん。

私は目を大きく見開き、口をぱくぱくさせる。

だって、ほんとに高柳さんが来た。私のお誘いに乗ってくれるなんて信じられない。もしや影武者だろうか。御曹司《おんぞうし》に影武者っているのかな。

口をあんぐり開ける私の前で、高柳さんは不思議そうに首を傾げている。そんな仕草一つ取ってもやたら絵になるのは、彼の姿があまりに素敵だからだろう。

「どうかしましたか？　本多さん」

「あっ、えっ……あのっ！　に、二次会は!?」

思わずどうでもいいことを尋ねていた。呼び出したのはこちらなのに、頭の中がかつてないほど混乱している。高柳さんは「あぁ」と言って、困ったような笑みを浮かべた。

「お断りしたんですが、なかなか許してもらえませんでした。だからここへ来るのに時間がかかってしまって。本当にすみません」

二度も謝られたので、私は慌てて手を振った。御曹司《おんぞうし》に謝らせるなんてとんでもない。

「だ、大丈夫です。こちらこそお誘いしてごめんなさい。でも来てくれて嬉しいです」

「そう言ってもらえると、僕も本多さんのお誘いに乗ってよかったと思います。では、入りましょうか」

「はいっ！」

私が元気よく返事をすると、高柳さんはにっこり笑ってバーのドアを開けてくれた。このさりげないエスコートぶりが紳士たる所以《ゆえん》だ。

半《なか》ば夢心地でバーの店内に入ると、金曜の夜だというのに客は少ない。私たちは空いていたテーブル席に向かい合わせで座った。

「何を頼もうかな。せっかくのバーだから、カクテルを飲んでみたいですね」

「……あの、こういう普通のバーみたいなところで、大丈夫でしたか？　高柳さんは、銀座の高級バーとかのほうが行き慣れているんじゃ……」

「そんなことありません。僕は滅多に銀座には行きませんよ？　このお店は落ち着いた雰囲気で居心地がいいです。逆に意外でしたね、本多さんはこういうところがお好みなんですか？」

優しく微笑み、会話を楽しむように話しかけてくる高柳さん。こんなにもフレンドリーに接してもらえるのは初めてだから、つい舞い上がってしまう。

「わ、私もここは二回目なんです。たまたま見つけて……いいなって思っただけで。実はカクテルもお酒も、全然詳しくないんです」

緊張のあまり、言葉がカクカクしている。きっと顔も真っ赤になっているだろう。宴会での酔いが戻ってきたかのように体中が熱くて、頭の中がぐらぐらした。

「じゃあ、僕が頼みましょうか。本多さんには甘くて飲みやすいカクテルがいいでしょうから」

「はい、よろしくお願いします」

高柳さんが勧めてくれるなら、そのへんの水道水でもおいしく飲めると思う。

店員さんにカクテルを二つ頼んだ高柳さんは、少しリラックスしたようにテーブルの上でゆっくりと手を組んだ。私は緊張して下を向きながら、チラチラと彼の顔を盗み見る。

何か、何か話題を振らないと。これは神様がくれた我が人生最大のチャンスなのだから、大いに有効活用せねばならない。

彼女はいるのでしょうか？　ああいや、いきなりその質問は不躾《ぶしつけ》だよね。

ここはやっぱり、無難に好きな食べ物とか、ご趣味とか？

そんなことを悶々《もんもん》と考えるうち、コトッとテーブルにカクテルが置かれた。私の目の前にあるのは、紅茶色をしたロングカクテルだ。

「これは、何というカクテルなんですか？」

「ロングアイランドアイスティーです。さっぱりした甘さがあるので、きっと飲みやすいと思いますよ。僕はミモザを頼みました」

高柳さんのも私と同じ、ロングタイプのカクテル。明るいオレンジ色で、フルーティな香りがふわりとした。

乾杯、と二人でグラスを合わせる。……夢みたい。夢じゃないよね？

高柳さんがグラスを傾けたので、私も慌てて一口飲む。

「わっ、おいしい……です」

びっくりするほど、そのカクテルはおいしかった。すっと喉《のど》に入り込むような甘さがあり、飲み口が優しくて、アルコールを飲んでいる感じがしない。お花みたいな上品な香りがロマンティックな気持ちにさせる、素敵な飲み物だ。

カクテルなんて全然知らないけど、こんなにおいしいものなんだなぁと感動しつつ、コクコクと飲み下す。宴会ではビールばかり飲んでいたので、余計においしく感じられた。

「びっくりしましたよ。本多さんがお誘いしてくれるなんて思いもしませんでしたから。意外と積極的なんですね」

「わ、私もびっくりしました。まさか本当に……高柳さんが来てくれるなんて、思わなかったので……」

カクテルをもう一口飲んで、ジッと彼を見つめる。まだ現実味がない。夢の中にいるみたいにふわふわしていて、これは私の壮大なる妄想なのかと疑ってしまう。

だけど目の前の高柳さんは、間違いなく本物だった。彼はくすくすと笑って優しく目を細める。

「他の女性からのお誘いならお断りしたかもしれませんが、本多さんは別ですよ」

「そっ、そうなんですか？」

思わず目を丸くする。私は別……つまり特別ということ？

「だって同じ課で働く仲間じゃないですか。それに、本多さんはいつも真面目で仕事も丁寧なので、素敵な方だなと思っていました」

褒めすぎだ。褒めすぎだよ高柳さん。私を舞い上がらせてどうするつもりなんですか。もしかして王子様ともなると、誰に対してもこれくらいのセリフは朝飯前でいらっしゃるのでしょうか。

どうしよう。いや、悩んでいる場合ではない。とにかく言うこと言って、聞くこと聞いてしまわなければ。このチャンスをモノにして、絶対に口説《くど》き落としてしまわなければ！

酔ってぐらぐらする頭に活《かつ》を入れ、ドンッとテーブルに拳《こぶし》を打ちつける。

「たかやーぎさん！」

「大丈夫ですか？　ろれつが回っていませんけど」

「大丈夫です！　あの、高柳さんは、か、彼女とかいるんですか！」

ようやく聞けた。でも口にしてしまってから、「やはり好きな食べ物を先に聞くべきだったか」と少し後悔する。彼は私の不躾《ぶしつけ》な質問にも気を悪くした様子は見せず、ジェントリな笑みを浮かべたまこくりとミモザを飲んだ。

「特定の恋人のことですか？　それならいませんね」

「では、生まれた時から決められていた、フィアンセがいるとか……」

「あははっ、そんな方がいたらドラマみたいですね。でも、残念ながらいませんよ」

ニコニコしながら素直に答えてくれる。やっぱり高柳さんはいい人だ。

とにかく今は、彼女も婚約者もいないらしい。それなら、私が告白しても構わないってことだよね。言うだけならタダだもん。どれだけ平凡でも身のほど知らずでも、気持ちを伝えることは罪じゃない。高柳さんの取り巻きは絶対に許さないだろうけど、彼女らに遠慮する必要など一つもない！

「たかやぎさん！」

「はい。いよいよろれつが回ってませんね」

ドッドッと心臓が脈打っている。手にじっとりと汗をかきつつ、ありったけの思いを込めて高柳さんを見つめた。

これが夢じゃないなら、神様がくれた奇跡なら、私は彼に伝えたい。大衆の中の一人に過ぎないちっぽけな私の、大切な思いを。

「私は、あなたのことが好きです」

言えた……。やっと言えた。この一言が言いたくて、私は渡すこともできないお弁当を作り続け、女性社員の群れにまみれて四苦八苦《しくはっく》していたのだ。

後悔なんて一つもしていない。胸の中がすっきりして、告白できてよかったと心から思う。

高柳さんは面白そうに目を丸くして、私をまじまじと見つめた。

何を考えているんだろう。嬉しいと思っているのかな、それとも断る言葉を探しているのかな。

高柳さんは思いやりのある人だから、きっと私の心が傷つかないように、優しい言葉を選んでくれることだろう。

「……うーん……」

顎《あご》に指を添えて伏し目がちになる高柳さん。そんなアンニュイな表情も非常に絵になる。

「すみません。とりあえず、お酒のおかわりを頼んでもいいですか？」

「あ、はい。私もおかわりを……。お、お任せしてもいいですか？」

カクテルを急いで飲み切ってから聞いてみると、高柳さんは笑顔で「もちろんですよ」と言ってくれた。

しばらくして、私の前には深い琥珀色《こはくいろ》のカクテルが置かれた。これは何という名前のカクテルなんだろう。きれいな色をしている。試しに一口飲んでみると、とろけるように甘くてほんのりオレンジの風味がした。

高柳さんはワイン色のカクテルを手に持ち、言葉を吟味《ぎんみ》するようにゆっくりと口を開く。

「先ほどメモをいただいた時にも思ったのですが、本多さんはずいぶんストレートな方なんですね」

「迷惑……でしたか？」

おずおずと聞いてみる。すると高柳さんは穏やかな表情で「いいえ」と首を横に振った。

「とてもまっすぐな方なんだな、と好感を持ちました」

「こ、好感……とは？」

「ありていに言いますと、僕もあなたに興味があります」

彼はにっこりと微笑む。その笑顔は会社で見るどの表情よりも素敵でドキドキした。軽くカクテルを口にし、流し目を送ってくる様《さま》は色気があって、私はうろたえてしまう。

どうしよう。ひょっとして、このままうまくいっちゃうの？

まさか……でも、そんな目で見つめられると期待してしまう。

「僕のことが好きだと仰《おっしゃ》る本多さん。あなたは、僕とお付き合いがしたいのでしょうか？」

バーに入っても、どこか夢心地だった。告白を口にしても、まだ現実味がなかった。彼とお付き合いできるだなんて、まったく予想していなかったからかもしれない。

きっと私は、心のどこかで諦めていたのだ。彼は高嶺《たかね》の花だと。手の届かない王子様なのだと。

それでも自分という存在が彼を好きなのだと知ってほしかった。私はおそらく、そこで願望を終わらせていたんだ。

……告白した後のことなんて、まったく考えていなかった。それが今の夢心地の理由なのだろう。

いつか夢はさめる。この奇跡みたいな時間は、彼のお断りの言葉によって終わりを告げるのだと思っていた。

でも、なぜか夢は続いている。高柳さんが私に興味を持ってくれている。

それなら、私は――

「お付き合いしていただけるなら、願ってもない……ことです」

ふわふわしていて、思考がうまく働かない。でも、自分の思いは口にできたと思う。

力の入らない手でカクテルグラスをテーブルに置いた。優しくて甘い、高柳さんみたいな味のお酒は、私に心地よい眠気をもたらす。このまま横になれたら幸せだけど、目の前には高柳さんがいるし、何より外だし、どうにかして帰らなきゃ。

「本多さんは本当に可愛いことを仰《おっしゃ》いますね。そんな風に求められると、僕もついその気になってしまいますよ」

「その気に……？　好きになってくれる、ということですか？」

「そうですね。僕はあなたを、もっと知りたい」

私の手の上に、彼の手がそっと置かれる。優しい目の奥に、赤い炎のような熱を見た。聖人君子然とした高柳さんにもそういう欲があるのだと……何となく意外に思ってしまう。

だけど私を見つめる高柳さんは、仕事場では見たことがない艶《なま》めかしさがあって、心をとろとろに溶かされる。彼の言うことを何でも聞いてしまいそうになる。

高柳さんって、実は魔性の男なのかな。

「僕に教えてくれますか？　あなたの……全てを」

「――はい」

それでもいい。どちらにしても私の答えは一つだけだ。これが夢なら、さめないで。

ゆらゆら、ゆらゆら。

心地よい振動と、子守歌みたいなエンジン音。今はタクシーの中で、私の隣には高柳さんが座っている。

彼はジッと窓の外を見ていて、私もつられて外を見た。まるで夜はこれからだというように、辺りはきらきらしたネオンで輝いている。

やがてタクシーが静かに停まったところ、それは都内の大きなホテルだった。いかにも高級そうな佇《たたず》まいは、明らかに一介のビジネスホテルではない。

高柳さんは運賃の支払いを済ませると、私に微笑みかけて手を貸してくれた。酩酊《めいてい》の心地よさが途切れないまま、彼の手を取る。……本当にお姫様になったみたいだ。信じられない。

ゆらゆらした頭で、彼に手を引かれてホテルに入る。フロントで手続きを済ませてエレベーターに乗り、目的の部屋へと向かう。

高柳さんはあらかじめこの事態を想定していたかのように、全ての行動がスマートだ。でも、大人の男の人というのは、こんなものなのかもしれない。ふらふらしている私と違って、彼の足取りはしっかりしていた。

ずっと見ていても飽きないほど整った顔立ち。上品に横分けされた茶色がかった髪。すらりとした長身……おまけに彼は、大企業の社長令息なのだ。

そんな人と一緒にホテルに入っているなんて。しかもそれが、憧れの人だなんて。

きっと、これが幸せの絶頂というものなのだろう。恋を諦めなくてよかった。勇気を出してよかった。

部屋のドアが控えめな音を立てて開かれる。高柳さんと一緒に中へ入ると、そこは普通のホテルの部屋とは明らかに違っていた。

ワンルームではあるけれど、面積がとても広い。ベッドは二つ。そしてくつろげそうなソファが二つ、向かい合わせに配置されていた。

ぼうっと部屋の中を眺めていた私の手が唐突に引かれる。驚いたのも束の間、体をベッドに倒された。間髪《かんはつ》を容《い》れずに高柳さんがのしかかってきて、至近距離で見つめ合う。

どきんと心臓が跳ね上がった。

――え、もうしちゃうの？　そういうものなの？　まだシャワーも浴びていないのに、こういう時は問答無用で始めるものなの？

全てが初めてで、何が何やらさっぱりわからない。ただ間近で見る高柳さんに、ひどく緊張していた。今まで仕事上の付き合いしかしてこなかった彼が、こんなにも近いところにいるなんて。高《たか》嶺《ね》の花のはずなのに、その花は目と鼻の先にある。

嘘かまことか確かめるように、私はそっと高柳さんの頬に触れた。すると、彼は優しく目を細める。

「――君は、本当にうかつな子だな」

え、と声が出た気がした。うかつ……うかつって、どういうことだろう？

「忠告しておこう。男と二人きりで飲む時、勧められた酒を飲んではいけない。こんな風に捕らわれた時、逃げ出すことができなくなるからな」

……目の前の男は、ニヤリと笑った。

まるで冷や水を浴びせられたみたいに、酩酊《めいてい》していた頭が少しずつ冷静になっていく。でも色々と思考が追いつかなくて、私はただ目を丸くしていた。

「油断大敵だぞ。でも、君みたいな子は嫌いじゃない。愚《おろ》かで可愛いと思うよ。こういう時、無駄に身持ちが堅いとかえって興ざめだからな。……ところで、いつまでそんな間抜け面《づら》をしている」

彼は呆れたように顔をしかめ、未だぽかんとしている私のおでこをピンッと指ではじく。

――それで、私の意識ははっきりした。

「まぁいいか、では、さっそく――」

「ちょちょっ、ちょっ、ちょっと待てー！」

私の服を脱がしにかかった彼の手首を、慌てて掴《つか》む。止められたことに苛立《いらだ》ちを覚えたのか、彼は「何だ？」と機嫌の悪そうな声を出した。

いやいや待ってよ。これは何？　何が起こっているの？

こんなの高柳さんじゃない。私が好きになった、優しくて王子様で誰に対しても丁寧でジェントリの塊《かたまり》みたいに爽《さわ》やかな笑顔が似合う、あの高柳さんじゃない！

「あなたは誰!?」

私の渾身《こんしん》の問いかけに、彼は目を丸くし、そしてぷっと噴き出した。

「君の目は節穴か？　自分で誘ったくせに」

「だっ、だって、おかしいでしょ！　高柳さんはこんな感じじゃなくて、もっと優しくて、紳士で……！」

「ああ、すまないね。君には遠慮する必要がないと思ったもので。——それとも、こっちのほうがよかった？」

私にのしかかったまま、ニッコリとあの優しい笑顔を見せてくれる。しかし次の瞬間、獲物を前に舌なめずりする狼のような、凶悪極《きわ》まりない笑みに変わった。

「——だっ、騙《だま》してたのね!?」

「騙《だま》したつもりはない。人の上《うわ》っ面《つら》しか見ていなかった君が悪い」

「そんなことない！　だって会社の人、皆騙《だま》されてるもん！」

「世の中には物事の表層しか見ることのできない、憐《あわ》れな人間がたくさんいるんだな」

何だこの男、どんだけ上から目線なんだ。

私が非難の言葉を必死に考えている間に、高柳さんの顔をしたひどい男が、てきぱきと服を脱がしにかかる。私は身をよじってうつ伏せになり、必死に逃れようとした。

「やっ、やだ、こんなはずでは！」

「どんなはずだったんだ。優しく紳士的に、薄っぺらい愛の言葉でもかけてもらいたかったのか？　おい、逃げるな」

「逃げるわ！　——私、失礼させていただきます。今日のことはなかったことにして、全て白紙に……ひゃあぁ」

　ふぅっと耳に息を吹きかけられた。へなへなと脱力した私はベッドの真ん中に戻されて、くるりと仰向《あおむ》けにさせられる。

　なぜか抵抗がしづらい。頭ははっきりしてるのに、体がひどく重くて大地が揺れて……

「体を動かすのが億劫《おっくう》だろう？　当たり前だ。あれだけキツいカクテルを二杯も飲んだんだから、よほど酒に強くなければ普通そうなる」

「キツい……カクテル？」

　あの、甘くておいしくて、コクコク飲めるようなカクテルが、そんなにキツいの？　ビールよりも全然アルコールが弱そうだったのに。

「あからさまなキラーカクテルを勧めたというのに、君は無警戒でかぱかぱ飲んでいたな。あの時点で、君は愚《おろ》かだと思った」

「愚《おろ》かって、ひどい」

「二杯目も有名なキラーカクテルを頼んでみたが、君はまったく気にすることなく飲んでいた。……まったく。バーに男を誘うなら、カクテルの知識くらいつけておけ。バカだな」

　バカって言った！　愚《おろ》かの次はバカって言った！

　実はめちゃくちゃ口が悪くてひどい性格をしていた高柳幸人は、するすると私の服を脱がしていく。抵抗しようとしたら、私の両手首は彼の大きな手によって簡単に拘束された。そのまま頭上に持ち上げられ、カーディガンを使ってギュッと縛りつけられる。

「そんなもので縛らないでよ！　服がのびるーっ！」

「この期《ご》に及んで服の心配をするとは、ずいぶんと余裕だな」

フンと鼻で笑うと、彼は乱雑な仕草でスーツの上着を脱ぎ捨てた。そしてネクタイをしゅるりと取り、ワイシャツの袖口のボタンを外す。

そして軽く腕まくりをし、上半身がブラのみになった私の腰に両手を添えてきた。

「ひぇっ」

「色気のない声だな」

悪態をつきながら、するすると上に向かって撫でられる。ぞわぞわした感覚が体中を走って、私ははぁと息を吐いた。

「腰に力が入らないだろう？　アルコールで潰したのだから当然の話だ」

「げ、外道《げどう》！」

「カクテルの種類もろくに知らないくせに、背伸びしてバーを選んだ君が悪い。勉強になってよかったな？」

ああ言えばこう言う。この男には、どんな悪口も効かない気がする。

そんな会話をしているうちにブラのホックがぷつんと外され、軽く上にずらされた。

「……なるほど」

彼は何やら納得したように呟き、ニヤリと厭《いや》な笑みを浮かべる。何だ、思ったよりも小さいとでも思っているのか。

寄せて上げるブラで必死に周りの肉をかき集めているので、元々の胸はさほど大きくない。この貧相な体を見てヤル気をなくしてくれればいいのに。

「あっ！」

思考もそこそこに上ずった声が出てしまった。彼がふわりと胸を掴《つか》んできたのだ。柔らかさを確かめるように手のひらで揉み、ゆっくりと捏《こ》ね始める。

びくびくと体が震えた。抵抗したいけど、両手は縛られているので動かせない。上にのしかかっていた彼はスッと体を屈《かが》め、私の首筋に舌を這《は》わせた。

「は、ぁ……っ！」

温かくてぬめった舌が、首筋を伝って耳元まで上がってくる。そして耳朶《みみたぶ》に吸いつき、細く尖った舌先で耳のフチを舐めてきた。

ぞくぞくした感覚が体中を襲う。息遣いが荒くなって、頭の中がぐらぐらした。酔っぱらった体はひどく重くて動くのも億劫《おっくう》なのに、不思議と気持ちよさだけは鋭敏に脳へ伝わってくる。

ヤツの表情は妙に冷静だった。ニヤニヤした笑みは浮かべているものの、私が乱れる様を楽しそうに観察している。

私は悔しくなって、ぐっと奥歯を噛んだ。変な声を出して、彼に馬鹿にされたくない。

体中に力を入れて唇を引きしめていると、彼は「ふぅん？」と面白そうに笑い、耳朶《みみたぶ》に軽く噛みついてきた。

びくっと大きく体が揺れる。ちろちろと耳を舐めながら、彼は手を淫《みだ》らに動かす。そして胸を捏《こ》ねていた指で、つんと頂《いただき》をはじいてきた。

「あっ！」

初めての感覚に大きな声が上がる。しまったと思ったけれど、遅かった。

私の口に、彼が人差し指を挿《さ》し込む。くちゅくちゅと音を立て、口腔《こうこう》をかき回す。

——ぐりりと、頂《いただき》を強くつねられた。その甘すぎる感覚に上ずった声が出る。

「ふ、あぁ、やぁ……」

指が入っているから、口を閉じることができない。手はおろか口でも抵抗できないようにされて、私は彼の思うがままにはしたない声を上げた。

「最初からそうやって素直に声を出せばいいのに。……まぁ、抵抗されるのは嫌いではない。いじめがいがあるからな」

クックッと笑って、ヤツが身を起こす。ようやく口から指が抜かれ、私はキッと彼を睨《にら》んだ。

「最低！」

「どうとでも言え」

ぷつ、と小さな音を立ててスカートのホックが外された。白のフレアスカートをするりと脱がされ、ストッキングもショーツごと剥《は》ぎ取られてしまう。

ものすごく手慣れてる。とんだ遊び人だ。自分の中にあった高柳幸人のイメージがガラガラ音を立てて崩れていく。

「悔しい……っ」

ぎゅっと目を瞑《つぶ》って声を絞り出した。

会社での姿は全部嘘だったのだ。あの優しい笑顔も紳士的な言動も上《うわ》っ面《つら》のものだったのだ。それなのに私は今日こそ勝負しようと、ウキウキしながら服を選んだり頑張ってお化粧したり。髪もきれいに巻いたし、マニキュアだって何度も塗り直して完璧に自分を仕立て上げていた。

そのオチがこれだなんて。自分自身が情けなくて、じわりと涙が滲《にじ》む。

「いいな、その顔は」

彼がふっと笑う。そして私の頬をゆるやかに撫でてきた。

「悔しさを口にしながらも俺を睨《にら》みつける、その表情は好ましい。すぐに諦める人間はつまらないからな。会社での君は毒にも薬にもならんという印象だったが、意外と勝気な性格をしているようだ」

まさに言いたい放題だ。というか、あんなに人のよさそうな笑顔で私に話しかけておいて、腹の中ではそんなことを考えていたのか。

彼は楽しそうに笑い、親指で私の目尻をぬぐう。

「いくら悔しかろうとも、君を解放するつもりはない。俺の本性を知ったからには、覚悟してもらうぞ」

目を細めた彼は私に馬乗りになり、腕時計の留め金をぱちりと外す。

「わ、私は知りたかったわけじゃない。あなたが勝手に見せてきたんじゃない！」

「だが、俺の領域に足を踏み入れたのは君だ。虎穴《こけつ》に入ろうとしなければ、こんなことにはならなかったのに。いや、この場合は藪《やぶ》をつついたという表現のほうが正しいのかな？」

腕時計をベッドのカウンターに置きながらくすくす笑うと、私を檻《おり》に閉じ込めるように覆《おお》いかぶさり、枕元に両手を置いた。

「単なる会社の同僚なら、君に興味を持つことはなかった。そんな俺に興味を持たせたのは、他ならぬ君自身だ。……おかげで、欲しくなってしまった」

徐々に近づいてくる。優しくて王子様みたいで、でも本性はまったくそうじゃなかった男の顔が――

静かに唇が重なる。小さな水音が耳に届く。

初めてのキスに、私は目を丸くした。

すぐに唇が離される。だけど間髪《かんはつ》を容《い》れずに二回目のキスが落とされた。少し角度を変えて、唇と唇がぴったりと重なるようにした、深いキス。

息苦しさに目を瞑《つぶ》る。拘束された手首にぐっと力を入れると、彼はそこに手を添えてきた。あやすように柔らかく握って、もう片方の手を背中に回してくる。

唇をゆっくり滑らせるようなキスが終わって、息を継ぐ間もなく再び唇が重なる。そして、何かとろりとしたものが入り込んできた。

「んっ、んーっ!?」

私は焦って身をよじる。しかし彼の腕がしっかりと腰に巻きついているせいで、ほとんど身動きが取れない。

温かくてとろとろしたもの。それは間違いなく彼の舌だった。彼は暴《あば》れる私の体を押さえつけ、ぬるりとした舌で口腔《こうこう》を犯していく。

奥のほうに縮こまっていた私の舌を探り、ゆっくりと味わうように交わらせた。舌先でくすぐられ、ぬるついた舌同士が絡み合う。

いたわるように。いつくしむように。

私を力ずくで押さえているにもかかわらず、彼の舌の動きはひどく緩慢《かんまん》で優しい。

「……鼻で息をするんだ」

彼は唇を少し離して、そんなことを呟く。私の反応から、キスが初めてなのだと気づいたらしい。それに私が応《こた》える前にキスの続きが始まり、舌を軽く吸われた。

「はっ、ん」

鼻で息をしろと言われても、それだけではちょっと苦しい。だけどそれ以上に、私は自分自身の変化に戸惑いを感じていた。

ちゅ、と音を立てて唇が離されると、少しだけ寂しくなる。唇が再び合わさると、ホッと安堵した。

ゆっくりとして柔らかな舌の動き、とろけるような舌同士のまぐわいが、私の体をみるみるうちに弛緩《しかん》させていく。まるで、体中が彼にとろかされたみたいに。

彼は私の背中に腕を回したまま、頬を優しく撫でてきた。

どうして……こんなに優しくしてくれるのだろう。

彼は私が欲しくなったと言っていた。だから優しくしてくれるの？　それとも、これがいわゆる「キスがうまい」ということなの？

全てが初めてなので、よくわからない。ただ、温かい湯船につかっているような心地よさと、くらくらする酩酊《めいてい》のせいで、うまく思考が働かなかった。

「経験が少なそうに見えるが、もしかして初めてなのか？」

彼が音もなく唇を離し、至近距離で聞いてくる。私は小さく頷いた。

「そうか」

ふっと彼の目が細められる。今のは笑ったのだろうか。

「処女をいただくのは、さすがに想定外だったな。だが、それすら欲しいと思う。こういう緊張感は、思ったよりも悪くない」

「何それ……どういうこと？」

「君の大事なものをもらうのだから、責任も相応だということだ。君だけでなく、俺も覚悟するべきだろう？」

彼はにっこりと微笑む。だけど私はまだピンとこなかった。

どういうことだろう？　私の初めてと彼の責任。そして覚悟。

酔っている頭を必死に働かせる。やがて言葉の意味を理解した私は、目を大きく見開いた。慌てて身をよじらせ、手足をばたつかせる。

「ちょっと待って！　私、そこまで考えてない！　そういう覚悟とか責任とか、結構ですからっ！」

「俺から逃げられるとでも？　ははは、安泰な生活が約束されてよかったじゃないか」

「あんたの性格が最悪な時点で、まったく安泰じゃないし！」

冗談じゃないと思いながら反論すると、高柳幸人は少し驚いたように目を丸くした。

「ほう？　君は俺の背後にあるものよりも、俺自身を見ているのか。それはそれは――嬉しいことを言ってくれる」
ニ、と彼は凶悪な笑みを浮かべた。会社にいる時の爽《さわ》やかな笑みとは程遠い、悪人そのものの笑みだ。
「あ、あなたを喜ばせるようなことを言った覚えはないのですが」

「さらには無自覚ときたか。いや、今まで手つかずだったのは奇跡だな。本来、君のような女は早く売れていく。俺はなかなかの『当たり』を捕まえることができたようだ」

高柳幸人はわざと主軸をずらしたような言い方をしていて、いまいち要領を得なかった。だけど早く売れるだの当たりを捕まえただの、あんまりいいことを言っているようには思えない。

ムッとして彼を睨《にら》むと、「そう睨《にら》むな」と笑われた。

「俺は純粋に喜んでいるんだ。君にとって大切なものは俺の所有物ではなく俺自身なのだと、君の告白は嘘偽《うそいつわ》りのないものだったとわかったからな」

彼は私の頬を挟み込むように両手で触れ、目と鼻の先でそんなことを言ってきた。

「あ、あの告白は……そのぅ……」

あくまで表向きの高柳幸人に惚れた私としては、全力で撤回したいところなのだが、彼の表情があまりに幸せそうだから、つい言葉尻を濁《にご》してしまう。

そんな顔をしないでほしい。なぜか私まで嬉しくなってしまうではないか。

彼はくすりと笑い、唇を優しく重ねてきた。何度も交わしたキスのせいか濡れていて、少し冷たい私の唇に、生温かい舌が這《は》う。舌先でちろちろと舐められるのは、ちょっとくすぐったい。だけど、不思議と気持ちがよかった。

「できる限り、優しくする」

ぽつりと呟いた彼の舌が、唇から顎《あご》に伝い、首筋を通っていく。

震えるほどの快感に、知らなかった興奮。

大きな手が私の体を艶《なま》めかしく撫で、胸からお腹、そして下腹部へと向かっていく。

「あ……」

彼の手がどこに行き着くのか、私は本能的にわかっていた。制止の声を上げそうになったところで、唇をふさがれる。

それは噛みつくとか無理矢理とか、そういった感じのものではなくて、ひどく優しいものだった。

彼は怖がる私をなだめるように、極めてソフトな口づけを落としてくる。

だからだろうか――。私の反抗心はみるみるとしぼんでいき、彼の唇に体を委《ゆだ》ねてしまう。

そこで彼の指先が、スッと繁みに分け入った。

初めて許してしまった男性の指。硬くて、自分のものとは違う他人の手の感覚に、どうしても体中が緊張する。くちりと音を立てて秘裂が開かれ、外気に触れてひやりとした。

「少し濡れているな」

彼が笑い、指先でするりと内襞《うちひだ》を撫でてくる。途端に総毛立つような感覚に襲われて、私は「ひゃあっ！」と大きな声を上げてしまった。

彼は耳元で「怖がるな」と呟き、耳朶《みみたぶ》にキスをしてくる。そのまま食《は》み、尖らせた舌先でぬるりと耳のフチをたどった。

体中がざわざわして、息遣いはあえぐようなものに変わる。抗《あらが》えない気持ちよさに、思考の数々が散らばっていく。

ちゅ、とリップ音を鳴らして肩にキスを落とした彼は、そのまま舌を這《は》わせ、胸まで下りてきた。そして胸の頂《いただき》にゆっくりと口づける。

「ああっ！」

びくびくと体が戦慄《わなな》いた。

それは今までに感じたことのない甘い感覚。何物にも代えがたい快感は、私の体をいとも簡単に支配してしまう。

彼の思いのままに声が上がって、体は震えた。頂《いただき》を甘く噛み、舌先で捏《こ》ねくり回されるたび、私の中から冷静さが失われていく。何も考えずにただこの時を悦《よろこ》べと、体が訴えてくる。

彼は胸の頂《いただき》を舌でいじりながら、指で秘所を探り始めた。生温かく、とろりとしたものが蜜口からこぼれる。それを彼が指でぬぐい取り、内襞《うちひだ》に優しく塗りつけていく。

「ん、……ふ、ぁ」

胸の頂《いただき》を舌でいじられ、秘裂を指でいじられ、どこに意識を集中させればいいのかわからない。私の体はまさしく翻弄《ほんろう》されていた。

「やっ……、あっ……んっ」

彼が私の体に触れ、舌で舐めるたび、拘束された手首にぎりぎりと力が入る。抵抗すら許されない状況で、性の快楽が否応《いやおう》なしに襲ってくる。

「ひゃっ……」

唐突に、ぐいと足を持ち上げられた。それは彼の肩にかけられ、大きく開かれた秘裂の中に人差し指を挿《さ》し込まれる。くちゅりと淫《みだ》らな水音がして、恥ずかしさに目をぎゅっと瞑《つぶ》ってしまった。

「反応が初々《ういうい》しいな。顔を真っ赤にして、実に可愛い」

「んっ……か、可愛い、なんて……」

「本当に、君のような女が売れ残っていたことに驚きを隠せない。相手に経験があるとかないとか、今まで気にしたこともなかったが……君の反応はいいな。くせになりそうだ」

彼が身を屈《かが》めたかと思えば、胸元にヂリッと痛みを感じた。

「やぁっ……」

思わず目を開けると、胸元に赤い痣《あざ》がついている。彼はお腹の辺りにも唇を落とし、もう一つ赤いしるしをつけた。

「君が恥ずかしがるところを、もっと見てみたい」

彼が顔を上げ、私と目を合わせてニヤリと笑う。その目には不思議な感情が浮かんでいた。

何だろう……愛情に似ている気もするけれど、もっと禍々《まがまが》しい。

あえて言葉にするなら、執着、だろうか。

彼は私と目を合わせたまま、蜜口に入れた指を動かし始めた。ゆっくりと奥へ挿《さ》し込み、関節を軽く曲げる。それだけで圧迫感が急激に大きくなり、私は思わず身を震わせた。

「はっ、あ……！」

く、と体がのけぞる。自然と顎《あご》が上がって、カーディガンで拘束されたままの手をぎゅっと握りしめた。足は彼の肩にかけられている上、しっかりと片腕で固定されているので、動かすことができない。

「ん、んんっ……」

逃れることも抵抗することも許されず、膣内《ちつない》を指でかき回された。少し緩急をつけたような動きで、関節を曲げたまま、指が蜜口から出し入れされる。

「やっ、……ああっ！」

彼が指を動かすたび、ぐちゅ、ぬちゅ、と耳を覆《おお》いたくなるような恥ずかしい水音が聞こえてくる。それは紛《まご》うことなく私の体から分泌されたものだった。

官能によって秘所が潤《うるお》うことは、性知識の乏《とぼ》しい私でも知っている。でも、実際に体がそうなると、こんなにも恥ずかしいのだと思い知った。

「よく濡れる。君は感じやすいんだな」

ふふ、と高柳幸人は楽しそうに笑った。馬鹿にされたように感じて、私はぷいと横を向く。

「なぜ拗《す》ねるんだ。褒めたのに」

「んっ……ほ、褒めてない……何か、やらしいって言われたみたい……」

「いやらしいのは悪いことなのか？　俺にとっては喜ばしいんだが。感じているということは、それだけ俺に心を許しているということだろう？」

彼は目を細め、私の膣内《ちつない》に埋めた指をくいくいと動かした。たった一カ所をいじられているだけなのに、体中が痺《しび》れたみたいに戦慄《わなな》く。

「は、あ……っ！　そ、そういう……もの、なの？」

「俺としては、そうであってほしい。さすがに一方通行は寂しいからな」

彼は少し切なげに微笑む。酒で酔い潰して、半《なか》ば無理矢理コトを始めようとしているくせに、その笑顔はずるい。彼の本性を知って驚く気持ちはもちろんあるけど、だからといって嫌いになったかといえばそうでもないのだ。

まだ好きという気持ちは残っている。だからこそ、絆《ほだ》されそうになってしまう。彼になら体を許してもいいかな、と思い始めていた。

こんな風に体を触《さわ》られているにもかかわらず、助けを呼んだり噛みついたりしていないのがその証拠だ。そんな私に、自分を受け入れてほしいとでも言いたげな笑顔を見せないでほしい。

「ばか……」

横を向きながら呟く。どうせなら無理矢理すればいいのに。そうしたら私はきっぱりと恋心を断てるのに。彼は妙に優しいから、心が揺れる。

いたわるような口づけと柔らかい愛撫《あいぶ》は、私が初めてだからこその気遣いなの？　それとも、本当に私が欲しいから優しくしているの？

わからない。わからないまま、体だけが彼の好きなように暴《あば》かれていく。彼の望み通りに、秘裂から蜜がとろりとこぼれる。

私の頭が混乱する中、彼は秘裂を大きく開いてきた。そして少しスピードを上げて、人差し指を抜き差しする。くちゅくちゅという水音が激しくなり、膣壁《ちつへき》を擦《こす》る指の感覚に自然と声が上がる。

「ひ、あぁ……」

「あ、ああっ！」

彼は静かに唇を重ねてきた。指の抽挿《ちゅうそう》がさらに速まり、声が出せず手足の自由も利かないまま、ただただ快感だけが絶え間なく続く。

抗《あらが》えない、というのは不思議と興奮した。私にそういう趣味があるとは思っていないけど、なぜか余計に気持ちがいいと感じてしまう。

それがバレるのが嫌で、恥ずかしくて、唇に意識を集中させた。口腔《こうこう》を犯してくる彼の舌に応《こた》え、たどたどしく自分の舌を動かす。

「はっ、はぁ……は、ん」

「……一生懸命なところが、たまらなく可愛いな。拙《つたな》いのもいい。……これが、落ちるという感覚か」

ふ、と彼が笑った。落ちるとはどういうことだろう？

「そろそろ挿《い》れるぞ」

カチャリとベルトの留め金を外す音が聞こえる。彼はスラックスのポケットから避妊具を一枚取り出し、びりっと袋を噛みちぎった。

ずいぶんと用意がいい。……ぼんやりとしながら、そんなことを思った。

彼は片手で自分のものに避妊具を取りつけ、ニヤリと笑う。

「色々と考えの足りていない君が、こんなところだけ準備万端だとは思っていない。だから、ちゃんと自分で用意していたよ」

「うぅ……」

「中にはそういったことも含めて計算ずくの人間もいるが、君は違うからな」

にっこりと、彼は満面の笑みを見せてくる。腹が立つけど、その笑顔はまぶしいほど格好いい。

「俺でよかったな？　他の男はこんなに優しく扱ってくれないぞ。初めての相手が俺だったことに感謝するように」

「どの口が言うか……！　ん、あぁっ！」

悪態が悲鳴に変わる。彼のものが問答無用で挿入《はい》ってきたからだ。硬くて、指とは比べ物にならないほど存在感のある、大きなものが。

「は、あ……っ」

指で慣らされた膣道を、ソレがずむずむと進んでいく。ヂリッと引きつるような痛みを感じて、目にじわりと涙が浮かんだ。

——これが、初めての痛みなのかな。

「くっ、あ、いた……あっ……」

「最初はどうやっても痛む。できるだけ、ゆっくり動くから」

「うん、だいじょうぶ……まだ、あ、んっ」

体が痙攣《けいれん》するみたいにびくびくと震える。最奥まで挿《さ》し込むと、彼はようやく息をつき、ぎゅうっと私を抱きしめた。

否応《いやおう》なく感じる体内の異物に、意識の全てが集中する。思わずぐっと下肢《かし》に力を入れると、彼がわずかに顔をしかめた。

「……っ、初めてのわりに、咥《くわ》え込むのがうまいな」

「んっ……え？」

「無自覚か。まったく。抜けているように見えて、こういうところだけは魔性を感じるな」

ふ、と微笑み、彼がゆっくりと身を引く。ずるずると抜かれていく杭《くい》が膣内《ちつない》の粘膜を擦り、体が勝手に強張《こわば》る。

「っ……」

やがて全てを引き抜いた彼が、再び先端から侵入してきた。えらの張ったところが狭い蜜口を広げ、にゅぷりと挿入《はい》ってくる。

「ふ、あ……あっ」

ひときわ太い部分が、入り口の浅いところを何度も往復する。甘い痺《しび》れと、ジリジリと蓄積されていく快感。たまらなくなって、嬌声《きょうせい》が次第に大きくなっていく。

「あんっ、あ、ふぁっ……！」

彼は私の腰を抱き、その行為を続けた。焦《じ》らされて、切なくなって、私は懇願《こんがん》するように声を上げる。

「や、たか……やなぎ、さん、おねが……っ」

「こういう時は、名前を呼ぶものだ」

「……幸人さんっ、お願いだから、ちゃんと、して！」

はぁっと息を吐きながら、はしたない願いを口にする。――私は一体、何を言っているんだろう。

彼は意地悪そうに目を細めた。そして片手で私の蜜口を広げ、ぐりりと杭《くい》を埋めてくる。容赦なく、乱暴に、ぐっと最奥まで貫《つらぬ》かれた。

「ああっ！」

私の喉《のど》から高い声が上がる。体が弓なりになって、びくびくと震える。

彼は私の腰を強く掴《つか》み、スピードに乗って抽挿《ちゅうそう》を始めた。柔肉を擦り、狭い膣道をこじ開けるように往復し、最奥をごつごつと突いてくる。

「く……はっ、あぁっ！」

それは暴力的なほど甘い快感。嬌声《きょうせい》はやがて声にならない悲鳴になり、私は目をぎゅっと瞑《つぶ》って縛られた手を握り込む。

自分の体じゃないみたいに、がくがくと揺さぶられた。頭がぐらぐらして、カーディガンがきしんだ音を上げる。

「あ、だめ……っ、ゆきと……この手、外して……っ」

もっと感じたい。彼に触れたい。一緒に快感を追い求めたい。そんな気持ちでいっぱいになって、私は強く懇願《こんがん》した。

高柳幸人は抽挿《ちゅうそう》を続けながら口元をゆるめる。そして私の手首を拘束していたカーディガンをしゅるりと外した。

自由になった私は思わず彼を抱きしめる。頭で考えたわけではなく、本能で求めるように体が動いていた。

ごつ、と最奥まで貫《つらぬ》かれる。そのまま付け根をぐりぐりと擦りつけられ、下腹部にきゅう、と痛みを感じた。それは破瓜《はか》の痛みとは違って、ひどく鈍い痛みだ。気持ちよさが混じった痛みというか、喜びにも似ている。

「あ、やぁ、んんっ……」

彼の表情が、余裕のないものに変わっていく。腰の動きも一層乱暴になって、私を気遣うよりも自分自身の快楽を求めるものに変わっていく。

「ゆき、と……さ……はぁっ……」

「天音……っ」

苦しげな声と共に、性の交わりは唐突に終わりを告げた。

彼はきつく私を抱きしめ、びくりと体を震わせる。膜越しに、白い欲望が勢いよく吐き出されるのがわかった。

とろとろしたまどろみから、ゆっくりと目覚める。見慣れない天井、広いベッド、パノラマの景色が美しい壁一面の窓。

ぼーっとそれらを眺めていた私は、唐突にハッと目を見開いた。

「ここは！」

がばっと起きて辺りをきょろきょろ見回す。それと同時に昨晩のことを一気に思い出した。

そうだ。私は、うちの会社の御曹司《おんぞうし》とホテルで肌を重ねたんだ。それで……

「おはよう」

「ぎゃああ!!」

耳元で朝の挨拶《あいさつ》を囁《ささや》かれ、思わず飛び上がってしまった。振り向くと、そこには笑顔の高柳幸人が寝そべっている。ちなみに全裸であった。

……いや、何と言いますか、体がすごく引きしまってて腹筋も割れてて、コイツは脱いでも格好いいんだな……って、イケメン観賞してる場合ではない！

「わ、わ、私、失礼させていただきます！」

「もう？　君は晴れて俺の恋人になったんだから、そんなに慌てずゆっくりしていけばいいだろう。そうだ、朝食でも頼もうか」

「ええっ、朝食!?　……じゃなくて、恋人とは何を仰《おっしゃ》っているのか！　ハッハッハッ、意味がわかりかねますなぁ」

乾いた笑い声を上げて、ベッドの上でじりじりと後退する。ホテルの朝食は正直とても食べたかったけど、それより一刻も早く逃げ出したい。

しかし、彼はニヤリと意地悪そうに目を細めた。

「裸で出ていくつもりか？」

「はっ!!」

自分の体を見下ろすと、私は生まれたままの姿をしていた。慌てて服を探したら、ソファのところにまとめてあった。

私はシーツで体を隠しつつゆっくりとベッドから下り、カニ歩きでソファへ移動する。そんな私を、高柳幸人は面白そうに眺めていた。

「昨日、あんなにまっすぐな告白をしてくれたというのに、あれは嘘だったのか？」

「あ、あれは、だって」

「俺と付き合いたいと言ってたな。俺としては大歓迎だから、よろしくやろうじゃないか」

「いやいや、よろしくやりません！　あの時はあなたがこういう人だなんて知らなかったし！　告白は撤回いたします！」

ソファの後ろに回り込んで、とりあえずショーツを掴《つか》む。高柳幸人に向かってがなり立てつつショーツを穿《は》いて、ブラジャーを身につけた。

「……そうなのか？　嬉しかったのにな。所詮、俺は表向きの顔と社長息子という肩書きにしか価値がないということか。君なら、俺のことをわかってくれると思ったんだが……」

彼は、ふっと寂しげに目を伏せる。ストッキングを穿《は》いてからスカートを着ていた私は、「えっ」と声を上げた。

何でそんな、同情を誘うようなことを言うんだ。騙《だま》されないぞ。絶対何か企《たくら》んでいるだろ。高柳幸人の上《うわ》っ面《つら》にすっかり騙《だま》された私には、彼の言動が全て怪しく見えて仕方がない。

「そっ、そんな顔したって信じないから！　昨日はつい流されてセックスなどを致してしまいましたが、忘れてください！　気の迷いでした！　それでは失礼します、お疲れ様でしたーっ！」

ニットを着てカーディガンを引っ掴《つか》み、カバンを持ってぴゅーっと去る。

本当に私、何をやっていたんだろう。シラフになってよく考えてみたら、普通に断ればよかったのだ。私が本気で嫌がったら、きっと彼は最後までしなかったはず。そこまで極悪人では……ないと思う。多分。

「はぁ……」

ホテルのフロントを通り過ぎて外に出ると、朝日がまぶしかった。何て爽《さわ》やかな休日だろう。私の心の中はどんより雨模様だというのに。

――高柳幸人。

彼があんな人だとは思わなかった。会社では優しくてジェントルな王子様だったけど、とんだ食わせ物だった。本性は意地悪で口が悪い俺様御曹司《おんぞうし》なのも知らず、私は見事騙《だま》されたのだ。

バーで話していた時は、私の地味な人生において最高の幸せが訪れたのだと、嬉しくなっていたのに……やはり世の中、そううまくはいかないということか。

心にぽっかり穴が空いている。一言で言うと幻滅だった。私が『高柳幸人』という人間に抱いていた理想があまりに高かったから、現実との落差がひどかったのだ。

……何か虚《むな》しくなってきたな。私の恋心と初めてを返せ、ちくしょう。

けれど、帰り道にふと思い出すのは、彼の寂しそうな顔。目を伏せて、自分の価値は表向きの顔と社長息子という肩書きにしかないと言っていた。

いやいや、アレがそんなしおらしい男であるわけがない。何と言おうか、もっとその……唯我独《ゆいがどく》尊《そん》であるはずだ。きっと何か企《たくら》んでいるんだろう。私をからかうとか、そういう意図があったんだ。ゆえに気にする必要はない！

帰ろう……

私は明るい朝日の中をとぼとぼと歩いて、家に帰るのだった。


衝撃の真実を知って、淡い恋心に終止符を打った休み明け。心機一転、新たな気持ちで仕事に励もうと、はりきって出社した。立ち直りが早いところは、きっと私の長所であろう。

ロビーのカードリーダーに社員証をかざして中に入り、他の社員と一緒にエレベーターを待つ。

——その時。

「おはようございます。本多さん」

爽《さわ》やかで耳に心地よい低音が、すぐそばから聞こえてきた。

えっ、と横を見ると、そこにはニコニコ顔の高柳幸人氏が立っておられる。彼の後ろには当然のごとく、いつもの取り巻きや女性社員たちがくっついていた。

「ひょっ⁉」

「今日の二課ミーティング、確か書記担当は本多さんでしたよね？」

先日最悪な本性を現したとは思えないほど完璧な王子様っぷりである。優しげな瞳、丁寧な口調、人のよさそうな笑顔。全て、私が憧れた彼そのままだ。

「あ、そ、そうです。ハイ」

「よろしくお願いしますね。本多さんはしっかりしている方ですから、僕が心配する必要はないんですけど」

「ハハハ……任せてください、大船に乗ったつもりで」

「ふふふ、頼もしいですね」

ニコニコ、ヘラヘラ、互いに笑い合う。何だこの茶番。真実が明らかになった今、全てがしらじらしい。

エレベーターが来て、満員電車のごとくゾロゾロと人が乗り込む。端のほうに追いやられた私はエレベーターの壁と人の間に挟まれ、サンドイッチにされてしまった。

苦しいけど、毎朝こうなのだから仕方がない。高柳幸人に頼んだら、エレベーターをもう一基設置してもらえないだろうか。

「大丈夫ですか？」

そっと声がかけられる。へ？　と顔を上げると、目の前に高柳幸人が立っていた。まるで壁ドンするかのように私を両腕で囲み、他の社員から守ってくれている。

ちょちょちょっ、ちょっと待てー！

ぱくぱくと口を開けて、エレベーターの壁にべたりと張りつく。何でこんなことになってるの⁉

高柳幸人はエレベーターの端で、私だけに見えるようにニヤリと笑った。

背中にぞくぞくと戦慄《せんりつ》が走る。コイツ……絶対、何か企《たくら》んでる。

いや、それより何よりどれよりも、後ろにおわす取り巻きの方たちが鬼の形相で私を見ているのですがね！　目の前の人に何かされるより早く、彼の後ろの人たちにイビリ倒されそうだ。


私と高柳幸人は同期なので、彼が入社した時から知っている。そして私の記憶が間違ってなければ、彼は社内で特定の女性と親しげに話したことがない。そもそも自分から話しかけることもない。ゆえに高柳幸人がエレベーター前で一人の事務員に話しかけたことは衝撃的な大ニュースであり、駅前でばらまかれる号外のごとく、社内ＯＬネットワークで早々と広まった。

――というわけで、無心で仕事をした後の昼休み。私は社員食堂で針のムシロに巻かれているのである。ハッハッハ……泣きたい。

モソモソお弁当を食べていると、あちこちから興味本位の視線や悪意のこもった視線を送られた。高柳幸人の影響力おそるべし。彼は見た目もさることながら肩書きも立派なため、いつも注目の的になっているのだ。ちょっと親しげに挨拶《あいさつ》をしただけで話題になる。まさにアイドルである。

「たかがエレベーターで、おはようって言われただけですよ。何でこんな目に遭《あ》うのでしょうかね……」

「まぁ、それくらい珍しかったってことだね。高柳君って誰にでも親切で優しいけど、逆に言えば全員平等に扱ってたってことだから」

ジロジロと見世物《みせもの》みたいに見られる中、いつもと変わらず一緒にお昼を食べてくれる江美さんはいい人だ。私たちの友情はこれくらいで壊れはしないのである。

「隣、いいですか？」

「あ、ハイどうぞ」

唐突に話しかけられて、ウィンナーをかじりながら横を見上げる。すると、そこには爽《さわ》やかな笑みを浮かべた王子様が、日替わり定食を手に立っているではないか。

ぽほぅ、とウィンナーを噴き出す。何でお昼まで一緒に取ろうとしているのよ！

一気に周りがざわつく。我が社のプリンスが自《みずか》ら女性社員に声をかけ、お昼を一緒に食べようとしているのだ。間違いなく前代未聞《ぜんだいみもん》の大珍事である。……この程度で事件になるのだから、我が社は今日も平和だ。私の心中はまったく平和ではないが。

あぁ、後ろを見たくない。絶対取り巻きがいるはずだ。きれいどころだけでタッグを組んだような、肉食美人集団が。だってグサグサ視線が刺さってるもん。呪い殺されそうな憎悪を感じるもん。

「あらー高柳君はいつも通り、うちのきれいどころと仲よくお昼を食べたらいかが？」

恐怖に固まる私をよそに、ニコニコしながら江美さんが言う。何か言葉の端々にトゲを感じるのですが、気のせいでしょうか。

　高柳幸人はにっこりと笑みを浮かべて彼女の言葉を受け流し、私の隣に座った。

「可愛いお弁当ですね、本多さん。もしかして手作りですか？」

「えっ⁉　ええいやあ、まぁ、お弁当は安上がりですからね。しがない平社員なもので、ははは」

「いいですね、素敵だと思います。僕は料理ができないので、できる人がとても魅力的に見えるんですよ」

　ざわざわっ！　後ろで女性社員たちが騒いでいる。料理のできる女がタイプなのだと、彼女らのデータベースにインプットされたのだ。さっそく今日の夜から、駅前の料理スタジオは予約でいっぱいになることだろう。

　というか高柳幸人。貴様、江美さんの問いかけを無視したな⁉　何たる無礼。こうなったら私から聞いてやろう。

「高柳さん。あの、いつもの皆さんと一緒に食べたほうがいいんじゃないですか？　ほら、めっちゃ誘いたそうに見てますよ」

「おかしいですね。今日はお断りしたんですよ。本多さんとお話ししながら食べたかったもので」

にっこり。彼は百万ドルの笑顔、とまではいかなくとも百万円の価値はありそうな笑顔をまっすぐに向けてくる。周囲のざわめきが一層強まった。

　もはやこれは確定である。彼の心を射止めるレース――題して高柳プリンス杯《カップ》の勝者が決定した。

　その栄《は》えある勝者は一介の平凡事務員。単勝オッズ百倍以上、番狂わせの大穴だ。

……うん、視線が痛い。ぐさぐさ刺さってる。間違いなく鉄壁部隊によるイジメが待っているだろう。また呼び出しを食らうかもしれない。

トホホな気分で卵焼きを食べていると、定食をお行儀よく食べていた高柳幸人が、私をチラリと見た。何だ、次はどんな爆弾発言をするつもりなのだ。

「一つ、我儘《わがまま》を言ってもいいでしょうか」

「ハ、ハイ、何でしょう」

「よろしかったら、僕の唐揚げとあなたの卵焼きを交換しませんか？　とてもおいしそうなので、一つ食べてみたいんです」

予想以上の爆弾発言だった。向かいで江美さんがお茶を噴いている。私もテーブルにカンカラコンと箸《はし》を落としてしまった。

もはや社員食堂は食事どころではない。ほぼ全員が私と高柳幸人のやりとりを観察している。……ほんとに平和だな、うちの会社。他にやることないのか。皆テレビでニュースでも見てなよ！　大きな株価変動が今まさにアナウンスされてるじゃないか！

高柳幸人がニコニコしながら私を見ている。いたたまれなくなった私は無言で卵焼きを一つ、彼が持つお茶碗の上に置いてやった。すると彼は嬉しそうに唐揚げを箸《はし》で摘まみ、私のお弁当箱に入れてくる。

「ありがとうございます。……ああ、やっぱりおいしい。ちょっと甘めに味つけしてあって。これが本多さんの好きな卵焼きの味なんですね」

「ア、ハイ。ソウデスネ。卵焼きは甘いのに限りますなぁ、ハハハ」

頼むからもう話しかけないで！　私たちの周り、人垣になってるから！

江美さんがデザート代わりに持ってきたみかんを剥《む》きつつ、「またエライことになっちゃったね……」と呟いていた。


さて、私の懸念《けねん》していたことは終業時間直後に起こった。デスク回りを片付けて、使ったファイルを棚に戻している最中、後ろから「ちょっと」と声をかけられたのだ。

振り返ると、そこにいたのは一課の先輩方。高柳幸人の周りをがっちり固めている鉄壁部隊のメンバー二名だ。そこそこ美人なのに今は憤怒《ふんぬ》の表情をしているため、色々と台無しである。

彼女らは腕を組み、私を見下ろしている。嫌な予感をひしひしと感じつつ、私はファイルを片付けて立ち上がった。

「何でしょうか」

「話があるの。一緒に来なさい」

嫌だと言いたいのはヤマヤマだったが、断るとさらに事態が悪化しそうだ。ここはサッサと弁明して終わらせてしまうのがベストかもしれない。

「わかりました」

私は頷き、「お疲れ様でした」と上司に挨拶《あいさつ》してからフロアを出た。気分は体育館裏に呼び出されるカツアゲ被害者である。

先輩たちが無言で私を連行したのは、営業フロアを出てすぐのところにある給湯室だった。思った通り、そこでは秘書課の三人が仁王立《におうだ》ちしている。鉄壁部隊は五人編制なのだ。

給湯室のドアが閉められ、リーダーらしき女性がずい、と前に出てきた。デザインスーツを着ていて、ゴージャスな縦ロールが麗《うるわ》しい彼女は、もちろん美人だ。秘書課は基本的に全員器量がいいのである。

「あなた、高柳君と同じ二課の事務員ね。名前は本多さんだったかしら？」

「はい、そうです」

「単刀直入に聞くけど、高柳君とどういう関係なの？」

やっぱり高柳幸人に関する話だった。しかし、どういう関係と言われても非常に困る。えっちした仲なんですとは口が裂けても言えないし、彼の本性を知ってしまった悲しき負け犬なんですとも言えないし。

どんな回答が一番無難なのだろう。やっぱりここは、彼とは何でもないと主張するのがよいのではなかろうか。少なくとも、私から高柳幸人に近づくことはもうない。

「高柳さんとは何でもありません」

「じゃあ、どうして今日に限って、彼はあなたに話しかけたの？」

「今日は私が二課ミーティングの書記係だったので、たまたま話しかけたい気分になったのではないでしょうか」

「高柳君は入社してから一度として、特定の子に声をかけることはなかった。それなのに、たまたまだと言うの？」

彼女らは一斉にキッと睨《にら》みつけてきた。どうやら私の言葉を聞き入れるつもりなんて、最初からなかったようだ。

「いいこと、本多さん。今回だけは『たまたま』で許してあげる。でも今後一切、高柳君に近づかないで。ただでさえ、あなたは高柳君と同じ二課に所属しているということで、目障《めざわ》りな存在なんだからね」

リーダー格の女性の吊り上がった目が、鬼気迫っていてとても怖い。でも目障《めざわ》りと言われても、二課には私以外にも事務員がいる。もしかして、他の子にもそう言って回っているのだろうか。

色々思うところはあれど、実際には給湯室の端で縮こまっていることしかできない。多勢に無勢だし、何より彼女らは会社の先輩だ。

私が大人しくしているのをいいことに、五人は矢継《やつ》ぎ早《ばや》に私の悪口を言い始めた。大した顔でもないくせにとか、体形だって貧相だとか。これ以上高柳君に近づいたら会社にいられなくしてやるという、定番の脅《おど》し文句も言ってくる。

実際、彼女らにいじめられて辞めた人もいるらしい。でも、高柳幸人に近づくなと言われたところで、向こうから近づいてくるのはどうしたらよいのだろう……

——その時。

「あ、本多さん、こんなところにいたのですか。探しましたよ？」

給湯室のドアがガチャリと開けられ、涼やかな声がした。皆が一斉に振り向くと、そこには高柳幸人がニコニコ顔で立っている。

「た、高柳……君」

秘書課の人が目を見開いて呟く。すると、彼は優しい笑顔で言った。

「おや、皆さんお疲れ様です。こんなところで何をしているんですか？」

「あ、えっと……」

鉄壁部隊も高柳幸人の前では、借りてきた猫のようだ。一気に大人しくなった彼女たちは、互いに顔を見合わせたり、居心地悪そうにきょろきょろしたりしている。

「それより本多さん、白橋《しらはし》課長がお呼びですよ」

「えっ、課長が？」

「はい。二課ミーティングの件で、話し忘れていたことがあったとか――」

「わ、私、失礼するわね。高柳君、お疲れ様！」

私たちの会話に割って入ったリーダー格の女性が、ぺこりと頭を下げて走り去る。他の人たちも慌てて挨拶《あいさつ》をして、彼女を追いかけていった。

ばたばたという足音が消えて、給湯室には私と高柳幸人の二人きりになる。

「フン、小物だな」

先ほどまでの紳士然とした態度はどこへやら、閉じられたドアを見やって彼がせせら笑う。

こやつ、もしや二重人格か？

「あの、課長が呼んでるんですよね？」

「嘘に決まってるだろう。さっそくいびられているようだったから、助け船を出してやったんだ。感謝するように」

相変わらず俺様だ。傲岸不遜《ごうがんふそん》だ。今すぐ鉄壁部隊を追いかけて、彼女らにコイツの本性をぶちまけてやりたい。

「あなたが私にちょっかいかけてくるから、こんな事態になったんでしょー!?」

「だから助けてやっただろうが」

「そ、それはありがたいけども……最初から声かけなきゃいいじゃない……」

文句をブツブツと呟く。何で私がお礼を言っているのだ。私は被害者だと思うのだが。

まぁ、課長に呼ばれたというのが嘘なら、もう帰っていいということだな。それならサッサと帰ろうか。

「ちょっと。通せんぼされると出られないんですけど」

高柳幸人が給湯室のドアにもたれかかっている。ドアノブは彼の体によって隠されていた。私が不満げに睨《にら》むと、彼はニッコリ微笑む。

「天音、一緒に帰ろう」

「嫌です。あと、さりげなく呼び捨てするな」

「俺のことも名前で呼べと言っただろう。おあいこだ」

「名前で呼べなんて、そんなこといつ言ったの！」

「先日、ベッドの中で。君は俺にしがみつきながら、泣きそうな声で俺の名を呼んでいたな」

にい、と笑った彼が、指先で私の顎《あご》をくいと上げる。途端に、先日のまぐわいをぶわっと思い出してしまった。

「あれはもう、忘れてくださいっ！」

「いやー、忘れることなどできないな。君のまっすぐな瞳と飾らない告白。俺の求めに応じて素直に抱かれた君は、酔っているのもあってひどく可愛らしく、恥ずかしがる姿には何ともそそられるものがあって、特に耳を噛んだ時は最高に色っぽい声を――」

「ぎゃあああー！　ちょ、まっ、会社で何言ってるの！　やめろー！」

慌てて高柳幸人の口を閉じにかかる。ふさぐものが何もなかったので、自分の手でかぽっとふさいだ。

ここは給湯室なんだぞ。薄いドアで仕切られてるだけなんだから、廊下で誰かが聞き耳を立てていたらどうするんだ。例えば彼の熱烈なファンとか。

はぁ、とため息をついて手を離す。まったく、会社で変なこと言い出さないでほしい。

「天音は自分から誘っておいて、平気で俺を捨てるんだな。薄情な話だ。俺のはそんなによくなかったのか？　あんなに熱い夜を二人で過ごしたというのに――」

「だからやめろー！　何を口走っているのか！」

再び両手で彼の口を閉じる。もうやだ、何なのこの人。私を社会的に殺す気か！

キッとその顔を睨《にら》みつけた。ヤツは口をふさがれてもニヤニヤ笑っている。くっ……コイツ、確信犯だな。

「わ、わかった……一緒に帰りましょう」

私はがっくりと肩を落として手を離す。すると彼は意地悪な笑みを浮かべた。

「わかればよろしい」

「だって私が了解しなければ、また変なこと言うんでしょ！」

「そんなことはない。君はものわかりがいいからな」

心にもないことを口にして、ようやくドアを開けてくれる。幸い、聞き耳を立てている人間はいなかった。

ロビーで待ち合わせることにして、ロッカールームで着替えを済ませる。エレベーターに乗ってロビーに下りた私は、高柳幸人が玄関前で待っているのを見つけた……が。

予想はしていたけど、彼はしっかり女性社員に囲まれていた。その人間磁石っぷりは健在である。

遠目に見る彼は爽《さわ》やかで格好よくて、優しそうな笑顔が似合う、紳士的な男性だ。ホントに二重人格かと思ってしまうほど。

でも、これはチャンスだ。ヤツが女の子にうつつを抜かしている間に、とっとと帰ってしまおう。

私はこそこそと身を屈《かが》めて移動し、彼を囲む人垣に隠れて会社を出た。

「ふっ、ちょろいものよ」

ニヤリと笑い、駅に向かって颯爽《さっそう》と歩き出す。地味でよかった。目立たない私だからこそできた技であろう。

そこで、ポンと肩を叩かれる。何だと思って横を見たら、隣に高柳幸人がいた。

「ひっ⁉」

「本当に冷たいな。ここまで俺をないがしろにするとは。これは一度きついお仕置きをするべきかな？」

「お、お仕置きって。というか、あなたさっきまで女の子に囲まれていたはずじゃ！」

「人を待たせていると言えば、道は空けてもらえるさ。まぁ、今も後ろから見てるだろうけどな」

何だと。ということはアレか。今後ろを振り向いたら、数多《あまた》の女性社員が見ているのか。我が社のアイドル高柳幸人が私と肩並べて歩いているところを。

あぁ、きっと明日は、朝から針のムシロだ……

「何なの本当に。私の人生を破滅させたいのか、あなたは」

「まさか。俺は単に君と仲よくなりたいだけだ。付き合ってるんだから当然だろう？」

「だから、それはなかったことにしてって何度も言ってるじゃない！」

「君の都合は聞いてない。俺が天音を気に入ったんだ」

な……何という俺様発言。皆さん、これが高柳幸人の正体ですよ！　皆騙《だま》されてるんですよ！　目を覚ませ！　高柳幸人は本当は極悪人なんだー！

今すぐ宣伝カーを走らせて、そんなことを演説して回りたい。できないけど。

トホホな気分の私を連れて高柳幸人が向かったところ、それは駅近くのレストランだった。一人で入るには敷居が高そうな感じのする、お洒落《しゃれ》な外観。我々のようなしがない平社員は滅多に近づくことができない、高級感溢《あふ》れるフランス料理のお店だ。

さすが御曹司《おんぞうし》。選ぶ店のグレードが違う……。駅前のそば屋とか行ったことないんじゃないかな、この男は。

彼は余裕の足取りで中に入っていく。いかにも慣れていそうだなぁと思ったけど、私と彼は同期で、しかも同じヒラリーマンだ。財布事情は似たり寄ったりだと思うのだが、うちの会社は御曹司《おんぞうし》特別手当なんかを出してるのだろうか。

もしくは、お父様である社長からお小遣い……いや、それは高柳幸人のイメージから大きく外れるな。イメージなら現在進行形で崩壊してるけど。

会社帰りにフランス料理など初体験なので、私は彼の後ろからコソコソと入る。本当に、一介のサラリーマンがこんなトコ入っていいのだろうか。

「おい、ぼうっとしてるな。こっちだ」

スタッフと話していた高柳幸人がこちらを軽く睨《にら》む。付き合ってる、なんて彼は言っていたが、その態度はどう考えても彼氏らしくない。世間一般の恋人たちがどんな感じか知らないけれど、もう少し甘さがあってもおかしくないと思う。

ムスッとしたまま彼についていくと、意外にも店内はカジュアルな雰囲気だった。スタッフに案内されて座ったのは、窓に面したカウンター席。

高柳幸人はディナーセットを二つ頼んで、おそらくワインも頼んだようだった。なぜおそらくなのかといえば、彼がカタカナの羅列《られつ》みたいな謎の呪文を口にしたからだ。

しばらくすると、スタッフがワインを持ってきた。うやうやしく「どこどこ産で何年ものの、ナントカカントカです」と紹介してからグラスに注《つ》ぐ。ちなみに赤ワインだ。

「では、乾杯」

「……何に乾杯するの」

「そうだな。じゃあ、今日も仕事お疲れ様」

ス、とグラスを掲《かか》げ、彼がワインをこくりと飲む。お疲れ様の乾杯ならビールでお願いしたかったが、どうも彼の奢《おご》りのようなので大人しく飲んでおく。

ワインはよくわからない。バーで飲んだカクテルのほうが甘くておいしかったなぁ。でも高そうだから、ちゃんと味わって飲んでおこう。

前菜のプレートサラダから始まって、次はクリーミーな冷製スープをいただく。すると食事を始めてからずっと黙っていた高柳幸人が、ぽそりと話しかけてきた。

「――そこまで拒絶するほど、幻滅したのか？」

いきなり痛いところを突かれた。私は口に運んでいたスープを飲み込み、ワイングラスを手に取る。

「まぁ、その、正直幻滅はしたけど。高柳さんって、いつからあの『表向きの顔』を作ってるの？」

「名前で呼べと言っただろう。……幼少期からだな」

「そんなに小さな頃から？」

そりゃ年季が入っていて当たり前だ。会社の人間は全員騙《だま》されて然《しか》るべし。そこまでくると一種の人格になっているはず。つまり二重人格も同然ということだ。

表と裏を使い分けるなんて、よくできるなぁ。私が感心していると、彼はふっと苦笑いをした。

「親や周りの人間が俺に求めているものが、幼心《おさなごころ》にわかっていたからな」

「わかっていても、普通はできないよ。我儘《わがまま》言いたくなったりとか、苛立《いらだ》ったりとかなかったの？」

「もちろんあったさ。今だって毎日腹が立ってるし苛立《いらだ》ってる。周りに言いたいことはたくさんある」

「……例えば？」

何となく好奇心から聞いてみると、これがまぁ出てくる出てくる。どんだけ不満を溜め込んでいたんだと思うほど、彼は文句を言い始めた。

エレベーターが自社ビルの大きさに対して狭すぎるからもう一基導入するべきだとか、営業三課の伍島課長が毎日あからさまな嫌味を言ってくるのがうざったいとか、自分を嫌う男性社員がセコい嫌がらせをしてくるとか、あの取り巻きの女たちが鬱陶《うっとう》しいとか。

……うん。彼も鬱陶《うっとう》しかったんだな、あの鉄壁部隊。あとエレベーターはまったく同意見です。伍島課長は私たち事務員にも嫌味やセクハラばっかり言ってくるので、密かに嫌味面倒太郎《いやみめんどうたろう》と呼ばれています。

「だが、仮にも社長の息子である俺が、この性格を表に出してみろ。蛇蝎《だかつ》のごとく嫌われるのは目に見えているだろう？　別に嫌われるのは構わないが、間違いなく毎日の生活に支障が出る」

「つまり、あの表向きの顔は、処世術ってこと？」

「そういうことだ。人畜無害な好青年を演じておけば、少なくとも無駄に敵を作らなくて済む」

面倒な話だが、と一言付け足して、彼はスタッフが運んできたステーキにナイフを入れた。わお、ステーキですよ？　しかも肉厚、ミディアムレア。何ておいしそうなんだろう。

私も喜々としてステーキをフォークで刺し、ぱくっと口に入れる。……柔らかっ！　こんなお肉、滅多に食べられるものではない。しかもステーキの上にはフォアグラがのっていて、これがまたお肉をまったりと包み込み、口の中が濃厚な肉汁でいっぱいになる。涙が出るほどおいしい。

……って、夢中になってる場合じゃない！

「でも、それならどうして私には正体を明かしたの？　そのまま隠しておけばよかったのに」

「会社の人間の前でならいくらでも仮面をかぶれるが、恋人となれば別だろう？　俺は、付き合う女にまで偽《いつわ》りの顔を見せたくはない。オフの時くらい、素《す》でいたい」

彼は上品な仕草でステーキを口に運び、咀嚼《そしゃく》してからワインを飲む。こういう時の高柳幸人は実に様《さま》になっていて、やっぱり王子様みたいだ。育ちのよさがさりげなく出ているというか、一朝一夕《いっちょういっせき》には出せない雰囲気が感じられる。

「じゃあ、今まで付き合ってきた女の人たちには、毎回素《す》を出してたの？」

「いや、今まで特定の女性と深く付き合ったことはない。上辺だけの付き合いならあるが、それは恋愛というより仕事の延長に近かったからな。父の知り合いに紹介されたり、上役から自分の娘を薦められたり。……そういう相手に、素《す》を出せるわけがないだろう？　俺の評価がそのまま父、ないしは俺自身の社会生活に影響するんだから」

なるほど。会社の関係者や社長の知り合いが関わっているとなれば、素《す》を出すわけにはいかない。でも、そうなるとますます疑問だ。どうして私には素《す》を見せたのだろう？　私みたいな小物にバレても痛くも痒《かゆ》くもねえよってことだろうか。

ぱく、と最後のステーキを口にする。……大変おいしかった。

「君に素《す》を見せたのは、他に二つ理由がある。一つは、君にバレたところで痛くも痒《かゆ》くもないからだ。もし君が社内で俺の正体を言いふらしたとしても、誰一人耳を貸さないだろう。大方、俺に振られた腹いせに悪評を広めているなどと非難され、孤立するのがオチだ」

「うぅ、予想通り……」

がっくりと首が落ちる。やっぱりコイツは、そこまで計算してたんだ。

「それで、もう一つは？」

ため息をつきながらパンを千切る。プレートに残っていたソースをぬぐって、ぱくっと口に放り込んだ。対して彼は前を向いたまま頬杖をつき、ワイングラスを片手に持ってくるくると回している。

……いつまで経っても、彼はもう一つの理由を口にしなかった。不思議に思っているうちに、デザートのムースがやってくる。スプーンですくって食べてみると、イチゴの甘酸《あまず》っぱい香りが口いっぱいに広がって、とても幸せな気分になる。

しかし、一向に言葉を返してくれない彼が気になって、私はムースを呑み込んでから、彼に呼びかけた。

「高《たか》……幸人さん？」

「ん？　あぁ。そうだな……何と言えば伝わるのか、考えていた」

頬杖をつくのをやめ、彼もスプーンを手に取る。そしてムースをすくうと、静かに口に運んだ。

「どうせ大した理由じゃないくせに」

「そうだな、ほんの些細《ささい》なことだ。天音なら俺を受け入れてくれるかもしれないと……そんな願望を持ってしまっただけ」

彼は伏し目がちに言う。……どうしてそんなに寂しそうな顔をしているの？

食後のコーヒーをゆっくりと飲み、彼はため息をついた。

「君の告白にはまったく飾り気がなく、その目には一つも計算を感じなかった。俺と付き合うことを一つのステータスだと思っている女たちと違って、純粋に……俺を好いているのだとわかった」

私に顔を向け、儚《はかな》げに微笑む。その表情は、まるで手に入らないものを見て羨《うらや》ましがる子供のようだった。

「嬉しかったよ」

私は目を丸くした。まさかそんなことを言われるとは思わなかったのだ。

でもホテルで抱かれた次の日、確かに彼は言っていた。「君なら、俺のことをわかってくれると思ったんだが」と。……あれは冗談でも何でもなく、本気の言葉だったの？

驚いたままでいる私から、彼は照れたように視線をそらす。

「君と付き合いたいと思ったから、ホテルに誘った。俺は遊びで女を抱いたりしない」

「幸人さん……」

「まぁ、俺の勧める酒を無警戒でごくごく飲むものだから、ちょっとからかいたくはなったがな」

「……」

ジト目になる私を見て、彼がクックッと笑う。そういう意地悪なところは変わらない。というより、元々の性格なのだろう。

幼少の頃から表向きの顔を演じ続けていた高柳幸人。きっと、誰にも「子供らしさ」を求められなかったのだ。親にも周りの人間にも。

人受けがよく、聖人君子然としていて、誰からも好かれる心優しい人間。高柳繊維ロジスティックスの社長令息にふさわしい子供であることが、彼の存在価値だったのだ。

そんな完璧な人間を演じ続けるなんて、簡単にできることではないだろう。親にさえ素《す》を出すことができなかったのなら、大変なストレスを感じていたことは想像に難《かた》くない。

彼は常に努力してきたのだ。完璧な人格を作り、完璧な成績を収め、完璧な息子でいるために。

ふと思い出すのは、あの秋の夜。

……そうだ、あの時も努力していた。人知れず、たった一人で頑張っていた。偉そうに人のことを愚《おろ》かだとかバカだとか言ってくるけれど、あの後ろ姿も彼の本当の姿なんだ。

陰で血を吐くような努力を積み重ねてきたからこそ、今の彼がいるのではないだろうか。そうだとしたら、何て孤独な人なのだろう。

誰にも素《す》の自分を見せることができず、上《うわ》っ面《つら》という名の仮面をかぶって毎日を生きてきた。彼は恵まれた人間であると同時に、とても寂しい人なんだ。

私はコーヒーをゆっくりと飲み終える。それと同時に、心の中にあったもやもやした感情も、するりと飲み込めた気がした。

同じタイミングでコーヒーを飲み切り、カップをソーサーに置いた彼が、そっと私の手を握ってくる。すがるように、君しかいないのだと訴えるように。

「……もう一度、改めて問いたい。俺と、付き合ってくれないか？」

端整な目鼻立ち。どれだけ見ても飽きることのない美貌が、私を真剣に見つめている。

「君のことをもっと知りたい。──天音の心を、俺に教えてほしいんだ」

私も、この人の心を知りたくなった。恋に落ちた瞬間をようやく思い出した。そう、私は彼の隠れた努力を見て好きになったのだ。きっとあの時の彼は、表向きの姿じゃなかったはず。それなら私が惚れた高柳幸人は……素《す》の顔をしている、今の彼なんだ。

「わかった」

密かに決意をして、しっかりと頷く。明日から会社で大変な目に遭《あ》うかもしれないけど、それでも真正面から付き合おうと心に決めた。

彼は嬉しそうに微笑むと、「そろそろ行こう」と言って席を立った。

今この瞬間から、私は彼──幸人の恋人になる。まだいまいち実感がないけれど、嬉しさや幸せな気持ちが心の底からじわじわと湧き出しているのを感じた。

あの夜、オフィスで一人頑張っていた彼に、ようやく手が届いたのだと。

とてもスマートな形で奢《おご》られてしまった私は、レストランを出た後に頭を下げて「ごちそう様でした」とお礼を口にした。

「礼はいらない。料理は口に合ったか？」

「も、もちろん。すごくおいしかったよ。私にはもったいないくらいだった」

お洒落《しゃれ》な前菜に、味わい深いスープ、柔らかなステーキ。ワインの味はよくわからなかったけど、とてもいいものを口にしているんだなぁということだけはわかった。さすが御曹司《おんぞうし》、食べているものが庶民とは全然違う。

「そういえば、天音はどういったものを好むんだ？　夕食はいつも手作りなのか？」

「七割手作りで、三割外食かなぁ。ほんとはお魚が好きなんだけど、お値段と処理的な問題でどうしても肉に偏《かたよ》りがちなんだよね。生ごみとかも気になっちゃうし」

ホントはアジやサバを捌《さば》くところからやってみたいんだけど、会社から帰った後に一から料理なんてやってられない。結果、普段は簡単な炒め物を作るか、週末にまとめて作った煮物とかをレンチンして食べる方向に落ち着いてしまう。

「天音の私生活は、そのうち覗いてみたいな。たとえ七割でも、自炊しているのは偉いと思うぞ？」

「そ、そうかな。金銭的な理由で、やむにやまれずって感じなんだけどねぇ」

あははと照れ笑いしていたら、隣で幸人がくすりと上品に笑う。……私たち、本当に恋人同士になったのかな。突然すぎてまったく実感が湧かないけど、皆こんな感じでお付き合いを始めていくものなのかもしれない。

「行こうか」

幸人が手を差し伸べてくる。……そ、そうか。恋人同士なんだから、手を繋ぐくらい当たり前のスキンシップということか。しかし我らは会社帰りであるわけだが、そこは問題ないのだろうか。

きょろきょろと辺りを見回す。幸い、私たちを知っていそうな人は見当たらなかった。

おずおずと手を差し出す。先日イタしてしまった時よりも、ずっとドキドキする。

そっと触れると、幸人は私の手を絡め取り、ぎゅっと繋いでしまった。こ、これは、いわゆる恋人繋ぎというやつではないだろうか。

「あっ、あの、私たち会社帰りなのに、手なんて繋いでいいのかなぁ」

「何で会社帰りだと駄目なんだ」

「いやその、遠足と同じで、おうちに帰るまでが仕事という感じがするといいますか……」

「仕事はもう終わっているだろ。今はプライベートな時間なんだから、別に恋人と一緒にいようが手を繋ごうが構わない。それとも、天音は手を繋ぐのが嫌なのか？」

幸人が胡乱《うろん》な目つきで見下ろしてくる。私は慌てて反対側の手をぶんぶんと振った。

「手を繋ぐのは嫌じゃないけど！　何というか……」

俯《うつむ》いて、横目で辺りを窺《うかが》う。やっぱり知り合いや会社の人はいない。でも、だけど……

何か見られてる気がするのは、幸人の容姿が目立つせいだろうか。

「天音は照れ屋なんだな」

くすっと幸人が笑った。

「いや、照れ屋とかそういうんじゃなくて！」

慌てて否定してから、はぁとため息をつく。何か、私ばっかり慌てている気がする。

「……ほんとに私と幸人さんが付き合うのかなーって、思ったの」

「今さっき決めたばかりなのに、もう不安なのか？」

「だって、全然実感が湧かないんだもん。もしかして幸人さんは私をからかってるだけなのかなって思ったりして……」

「ふむ」

幸人は少し考えるように顎《あご》に指を添える。そしておもむろに繋いだ手を引っ張り、「行こうか」と言って歩き始めた。

どこに行くんだろう。駅前まで送ってくれるのかな？　そういえば、幸人はどこに住んでいるんだろう。

私がそのことを聞く前に、幸人は駅に行く道をそれて、どんどん違う方向へと歩いていく。

「ちょ、ちょっ、幸人さん？　駅はあっちだよ？」

「誰が駅に行くと言った」

「そりゃ言ってないけど、今の時間だと普通に考えたら駅じゃない」

何せ私は、ここから家まで一時間かかるのだ。できれば、あまり寄り道はしたくない。それなのに、幸人の足はずんずん駅から離れていく。

「駅に行く必要はない。ホテルからハイヤーで帰るんだから」

「……はい？」

ほてる？　何でホテルに行くんだ。今日は週のはじめの月曜日。つまり明日も普通に仕事がある。まさかこやつ、平日であるにもかかわらず、私といかがわしいことをするつもりなのか。

「ちょ、幸人さん！　だ、だめだって。今日月曜日だし！」

「曜日なんて関係ないだろうが」

「めちゃくちゃ関係あるよ！　とにかくだめ。平日の仕事帰りに、そ、そんなところ行っちゃだめ！　そういうことは週末か休みの日にしなくちゃいけないの！」

一般的な恋人同士がどのようにお付き合いをするのかはわからないけれど、私自身のこだわりとして、そういうところに安易に行ってはならない。先日は酒に酔って初めてを奪われるという事態に陥《おちい》ってしまったが、本来、それはもっと秘めやかで、特別な時間でなければならないのだ。少なくとも平日の仕事帰りにちょっとホテルで一発、などという自堕落《じだらくてき》的なお付き合いをしてはならない！

そんな強い意思を込めて見上げると、彼は面白がるように私を見下ろしてきた。

「へぇ？　意外……でもないか。天音は真面目なんだな。いや、貞淑《ていしゅく》と言おうか」

「て、貞淑《ていしゅく》なんて大それたものではないけど……現にお酒に酔ってたとはいえ、一度しちゃってるわけだし……」

「それは俺の計画的犯行であって、別に天音のせいではないだろう」

さらっと言われたが、やっぱり先日のアレは幸人の計画通りだったのか。この外道《げどう》め。おそらく私がバーに誘った時から企《たくら》んでいたに違いない。爽《さわ》やか紳士のフリして何たる悪党だ。

「とにかく。今日が週末ならまだしも、週のはじめにホテルは嫌だよ。こういうことには、ちゃんとメリハリをつけたいの」

「わかった。だが、俺としてはな……」

彼は手を繋ぎながら困ったように嘆息し、顎《あご》に指を添える。

「今まで男性経験が一切なかったためか、それとも色恋沙汰からかけ離れた枯れ女だったせいか、君は俺との付き合いに実感が持てないと言う。そんな不安はさっさと取り除いてやりたいのが本音なんだ」

なるほど。つまり私を安心させるために、ホテルで一発決めておこうと思ったのか。……って、さりげなく枯れ女とか言って、私のこと馬鹿にしてないか？

「よし、それなら俺が天音を家まで送ろう。道中で色々話していれば、少しは実感が湧いてくるんじゃないか？」

「え？　……それはまぁ、悪くないけど。あ、でも、今はちょっと……部屋がちらかってるというか……」

決まり悪くなって頬をかく。幸人の気遣いは嬉しいけど、私のアパートの部屋は今現在、人を招待するのに向かない。別に掃除をサボっているわけではないけれど……いや、最近ちょっとサボってたかな……。あと、洗濯物が出しっぱなしになってた気がする。朝食の洗い物もそのままだし……

決してものぐさのつもりはないのだが、やっぱり急に来られたら色々と都合が悪いのだ。

そんな私の心中を察したのか、幸人がくっくっと低く笑う。

「さすがに抜き打ちで人の部屋に入るなんて、そんな悪趣味なことをするつもりはない。部屋の前まで送るだけだ」

「けど、それだと幸人さんの帰宅時間が遅くなるじゃない。大変でしょ？」

「別に構わない。俺の住んでいるマンションは、最寄り駅からすぐだしな」

駅近マンションか、いいなぁ。腐っても御曹司《おんぞうし》だし、イイトコ住んでるんだろうなぁ。……何だろ、理不尽な腹立たしさを感じる。

「じゃあ、お言葉に甘えて送ってもらおうかな」

「了解した。さあ行こう」

私たちは手を繋いだまま来た道を引き返し、駅に向かって歩く。ビジネス街の大通りには会社帰りの人たちが多く行き交っていて、その中で手を繋いだまま歩くのはちょっと、いや、だいぶ恥ずかしい。だけど手をほどこうとしても、幸人がそれを許してくれなかった。彼には恥ずかしいという感情はないのだろうか……

私が住むアパートは、会社がある駅から電車に乗った後、違う路線に乗り換えた先にある。さらに最寄り駅から十五分ほど歩かないといけないので、結構通勤が面倒くさい。だけど家賃などの問題から、そこを選ぶしかなかった。

きっと、うちの会社でも多くの人たちが、こんな風に電車通いをしているのだろう。マイカー通勤の人もいるけど、ラッシュ時間は当然道路も混むので、電車通勤を選ぶ人のほうが多い。

ピーク時間は過ぎていたけど、それでも駅ではたくさんの人たちが忙《せわ》しなく行き交っていた。そんな中、手を繋いでのんびり歩いている私たちの姿は、かなり異様である。しかも幸人はスーツ姿だし、私もブラウスにフレアワンピースという、至って普通の通勤スタイルだ。

「ね、ねえ、幸人さん。せめて駅の中では手を繋ぐのやめない？」

「やめない。見ず知らずの他人に遠慮する必要なんて、まったくないだろう。それに、俺が天音と手を繋ぎたいんだ」

きっぱりと言い切られ、私はうぅと唸《うな》って俯《うつむ》く。コイツはつくづく俺様な男だ。どういう育ち方をしたら、こんなに唯我独尊《ゆいがどくそん》になれるのだろう。少なくとも幸人のお兄さんである高柳課長は、俺様に見えないんだけどな。

でも、私と手を繋ぎたいと言ってくれたことはちょっと嬉しい。幸人が私と付き合いたいと言ったのは、やっぱり嘘偽《うそいつわ》りのない本心だったんだ。

とても照れるけれど、同時にこそばゆい喜びがあって。少しずつ、本当に少しずつ、幸人と恋人同士になったんだという実感が湧いてくる。まだまだ違和感が消えたわけじゃないけれど、こうやって段階を踏んで相手を信頼していって、私たちは自他共に認める恋人同士になっていくのかもしれない。

電車の中ではあまり喋《しゃべ》ることができなかったけど、最寄り駅からアパートに着くまでの間に、私は少しだけ自分のことを話した。今は一人暮らしをしていて、地方に家族が住んでいること。実家には大学の准教授《じゅんきょうじゅ》である父親とピアノの先生をやっている母親がいて、私は一人っ子であること。

「理想的な中流家庭だな。きっと大切に育てられたんだろう」

からかうように笑った幸人に、私も苦笑いを返す。確かにそれだけだと「中流家庭」の理想像に聞こえるかもしれない。

「でもお父さんは機械工学の准教授《じゅんきょうじゅ》で、私にはお父さんの言うことがさっぱりわからないの。中でも機構学っていうのが大好きみたいで……あ、機構学ってわかる？」

「聞きかじった程度だが、要するに歯車やベルト、チェーンなどを利用した機械の運動や、エネルギー伝達についての学問だろう？」

「あ、それそれ。よく知ってるね。とにかく歯車マニアというか、電車オタクなんだよね……」

「はは、なるほど。君の父親は蒸気機関車なんかのレトロなものを好みそうだな」

「そう！　新しい電車についても長々と語るけど、古い電車についてはもっとうるさいの。でも私にはちんぷんかんぷんだし、正直お父さんとはあんまり喋《しゃべ》りたくないんだ……」

はぁ、とため息をつく。あの人は私に専門知識がなくてもお構いなしで喋《しゃべ》ってくるから面倒くさい。しかもおざなりに対応するといじけるし、本当に准教授《じゅんきょうじゅ》かって呆れてしまう。ちなみに私が一人暮らしを始めた理由の半分はそれだ。お父さんとできるだけ関わりたくないのである……

「お母さんも何かぼんやりしてるというか、見ていてハラハラするくらい天然でね。話しててすごく疲れるんだ。ピアノは上手だし、何か賞ももらったらしいけど」

「へぇ？　すごいじゃないか。もしかしてプロのピアニストなのか？」

「ううん。プロデビューの話も出たそうだけど断ったんだって。それより昔からピアノの先生になりたかったらしくて、お母さん的には今の仕事が一番合ってるみたい」

電車オタクと天然ボケ。この二人に囲まれて育った私は、実に苦労の連続であった。はっきり言って、ツッコミが追いつかないのだ。一人暮らしのもう半分の理由は、お母さんの相手がしんどいことである。

「でも私自身、かなり甘やかされて育った自覚があるから、自分を律するためにも一人暮らしは経験しておきたかったんだよ。何かあのまま両親のもとで暮らしていたら、すごく怠惰《たいだ》な社会人生活を送っちゃいそうで」

「ふぅん、そういうことか。しかし自分が甘やかされてきたと自覚しているのは偉いな」

「……私は多分、小さい頃からちょっと冷めてたんだよね。幸人さんはどうだったの？　私より育ちがよかったはずでしょ？」

「俺か、そうだな……」

少し遠い目をしつつ、幸人は歩を進める。

「……天音よりもずっと冷めた子供だったと思う。君には可愛げがあっただろうが、俺にはなかったからな。もちろん、表向きは可愛げを作っていたから、可愛がられてはいたが」

ふ、と彼は静かに微笑む。

そうか。幸人は幼少の頃から表向きの顔を作っていたんだっけ。

……自分を偽《いつわ》り続けるって、どんな気分なんだろう。幸人は意地悪で性悪だけど、自分に騙《だま》される人間を裏で馬鹿にして笑うタイプではないと思う。

もしかしたら、どこか寂しい気持ちもあったんじゃないかな。誰かに本来の自分を見つけてほしいっていう気持ちが。

そんな彼の本性を見た上で、付き合い始めたのが私。人を酔い潰して初めてを奪うわ、半《なか》ば無理矢理交際を迫るわで、かなり押しの強い人だけど……彼が「自分を受け入れてほしい」と言った気持ちは本当なのかもしれない。

それって、私にとってはすごく嬉しいことじゃないだろうか。彼は嘘偽《うそいつわ》りのない自分を、私にだけさらけ出してくれているのだから。……惜しむらくは、もう少しまともな性格であってほしかったということだけど。

駅から歩いて十五分。ようやくアパートにたどり着く。

築五年という比較的新しいアパートは、まだほとんど劣化が見られない。私がこのアパートを選んだ理由の一つだ。加えて家賃が良心的で、部屋は二階の角部屋。通勤時間の長さは少々つらいけど、こんな良物件はなかなかお目にかかれないだろうと判断して、すぐに契約した。

幸人はアパートを見上げ、「なるほどな」と呟く。

「何がなるほどなの？」

「自分の給与に見合った無難な物件を選んだな、と思ったんだ。ここまで都心から離れれば家賃も安いだろうし、天音は若い割に金銭感覚が身についていて、しっかりしているなと感心した」

「それって褒めてるの？　あと、若い割にって言うけど、幸人さんと私は同い年でしょうが……」

思わずツッコむと、幸人が楽しそうに笑う。そしてするりと手を離し、私を正面から見つめてきた。

「君は思っていたより、ずっと『まっとう』な人間のようだ。幸せを絵に描いたような家庭に生まれ、優しく育った。世間擦《ず》れしたところのない、まっすぐな性格……やっと君の人間性がわかった気がする」

穏やかに見つめてくる幸人を、私も見返す。

まっとう、とはどういうことだろう。まっすぐな性格と言われたのはちょっと嬉しいけど、世間擦《ず》れしてないっていうのは、あまりいい意味ではないんじゃないだろうか。

「それってつまり、世間知らずだって言いたいの？」

「世間知らずというのは決して悪いことではない。妙に世慣れして斜《はす》に構えている人間よりも、ずっといいと俺は思うぞ？」

「……妙に世慣れして斜《はす》に構えてるって、それってまるきり幸人さんのことじゃないの」

思わず呆れた目で見てしまう。彼ほどひねくれた人間はそういないのではないだろうか。大体、表向きの顔を作っている時点でひねくれてるし、皮肉もずけずけ言うし。

彼は軽く笑って「バレたか」とあっさり認める。

「同族嫌悪というやつだな。俺はあまり自分自身が好きではないから、自分と似ている人間は嫌いなんだ。そういう意味でも、天音とはうまくやっていけそうな気がする。君は善人だからな」

「じゃあ、幸人さんは悪人なの？」

ちょっと意地悪なことを聞いてみる。幸人は「どうかな？」と楽しそうに目を細めた。

「少なくとも天音よりは悪人かもしれない。君は悪事ができないというより、悪事など思いつかない人間だからな。善人とはそういうことだ。一方、俺は頭がいいので、悪知恵《わるぢえ》もよく働く」

「それって遠回しに、私のこと馬鹿にしてるよね？」

「天音との会話は楽しいな。俺の言葉の裏をきちんと読んでくれるから」

くっくっと笑われ、私はむぅと口を尖らせる。やっぱり私のこと、頭が悪いって馬鹿にしてたんだな。

「フンだ。ほんとに幸人さんって性格悪い。一応恋人同士になったんだし、もうちょっと優しい言葉をかけてくれてもいいのにさ」

ぷい、と彼に背を向け、アパートの階段を上《のぼ》ろうとする。

――その時、肘を掴《つか》まれてグイと引き戻された。

「えっ――」

思わずたたらを踏んでしまい、体がよろりと傾く。そんな私を優しく抱き留め、幸人がそっとキスをしてきた。

私は目を大きく見開く。

他に人通りのない、駅から離れた住宅地。すでに夜の帳《とばり》が降り、電柱についた電灯がほのかに辺りを照らしている。

「一応？　……違うだろう」

彼が口元で囁《ささや》き、もう一度唇を合わせてくる。少し角度を変えられ、ちゅく、と小さな水音がした。

「天音は俺のものになった。恋人になったというのは、つまりそういうことだ。『一応』や『とりあえず』で付き合えるほど俺は甘くない。覚悟しておけ」

まるで脅《おど》し文句のようなことを口にして、至近距離でニヤリと笑う。そしてまた口づけると、次は舌を挿《さ》し込んできた。

「んっ、んんっ」

人通りがないとはいえ、こんな道のど真ん中でディープキスとは、何を考えているのだ！　そう文句を言いたいのはヤマヤマだけど、そんなことを言える余裕などまったくない。

幸人は巧みに私の舌を絡め取り、頬の内側を舌先でつるつると舐めてくる。いつの間にか腰に腕を回され、身動きが取れないほど強く抱きしめられていた。

「ゆきと、さん……だめ……こんな、ところで……あぅ」

息を切らしながらも、何とか抵抗の言葉を口にする。幸人は私の唇の端から顎《あご》にかけてゆっくりと舌でたどり、首筋にギリッと吸いついた。

「俺を差し置いて浮気をするとは思えないが、万が一そんなことをしでかしたら、ただではおかない。俺と付き合う以上はしっかりと自覚してもらうぞ。……お前は、誰の恋人だ？」

耳元で低い囁《ささや》き声が聞こえる。殺意すらこもっていそうな声にぞくぞくと背中が震え、私はか細い声を何とか絞り出した。

「わ、私は、幸人さん……の、こいびと……？」

「なぜ語尾が上がる」

ぱくっと耳朶《みみたぶ》を食《は》まれた。そのままぺろりと舐められ、思わず「わひゃ！」と変な声を上げてしまう。

「まったく……まだまだ自覚が足りないようだな。とりあえず近いうちにデートをするから、そのつもりでいるように。俺と付き合うことをさっさと自覚しておけよ」

最後にぐっさりとクギを刺し、幸人は「また明日な」と言って来た道を戻っていった。私は唖然としながら耳に手をやり、彼の後ろ姿を見送る。

よ、よくわからないけど……幸人は本気で私を恋人にするつもりのようだ。しかし、あんな風に凄《すご》まなくてもよかろうに。

何だか脅迫されたような気分になりながら、私はアパートに戻るのだった。


青い空、白い雲。本日は晴天なり。

昼休みに会社の屋上でお弁当を食べるのも、またオツなものだ。食堂と大きく違うのは、開放感があるところだろう。……給水塔の裏に隠れていなければの話だが。

私と江美さんは給水塔とフェンスの隙間《すきま》に座って、ここそお弁当を食べていた。と言っても隠れる必要があるのは私一人で、江美さんは付き合ってくれているだけだ。本当に後輩思いのありがたい先輩である。

昨日、幸人が朝から話しかけてきたり食堂で隣に座ってきたり、挙句《あげく》の果てに一緒に帰ったりと僕たち付き合ってますよアピールをしやがったせいで、私は彼を狙う女性社員たちから敵視されてしまったのである。

大体は睨《にら》まれる程度で済んでいるのだが、ひときわ激しいのは例の鉄壁部隊であった。彼女らのイジメがいよいよ本格化したのだ。

朝のロッカールームでわざわざ待ち伏せて、着替えてる最中に大声で悪口を言ってきたり。コピーを取っているところに体当たりしてきたり。一課に書類を回せば重箱の隅をつつくようにあら探しをしてネチネチ文句を言い、ついでに上から目線で説教してくる。字が汚いとか、言葉遣いが気に入らないとか。

「本当にトホホですよね。ある程度の嫌がらせは予想してましたけど、ここまであからさまにされるとは思いませんでしたよ」

「災難だよねぇ。それにしても、まさか本当に天音が高柳君を射止めちゃうとは。さすがに予想外だったなー」

「私も予想外です」

インゲンの肉巻きをぱくりと食べて俯《うつむ》く。つい先ほど、江美さんにはこれまでの経緯を説明した。伏せたのは幸人と体の関係を結んでしまったことと、彼の本性くらいだろうか。

「でも大丈夫かなー。お姉さんはちょっと心配なんだよね。天音はいい子だから……」

卵焼きをつつきながら、少し困った様子で江美さんが言う。

「どうしたんですか？」

「いや、何でもない。えっと、高柳君と付き合うっていうのは、天音的には嬉しいことなんだよね？」

確認するように聞いてくる。私はおにぎりを口にして「うーん」と唸《うな》った。

……まぁ、彼の本性はなかなかの難物《なんぶつ》だが、それを知ってもなお、恋心は持ち続けている。それなら、この事態は一応私にとってプラスだろう。

「嬉しいことだと思います。でも、あまり実感がないんですよね。とりあえず付き合うことにはしたものの、これからどうすればいいのか全然わからなくて。次のお休みにデートをする約束はしましたけど」

「おや、さっそくだね。でも、あなたと高柳君じゃ色々と価値観が違うだろうし、ちょっと大変かもしれないね」

昼食を食べ終わった江美さんがランチョンマットにお弁当箱を包む。私も同時に食べ終わって、きんちゃく袋にお弁当箱を入れた。

「まぁでも、できる範囲のことをやればいいと思うよ？　高柳君と付き合ったところで、シンデレラみたいに魔法をかけられるわけじゃない。結局、何事も地道にやるしかないんだよ」

「地道、ですか」

「そ。だって念願叶ってお付き合いできたんでしょ？　次にやることといえば、高柳君がもっと天音のことを好きになってくれるように、お化粧やお洒落《しゃれ》を研究したり、幻滅されない態度を心がけたりするくらいじゃないかな。あとはお料理をもっと頑張ったり、新しいことにチャレンジしたりするのもいいかもね」

江美さんが先輩らしくアドバイスしてくれる。確かに言われてみれば、私はまだお付き合いしてもらえただけに過ぎないのだ。大事なのは現状に満足せず、さらなるステップを踏むこと。

あの俺様プリンスが私のことをもっと好きになってくれたら、どうなるんだろう？　ちょっとはあの暴虐《ぼうぎゃく》さがなりを潜《ひそ》めるのかな。多少は優しい言葉をかけてもらえるのだろうか。

快適な恋人生活を送るためにも、頑張ったほうがいいような気がしてきた。せめて愚《おろ》かとかバカとか言わないくらいには甘くなっていただきたい。

「……よし。私、できることから頑張ってみます」

「うんうん、いい返事だ。先輩の言うことを素直に聞ける天音は、やっぱりいい子だね～」

頭をなでなでしてくる江美さん。何だか小さい子を扱うみたいじゃないですか？

「何にせよ、これは千載一遇《せんざいいちぐう》のチャンスだよ。せっかく大企業の御曹司《おんぞうし》を捕まえたんだから、ちゃんと首輪つけてしっかりリードを掴《つか》んでおかなきゃ。横取りしたい女なんて星の数ほどいるんだし、高柳君がフラフラよそ見しないように、あなたの魅力で繋ぎとめておくんだよ！」

「う、うん。……わ、私の魅力……か」

めちゃくちゃ自信ない。素材が地味だから、どんなに着飾っても限界がある。大体、私よりきれいな人なんてあちこちにいるんですけど。目の前にいる江美さんだって美人の部類だし。

それにしても、犬の飼い方みたいなアドバイスをされたものだから、あの高柳幸人に首輪を嵌《は》めてリードを繋ぐところをつい想像してしまった。彼にバレたら絶対に怒られるだろう。

お弁当を片付けた江美さんはフェンスに身を傾け、ペットボトルのお茶を飲む。そして、ふぅ、と息を吐いて空を眺めた。

「でも目下の問題といえば、天音の現状だよね」

「……そうですね～」

魂《たましい》が抜けそうな声で返事をした私は、パックジュースを飲んで長いため息をついた。

今のところ悪口や体当たりくらいだけど、間違いなくエスカレートするだろう。イジメとはそういうものだ。特にあの鉄壁部隊は、過去に何人かの社員を退職にまで追い込んだという噂がある。あくまで噂の域を出ないけど、あの人たちを見ていると、あながち嘘でもないのかなと思えた。

「まぁ、あの人たちだってイチ会社員なんだし、あからさまに仕事を邪魔したりはしないと思うよ。でも、少しでも足を引っ張るような真似してきたら、ちゃんと上司に言いなさいね。三課の伍島課長はそういうことでいちいち動いてくれないけど、二課の白橋課長はしっかりしてる人だから対処してくれるよ」

「……うん」

「こういう時、『上司に迷惑がかかるかも』とか、『自分一人が我慢すれば』なんて後ろ向きに考えて我慢するのは絶対だめだからね。公私混同は会社にとっても業務妨害になるんだから」

にっこりと笑いかけてくれた江美さんに、私はこくりと頷いた。

江美さんはホントにいい人だ。入社した時、最初にお世話になったのがこの人で本当によかったと思う。

彼女は私だけじゃなく、たくさんの後輩を指導していて、今ではすっかり頼れるアネゴだ。本人はその呼称を嫌がっているけれど。美人で頼もしいって、憧れちゃうな。

「あと、あの人たちがしてきそうな嫌がらせといえば、アレとコレと、ソレだよね。どれもしてきそうだなぁ」

「そ、そんなにバリエーション豊かなんですか？」

「自分らのプライドを傷つけた女を蹴落《けお》とすのに、命かけてるからね～。あの人たちがうちの課長の取り巻きしてた頃だって、被害者はいっぱいいたんだよ？」

「へぇ……」

そういえば、以前は社長の長男である高柳要一さんの取り巻きだったのだ。江美さんはその頃から、彼女らの悪行を知っているのだろう。

「でも、あの頃に比べたら社内風紀もしっかりしてきてるし、私はコンプライアンス委員会の子と仲いいから、その子に頼めば色々未然に防げると思うよ。社内ネットワークで中傷メールばらまいたり、女子ロッカーに貼り紙したり、そんなことされたくないでしょ？」

絶対にされたくない。うんうんと何度も頷く私の背中を、江美さんが元気づけるように軽く叩いてくる。

「もちろん、会社としてもそんなことされたくない。風紀が乱れるし、社内の空気も悪くなる。だから、そういったことを未然に防ぐためにコンプライアンス委員会があるんだよ。大丈夫。皆が皆、高柳幸人のファンってわけじゃないんだからね」

「そうですね。別に社内中の女の子が私を嫌ってるわけじゃない……」

たくさんの悪意ある視線を向けられたり、幸人の取り巻きだった人たちから嫌がらせを受けたりして落ち込んでいたけれど、よく考えてみれば、これは井の中の蛙《かわず》が競争しているようなものだ。誰が幸人の一番になれるか、という競争。でも、その争いに興味のない人間にとってはまったくの他人事で、どうでもいいことなのである。

その事実は、私の心にほんの少しの安堵をもたらした。

そうだ、別に全国の人間に嫌われたわけじゃない。大企業ではあるけれど、たった一つの会社の、一部の社員に嫌われただけなんだ。

「私、イジメなんかに負けません！　戦ってやりますとも！」

「うんうん、その意気だ！　私、天音のそういうところ大好きだよー」

「ふふふ、任せてください。今度嫌がらせされたら、コンプライアンス委員会に泣きついてやりますよ！」

「そうそう、味方は自分で作らないとね。それに、高柳君だって頼りになるんじゃない？　仮にも恋人になったんだし、彼女を守るのは彼氏の役目でしょ？」

それもそうだ。あまりに嫌がらせが深刻化したら、幸人に相談しよう。そもそもヤツが無駄にモテるからこのような事態になっているのだし、多少は協力していただきたい。

「……まぁ、アレはわざわざ言わなくても、勝手に手を回していそうだけどね……」

ボソッと江美さんが呟く。聞き取れなかったので私が首を傾げると、彼女は何でもない、と言って笑った。


さて、いよいよ初デートである。

そもそも男性と付き合うということ自体初めてなので、江美さんからデートの心得《こころえ》を聞いたり自分で調べたりして、思いつく限りの予習はした。

朝、一人暮らしのアパートで等身大の鏡を見つめる。

髪よし、服よし、化粧よし！

びしびしと自分で指さし確認する。髪はヘアアイロンで丁寧に縦巻きした。服はおろしたての膝丈ワンピースで、エレガントなところに連れていかれても場違いにならない程度のきれいめデザイン。お化粧は基本的に会社と変わらないけれど、ラメ入りアイシャドウとグロス入りリップを使ってほんのり甘めを目指した。

爪に塗ったのは、お気に入りのサンゴ色マニキュア。デートの時くらいは、とラインストーンも少し飾ってみた。昨晩必死にピンセットで格闘したのである。

イヤリングはカジュアルでシンプルなもの。ネックレスはつけていない。江美さんに、初デートでネックレスはつけるなと言われたのだ。なぜだろう……

肩紐がチェーンになったキルティングバッグには、お財布とスマートフォン、それにハンカチティッシュと、もしもの時のストッキング。これだけ入れるとパンパンになってしまったが、頑張って端のほうに口紅とあぶら取り紙とフェイスパウダーをねじ込む。

うーむ。これで準備万端かな？　忘れ物はないかな……

ワンルームの部屋をウロウロするが、他に持っていくべきものは思いつかない。時間も押しているし、そろそろ行こう。

それにしても、我が社のプリンス高柳幸人とデートするなんて、ほんの数日前は想像もつかなかった。人生何が起こるかわからない。まだ半分夢じゃないかと思ってる辺り、よほど私は幸人に憧れていたのだろう。どこかキツネにつままれたような、不思議な気分である。

今まで、こんなロマンス的な出来事にはまったく関わりがなかった。穏やかだけれど代わり映えしない日々を、平凡に過ごしていたのだ。

そんな私が急に表舞台に出されて、王子様が目の前にいる。

戸惑わないわけがない。いつまで経っても現実味がないのは、それが原因なのだろうか。

……順調に付き合っていけば、こんな風に思うこともなくなるのかな。

待ち合わせは繁華街の駅前にある、目立つモニュメントの前。腕時計を見れば約束の十分前で、遅すぎず早すぎずいい感じの時間だと、一人頷く。

しかし、モニュメントの前にはすでに高柳幸人が立っていた。

しまった。相手が来る前に待機せよというデートの基本がいきなり守れなかった。でも遅刻したわけじゃないし……怒ってないよね？　いや、それ以前に幸人君、あなたいきなり逆ナンされてますよ。

遠目に見る幸人はダークネイビーのジャケットに襟つきシャツ、そして白スラックスという姿だった。カジュアルに見えてエレガント。顔のよさとも相まってモデル然としており、幸人の周りだけファッション雑誌から切り取られたみたいに見える。

そんな男が堂々と駅前に立っているのだから、目立たないわけがない。さっそく二人組の女性にナンパされていた。最近は女性も積極的なんだなぁ。

どうしよう。ここで堂々と「お待たせ～」とか言って彼のそばに行くのは、非常に勇気がいる。

迷ってまごまごしていると、幸人がふっと顔を上げた。彼は二人組の女性に微笑みかけて何かを口にし、会釈《えしゃく》してから私のほうに向かって歩いてくる。

「よっ、おはよう」

「……よっ」

幸人が軽く手を上げたので、私もつられて手を上げる。チラと彼の後ろを見ると、二人組の女性が私を睨《にら》みながら何やら話していた。おそらく悪口でも言っているのだろう。

「とりあえず移動するぞ。さっきから代わる代わる声をかけられて非常に鬱陶《うっとう》しい」

「声をかけられるのが嫌なら、もっと約束の時間ギリギリに来たらよかったのに」

「人と約束した時は相手より先に行く。基本だろう？　デートに誘ったのは俺だしな」

ニヤ、と意地悪な笑みを浮かべた幸人が、私の手を握ってきた。思わずどきりとする。

この男は口が悪くて俺様思考な割に仕草が甘いのだ。こうやってナチュラルに手を繋がれると、つい嬉しくなってしまう。本当に幸人と付き合っているんだなぁと、実感が湧くからだろうか。

「今日はまた、えらく気合を入れてきたんだな」

「そ、そりゃまあデートだし。……でも、もしかして変？　もっとラフな服装のほうがよかった？」

これでもファッション雑誌を読みまくって研究したコーディネートなのだが、あまりに気合を入れすぎて逆に引かれていたら困る。

幸人は目を細めて「いや」と首を横に振った。

「似合ってるからいいんじゃないか。それに気合を入れて着飾ってくれたのは、俺としても嬉しいことだ。デートに誘ったかいがある」

「そ、そう。それならよかった……です」

しどろもどろになって頷く。何か、急に緊張してきた。胸がドキドキして体中が熱くなる。似合っていると言われたからだろうか。お洒落《しゃれ》してくれて嬉しいと言われたからだろうか。

いや、隣を歩く幸人が素敵すぎるからかもしれない。性格は極悪だけれど、見た目は本当に俳優やモデルもかくやという感じなのだ。そんなのが手を繋いできたのだから、ドキドキしないほうがおかしい。

「しかしそこまで気合が入っているのに、ネックレスをつけていないのが気になるな。そのイヤリングとセットになったネックレスがあるんじゃないのか？」

「うん、セットのネックレスはあるよ。でも江美さんがネックレスをつけちゃ駄目だって言うから……あっ」

ついぽろりと漏らしてしまった。慌てて口を押さえる私を、幸人が胡乱《うろん》げに見下ろす。

「江美？　もしかして、経理課の宮村江美か」

「そうだけど……よくわかったね」

「仕事で時々話すんだ。そういえば、天音は宮村と仲がよかったな。会社でも昼食を一緒に取っているようだし」

幸人がブツブツと呟く。何やら少し悩むように眉根を寄せていた。

「宮村からは他にも何か言われたのか。俺と付き合ってることは話したんだろう？」

「うん。他に言われたのは、露出が多い服は避けるべしとか、適度に相手を褒め称えて気持ちよく奢《おご》らせるべしとか……」

江美さんの言葉を思い出しながら指折り数えていると、隣で幸人が頭痛をこらえるように額《ひたい》を押さえた。

「まったく……。いいか天音、宮村のアドバイスは今後一切聞くな。人との付き合い方なんて千差《せんさ》万別《ばんべつ》なんだから、俺たちは俺たちなりの付き合い方をすればいい」

「でも実際、露出の多い服は嫌じゃない？」

「常識を疑うほどの露出でなければ俺はアリだ。これが他の女だったら嫌かもしれないが、天音なら嫌じゃない。むしろ大歓迎だ。露出が多いほうが、色々いじりやすいだろう？」

「なるほど……って、何をのたまっているのか、こんな往来のど真ん中で！」

慌てて声を上げると、幸人が楽しそうに笑う。

まったく……表向きの高柳幸人に憧れていた頃は、こんなにもエロ方面に積極的とは思いもしなかった。どこからどう見ても草食男子で紳士的で、だからこそ年上のお姉様方からも人気があるのに。

「少し早いが、昼食にするぞ」

「うん。どこに行くの？」

「店を予約してある。すぐそこだ」

街路樹が連なる大通りを二人で歩く。手作りの陶器を扱うアトリエや、可愛らしい雑貨店。和モダンな造りのおそば屋さんに、見事な着物が飾られている呉服店。どうやら、この大通りは和風の店が多く並んでいるらしい。外国人観光客にも人気がありそうだ。

やがて目的地に着いたのか、幸人が足を止める。そこは割烹《かっぽう》料理のお店らしい。ひらひらと暖簾《のれん》がたなびいていて、壁に貼られた御影石《みかげいし》のプレートに店名が刻まれていた。

前のフランス料理店と同じく、一介のヒラリーマンが気軽に入っていい雰囲気ではない。やっぱりこの男、一杯二百五十円の駅そばなんて食べたことがないんじゃないだろうか。

いかにも一見《いちげん》さんお断りといった佇《たたず》まいであるにもかかわらず、幸人が堂々と中に入っていく。こういう時、まったく物怖《ものお》じしないところは、ザ・御曹司《おんぞうし》という感じだ。

白木のカウンターがまっすぐに伸びる、小ぢんまりとした店内。テーブル席はなく、カウンター席だけらしい。他に客はいないようで、幸人が真ん中の席につき、私もおずおずと隣に座る。

「いらっしゃいませ」

焦げ茶色をした甚平《じんべい》に同色の和帽子を被った男の人が厨房《ちゅうぼう》から現れる。幸人は軽く会釈《えしゃく》し「始めてください」とお願いした。

「お昼時なのに、他にお客さんいないんだね」

男の人が再び厨房《ちゅうぼう》に入ったのを見計らって、ぽそりと言ってみる。

「ここは完全予約制で、基本貸し切りだ。つまり俺たちがいる間に他の客が入ってくることはない」

「うへぇ……」

思わず引き気味の声が口から出た。貸し切りって何だ。そんなので採算が取れるのか……って、取れるくらいお高いんだろうな、きっと。

「俺もたまには人の目を気にせず、ゆっくり食事を楽しみたいからな」

「目立つ人は大変だねぇ」

私なら混雑したファストフード店でものんびりまったりお食事できるが、これだけ顔がよくて強力な人間磁石がついていると、そういうわけにもいかないのだろう。

やがて先ほどの男の人が自《みず》ら料理を配膳してくれた。じゅんさいの酢和《すあ》えから始まって、お刺身、そして揚げたての天ぷら。どれもおいしくて、ぱくぱくと食べ進めてしまう。

「このレンコンの天ぷら、すごくおいしいよ！」

「そうか、よかったな」

会話そっちのけで、食べることに集中する。天ぷらのあとに来たのは混ぜご飯。じゃこと梅とシソがバランスよく混ぜ込まれていて、あっさりした味わいにすぐさま食べ終えてしまう。

お高いだけかと思っていたけど、びっくりするほどおいしかった。さすがは一見《いちげん》さんお断りっぽい店だけある。

しかしデザートを食べている最中、ハッとデートの心得《こころえ》を思い出した。――食事と会話はバランスよく。あくまでデートなのだから、お喋《しゃべ》りを忘れてはいけない。

食後のお茶を二人でずずっと飲み、私は深呼吸をする。

「えっと、あの……お、お茶もおいしいね！」

「お茶は普通だと思うが、いい茶葉を使っているのは確かだな」

……いや、お茶の品評会をしても仕方がない。

「じゅんさいもおいしかったし、お刺身もおいしかったし、天ぷらなんて絶品で、最後のじゃこご飯もおかわりしたいくらいおいしくて、あ、デザートもおいしかったよ。ほんのり梅味がして……」

「天音」

私の言葉を遮《さえぎ》って、幸人が軽く睨《にら》んでくる。私が思わず黙ると、彼はゆっくりとお茶を飲んだ。

「また何か妙なことを気にしてるだろ。宮村か？」

「え、いや、これはネットで調べた、デートの心得《こころえ》十箇条というものでして……」

「それも忘れろ。俺が天音に幻滅することはない。どうか自然体の天音でいてくれ」

きっぱりと言われて、思わず「え？」と問い返していた。

「幻滅することはないって、どうしてそう言い切れるの？」

「君を見ていればわかることだ。確かに幻滅させられる人間もいるが、天音はそんな人間ではないと今までの付き合いでわかる。自然体というのは、何もだらしなくしろと言っているわけではない。君はデートのために可愛らしく着飾ってきてくれただろう？　そういったＴＰＯをわきまえている君に、自然な形で俺と付き合ってほしいんだ」

世間一般で言われているデートのお約束やルール。他人からのアドバイス。そんなものは気にしなくていい。二人だけの付き合い方でやっていこう。

幸人はそう言っていた。

……でも、どうしてだろう。幸人からちゃんと「彼女」として扱われるほど、違和感が募《つの》っていく。

私が選ばれた理由。告白を受け入れてもらえた理由。

自分が他人より優れているだなんて思ったこともない。平凡で地味で、際立った特徴のない人間だ。言わば大衆の中の一人に過ぎない。

だからこそ疑問が積み重なっていく。でも、それを口に出すことは憚《はばか》られた。怖いのだ、確認するのが。

だからこそデートを通じて、お互いをわかり合おうとしているのかもしれない。この言いしれない不安を払拭《ふっしょく》したいから、せめて絆《きずな》を強めようと努力するのだ。

昼食を終えて次に向かったところは、何とジュエリーショップである。

うん、何かついていけない。人生初のデートゆえに何もかもわからないのだが、普通お付き合いして最初のデートでこんなところに来るものなのか？

昼食の後は映画やプラネタリウムなどを見に行って、埠頭《ふとう》公園でお茶とスイーツを楽しみ、「海きれいね」「君の瞳のほうがきれいだよベイビー」とか言い合って、夜景が望めるレストランでワインをカチンとやるものと思っていたが、どうも違うようだ。

私でも知ってるジュエリーの有名ブランド。ショーケースにうやうやしくディスプレイされたアクセサリーには、どれも目玉が飛び出るような値段がついている。

「好きなものを選べ」

幸人が何か言っている。すきなものをえらべ、とはどういうことだろう。

「まさか、私に高価なものを分割払いで購入させようとする、悪徳ローン会社の罠……？」

「バカか。どこの結婚詐欺師だ」

淡々と後ろからツッコんでくる。またバカって言った！　やっぱり口悪い！

「だ、だって。こんなの無理だよ、選べないよ」

「いいから選べ。宮村の策略に嵌《は》まるのは腹立たしいが、かといって何も買わなかったら、後でうるさく言われるのは目に見えているからな」

どうしてここで江美さんの名前が出るのだろう。不思議に思って振り返ると、幸人はイライラした顔で腕を組んだ。

「なぜ、彼女はネックレスをつけるなと助言したと思う？」

「え、さぁ……？」

「俺にネックレスを買わせるためだ。そんな首元の開いたワンピースを着ているのにネックレスをつけていないのは不自然だろう？　彼女は天音を通して、俺を挑発しているんだ。恋人ならプレゼントの一つや二つ、黙って買ってみせろとな」

江美さん!?　そんな意図でネックレスをつけるなと言ったんですかー！

何ということだ。アクセサリーを催促《さいそく》するつもりなんてなかった。ただ先輩のアドバイスは聞いておこうと思っただけなのだ。

慌ててUターンし、ショップから出ようとした……ところで、幸人が首根っこをガシッと掴《つか》んでくる。

「おい、どこに行くんだ」

「外に出るの。私、アクセサリーなんかいらない」

「俺が買ってやるって言ってるんだから、素直に選べばいいだろう」

平然と口にした幸人。私はぐるっと振り返り、キッと睨《にら》んだ。

「私は、ものが欲しくて幸人さんと付き合ってるんじゃない！　幸人さんが好きだから、付き合って……」

途中で何を言っているんだろうと恥ずかしくなった。ぷい、と顔をそらしてショップを出る。江美さんにはいつも感謝してるけど、これに関しては絶対文句言わなきゃ。

確かに幸人は社長の息子で、ある程度自由に使えるお金を持っているのかもしれないけど、私は物乞いがしたいわけじゃない。強要して買ってもらっても、嬉しいわけがない。

とぼとぼと大通りを歩く。せっかくの初デートなのに……何だかうまくいかないな。

はぁ、とため息をついたところで、ポンと肩を叩かれた。横を見れば、少し真面目な表情を浮かべた幸人が立っている。

「ごめん」

「え？」

彼は決まり悪そうに頭をかき、私の手を握ってくる。

「少し天音を甘く見ていた。俺としても、君をもので釣ろうだなんて思っていない。だが、何か贈り物をすれば喜ぶだろうと軽く見ていたのも事実だ」

まさか素直に謝られるとは思っていなくて、呆然と立ち尽くす。そんな私たちのそばを、見知らぬ他人が行き交っていく。

「無意識に、天音を侮辱《ぶじょく》していたな。本当に悪かった」

「あ……」

かぁ、と顔に熱を感じて俯《うつむ》く。ううむ、何だろうコイツは。俺様なら俺様らしく唯我独尊《ゆいがどくそん》を貫《つらぬ》けばいいのに、妙なところで筋を通そうとしてくる。

そんな風に謝られたら、許すしかないじゃない。……ずるい人だ。

「もう気にしてないよ」

明るく笑って、彼の手を握り返す。すると幸人はニヤリと人の悪い笑みを浮かべた。

「そうか、天音は心が広くて助かるな」

「……ちょっと。本当に申し訳なかったと思ってるの？」

ジト目で彼を睨《にら》みつける。ちょっと切り替えが早すぎないか？

「思っているとも。人がよすぎて、そのうち悪いヤツに騙《だま》されそうだな、などとは決して思っていない」

「思ってる！　それ絶対思ってるでしょ！　ていうか、すでに悪いヤツに騙《だま》されてるし！」

もちろん目の前のコイツのことだ。しかし当の幸人はハハハと笑いながら歩き出す。

……ホントに何を考えているのか。私のことおちょくってるだけじゃないだろうな⁉


どこか行きたいところはあるかと聞かれて、少し悩んだ末、私は埠頭《ふとう》公園を希望した。

青空の下、テラスになった遊歩道を歩くと、両側に見える海が爽《さわ》やかに白波を立たせている。辺りには私たちと同じような恋人同士や、ショッピングついでに散歩中の人たち、クレープを食べ歩きしている人などがいて、それぞれ気ままに歩を進めていた。

「天音は、こういう場所が好きなのか？」

「そういうわけじゃないけど。でも憧れはあったかな」

いつか彼氏ができたら、こういうところを歩いてみたい――。そんな夢を漠然と持っていた。夢は叶ったけれど、いざ実行してみると「こんなものか」と拍子抜けしてしまう。

テラスの柵に手をかけて海を眺めていたら、普段とは違う景色に心が洗われる気がした。

「幸人さんは、お休みの日は何してるの？」

「うーん、そうだな。……特に用事がなければ、何もしてないな」

「ええ!?」

驚いて横にいる彼を見る。幸人は「おかしなことを言ったか？」と首を傾げた。

「あまり趣味らしい趣味もないから、家で本を読んだり適当な映画を見たり、頭を休ませたりしている」

「へぇ……友達は？」

「留学中には何人かいたが、こっちではほとんどいないな」

そうか、幸人は高校から大学まで海外に留学していたんだっけ。そりゃ日本の友達が少なくて当たり前だ。青春時代のほとんどを海外で過ごしていたわけだから。

「海外の友達とは連絡を取り合ってるの？　寂しくない？」

「時々な。別に寂しくはない。大学を卒業したら日本に帰ると決まっていたし……ま、向こうのやつらは日本人よりもストレートに感情を出すから、俺が帰国する時は大騒ぎだったが」

ふ、と幸人が軽く笑う。きっと海外でも人気があったのだろう。

その時、すぐ後ろからクスクスと笑い声が聞こえてきた。

「なあに、あれ。笑っちゃうほど普通じゃない」

「変なの。オトコの顔がいいと苦労しそうだねえ、色々と」

全然知らない人たちだけど、明らかに私のことだ。会社の人のみならず、赤の他人にまで笑われてしまうなんて、そんなに平凡かな、私。……平凡だな、悲しいほど。

一瞬で自己完結してしまって少し落ち込む。でも、幸人と釣り合うような美人ってどれほどのレベルなんだろう。それこそモデルや女優じゃないと釣り合わないいんじゃないだろうか。

「行こう。海はきれいだが、ここは少し肌寒い」

ぎゅ、と幸人が手を握ってくれる。さりげなく気遣ってくれるところは、やっぱり紳士だな。本性は表向きの顔と全然違うけれど、こういうところは変わらないんだ。

近くのショッピングセンターに入って、服を見たり雑貨屋さんで買い物をしたりする。本屋さんにも寄って、互いに好きなジャンルの本を教え合った。

私はミステリー小説が好きなんだけど、幸人は犯人探しに集中してしまって、ストーリーを純粋に楽しめないらしい。

そんな彼が好きなジャンルは、意外にもＳＦ小説だった。非現実的であればあるほど面白いのだと言う。それならファンタジーも楽しめそうだが、ＳＦのほうがより非現実を感じられるんだとか。私にはよくわからない感覚だ。

夕食にしようと言って、幸人が私を連れていってくれたのは、港近くの桟橋。そこには一台のクルーザーが停まっていて、運転手の二人と、調理と給仕のスタッフが挨拶《あいさつ》してくれた。

乗り込んでみると、思っていたより揺れない。船がそこそこ大きいから安定しているのだろうか。

私たち以外にお客さんはいなかった——というか、これも貸し切りだった。

湾内から見える都会の夜景は、展望台から見下ろす夜景とはまた違っていた。まるで地上で星が瞬《またた》いているみたい。きらきらと輝く街の灯《ひ》、大きな橋を照らすライト。車のブレーキランプすら、色鮮やかなネオンに変わる。

星空とパノラマの夜景を眺めながらディナーだなんて、滅多に体験できることじゃない。

ワタリガニのパスタを食べながら、どうしてこんな贅沢《ぜいたく》ができるのかと聞いてみた。すると幸人は、留学していた時に個人で稼いだのだと口にした。

「俺たち兄弟は皆、社会に出る前に自分の力で稼がなければならなかったんだ。世の中を回る金の流れを、己の肌で感じ取ってモノにせよと父に言われてな」

将来は経営者、もしくは企業を動かす大きな歯車の一つとなる。幸人もお兄さんたちも、そう決められていたのだ。

生まれた時からレールが敷かれているというのは、どういう気持ちになるのだろう。つまらないと感じて適当にやり過ごすのかな、それとも未来のために努力を重ねたりするのかな。

おいしかった食事を終え、デッキの手すりを掴《つか》んで夜景を眺める。

——思い出すのは、たった一人で頑張っていた幸人の後ろ姿。もう半年以上も前のことなのに、記憶の中の姿は鮮やかだった。

おそらく私は、あの幸人の姿に一目惚れをしたのだ。心の奥底までしっかりと刻み込まれたからこそ、何度でも明確に思い出せる。

幸人は決して将来を悲観していない。かといって楽観もしていない。ただ前を向いて、自分のやるべきことをやっている。己の役割、決められた生き方をまっとうするために。

将来のことなんてろくに考えもせず生きていた私とは全然違う。……私も、もっと考えるべきなのかな。

対岸を彩《いろど》る光の洪水をぼうっと見ていたら、首に違和感を覚えた。

何だろうと思って見下ろしてみると、胸元にネックレスがかけられている。一粒の宝石が輝く、きれいなネックレス。

「——え?」

ぱちり、と首の後ろで金具が留められた。振り返ると、会社にいる時とは違う意地悪な笑みを浮かべた幸人が立っている。

「似合うぞ」

「……」

かぁ、と顔が熱くなった。贈り物は断ったのに——こんな風にプレゼントしてくるなんてずるい。

つくづく女を喜ばせるのがうまい人だ。

そういえば、上辺だけとはいえ、色々な女性と付き合ってきたのだ。相手をいい気分にさせることなどお手のものなのだろう。言うなれば、接待上手というところか。

ここまでされて、いりませんとはねのけるわけにはいかない。

それに……正直に言うと、私の心は喜んでいた。我ながら単純だなぁと、どこか悔しい思いもある。けれど、それが間違いなく私の素直な気持ちだった。

「ありがとう」

私には分不相応。そう思うところもたくさんあった。でも、幸人とのデートはとても楽しかったのだ。

彼は私の言葉に目を細め、肩に手を回して夜景を眺める。

幸人の大きな手から伝わる、甘やかな予感。今日という日はまだ終わっていないと……私にもわかっていた。


幸人が連れてきてくれたホテルの部屋がいわゆる「スイートルーム」だと知ったのは、二人でお風呂に入っている最中のことだ。

びっくりするほど広い浴槽の中で、足の間に私を挟んだ幸人が、そう教えてくれる。

「スイートなんて、一生縁がないと思ってたよ」

「俺もそこまで縁はない。今日が特別なだけだ」

ぎゅ、と後ろから私を抱きしめてくる。一緒にお風呂なんて恥ずかしいけど、裸で抱き合うのってこんなに気持ちがいいんだな。……知らなかった。

浴槽は丸い形をしていて、こぽこぽと湯が泡立っている。いわゆるジャグジーバスというものだ。さらに湯船には、色鮮やかな花びらがゆらゆらと舞っている。両手で花をすくってみると、甘いハーブの香りがした。

「何か、至れり尽くせりだね」

「そりゃデートだからな」

「……こんなのが普通のデートだったら、いくらお金持ちでも財布が持たないでしょ？」

そう言って後ろを振り返ると、幸人は面白そうに片眉を上げた。

「わかるのか」

「わからいでか」

クックッと幸人が笑う。まるで私との会話を楽しむように。

「いくら社長の息子といっても、幸人さんは私と同い年。しかも平社員だよ。確かに私よりはもらってるだろうけど、こんな贅沢《ぜいたく》がしょっちゅうできるほど給料がいいとは思えない。お金なら留学時代に稼いだって言ってたけれど……」

湯船から人差し指を出し、ふりふりと横に振る。

「それだって、留学していた数年間の話でしょ。一個人が数年間で稼ぐお金なんて、大博打《だいばくち》でも打たない限り限界がある。でも幸人さんは博打《ばくち》を打ちそうには見えないんだよね。リスクを背負って一攫千金《いっかくせんきん》を狙うより、お父さんの言いつけ通り経済の勉強をしながら、地道に稼いでたんじゃない？」

「……まいったな。そこまで見透《みす》かされるとは思わなかった」

幸人が私の肩に顎《あご》を乗せ、ふぅと困ったようにため息をつく。

「君を知るためにデートをしたつもりが、逆に俺の本質を見破られた気がする。君は怖いな。ミイラ取りがミイラになってしまいそうだ」

「それって……どういうこと？」

私が問うと、幸人はニヤリと意地悪そうに笑った。そして唇にキスをしてくる。

「楽しいってことだ。君を知るたび、ぞくぞくする」

彼は口元で囁《ささや》き、もう一度唇を重ねてくる。ぬるつく舌が、口腔《こうこう》にゆっくりと挿《さ》し込まれた。

ぞくりと体に戦慄《せんりつ》が走る。

私の舌は簡単に絡め取られ、ぐちりと音を立てて彼の舌と交わる。とろりとした彼の唾液が、不思議と甘い。

「んっ……」

これは濃厚でいやらしい、唇でのまぐわい。

愛し合う者同士にしか許されないような、はしたないキス。

唇をぴったりと合わせて舌を動かしていたら、口の端から一筋の雫《しずく》が伝う。軽い酸欠になった私は、あえぐような呻《うめ》き声を上げた。

「ふ、ンっ……はぁ……っ」

その時、幸人がきゅ、と胸の頂《いただき》を摘まんでくる。

「あぁっ」

私はビクビクと震えた。彼が後ろから両方の頂《いただき》をいじる。

ツンツンと人差し指でつつき、軽く引っかき、親指との間に挟んでぐりりとひねった。

「あ……っ」

否応《いやおう》なく声が出る。びりびりした甘やかな電流が体中を駆け巡る。

濃厚なキスはまだ続いていた。口をふさがれてうまく声が出せないまま、執拗《しつよう》に頂《いただき》をいじめられる。

私の手がさまようように動いて、ちゃぷんと湯の中に落ちた。心地よい快感と湯の温かさに、頭がのぼせ上がってしまう。

軽いめまいを感じて幸人の胸にもたれかかると、彼はくすりと笑った。

「弱いな」

「ん、よわ……？」

ふらふらした頭で問い返せば、幸人が私の耳にかじりつく。舌先で耳朶《みみたぶ》を舐められ、低く獰猛《どうもう》な息遣いが聞こえた。

「天音は快感に弱いから、すぐその気になってくれる。楽でいい」

「ら、楽って……！　やぁっ……んっ……」

悔しさに思わず目を見開き、ぐっと下唇を噛んで気持ちよさに耐える。それに気づいた幸人がぎゅっと頂《いただき》を摘まんで擦ってくるけど、私は首を横に振って我慢した。

低い声で幸人が笑う。そして「わかりやすいやつだ」と言った。

「そうやって耐える顔も可愛いが、楽というのは別に悪い意味で言ったんじゃないぞ？　相手が変に意固地だと、逆にしらけてしまう。天音くらい素直なほうが、こちらもいじりがいがある」

幸人は力の抜けた私を抱き起こし、丸い浴槽のフチに座らせた。湯船に浸かったまま楽しそうに見上げてくる彼が、ニヤリと口角を上げる。

「楽だと言われるのが嫌なら、耐えてみせたらどうだ？　どれくらいで音《ね》を上げるか、見ものだな」

その凶悪な笑顔は、仕事場は絶対に見せることのない表情。おそらく今、あの会社の中では私しか知らない……幸人の本性。

彼は私の片膝を持ち上げる。大きく足を広げられた私の秘所が、彼の目の前で露《あら》わになった。

「あ、――や、だ。恥ずかしい……」

反射的に足を閉じようとする。しかし幸人はそれを許さなかった。内腿《うちもも》を掴《つか》み、私の抵抗を抑え込んでくる。

そして、ジッと観察するように私の秘所を見つめた。

恥ずかしい。そんなところを見たって、面白くなんかないのに。

羞恥《しゅうち》のあまり、全身が震えてきた。それなのに体は熱を帯《お》びる一方で、内股の辺りを汗が一筋伝う。

「……なるほど」

秘所を見つめながら、幸人がぽそりと呟いた。

「どうやら天音は、俺にいじめられるのが好きらしいな」

「はっ？　何言ってるの？　そんなわけ……」

「俺に見られて恥ずかしいんだろう？　やめてほしいと心から願っているはずだ。それなのに、君のここはとても嬉しそうにしている」

何を……何を言っているんだろう。そんなわけない。いじめてほしいだなんて思ってない。

否定の言葉を口にしようとすると、幸人は再び私の秘所を見つめた。次は、もっと間近まで顔を寄せて。

「――っ！」

恥ずかしい。そんなに見ないで。まじまじ見るようなところじゃない。

ふるふると首を横に振る。心臓が早鐘《はやがね》を打っていた。自然と腰がうずき、たまらなくなる。見ないでほしいのに、どうして――

「可愛いな」

幸人がふっと笑う。

「君のここが、物欲しそうにひくひくと震えている。何かがこぼれているというのも自覚しているだろう？　……ほら、ここから」

「あぁっ！」

蜜口に人差し指を挿《さ》し込まれ、背中に電流が走ったみたいに大きな衝撃がきた。

ぐちゅりと卑猥《ひわい》な音を立ててナカのものをかき取られる。彼の指が抜かれると、どろりとしたものが流れ出た。

「こんなに溜め込んで。俺に見られるのがそんなに嬉しかったのか」

低く笑った幸人が、秘所に息を吹きかけてくる。ぞわぞわした感覚が襲い、声が出そうになるのをぐっとこらえた。

私の内腿《うちもも》を押さえつけたまま、幸人が舌を伸ばす。まさかと思った時、強い快感が体中を駆け抜けた。またあられもない声が出そうになって、慌てて我慢する。……でも、今度は我慢しきれないほど気持ちがよかった。

「ンっ……う、くぅ……っ、ぁあっ！」

幸人が舌先で秘所を丁寧に舐めてくる。そんなところをとか、汚いとか色々思うけれど、たまらない快感に襲われ、拒否の言葉が一つも出てこない。

内側の襞《ひだ》をなぞるように、とろとろした舌が這《は》い回る。

「はぁっ……ん、……あっ」

ぎゅっと唇を噛んで耐えた。そんな私の努力をあざ笑うかのように、幸人は愛撫《あいぶ》を続ける。

ちゅっと軽い音を鳴らして、彼は肉芽に口づけた。体中が戦慄《わなな》き、私は目をぎゅっと閉じる。敏感なところをちろちろと舌先で舐められ、涙が出るほどの快感に震えた。体中が気持ちよさに包まれて、頭がおかしくなりそう。

くたりと脱力してしまう。まだかろうじて頑張っているのは、引きしめられた唇と固く閉じた目だけ。あとは馬鹿みたいなほど無防備に、彼の愛撫《あいぶ》を受け続けていた。

「あぁっ！」

唐突に胸の頂《いただき》をつねられる。ふいうちのような攻めに、私の喉《のど》から嬌声《きょうせい》が上がった。ハッと気づいて後悔しても、もう遅い。

幸人が勝ち誇った顔をして、ざぱりと湯船から上がった。

「まぁまぁ、頑張ったほうだな」

そんなことを口にしながら、浴室の棚に置かれていた避妊具を取り、パッケージを破る。私はよほど悔しそうな顔をしていたのか、準備を終えた幸人が軽く噴き出した。

「だから、感じやすいのは悪いことじゃないと言っているだろう。素直に感じてくれる天音は可愛いよ」

「じゃあ楽とか、そういう風に言わないでよ。……意地悪」

むぅ、と眉をひそめて言うと、彼は実に楽しそうな笑みを浮かべた。

「ああ言えば、天音は絶対に意地になると思ってな。声を出すのを必死に我慢している姿は、なかなかそそるものがあった」

幸人は私の手を引いて浴室の床に座らせ、膝を掴《つか》んでぐいと足を広げてくる。いよいよか、と前回感じた破瓜《はか》の痛みを思い出した。

……しかし、なかなかやってこない。

いつの間にか瞑《つぶ》っていた目をゆっくり開くと、幸人は笑っていた。

秘所には彼のモノが宛てがわれている。それなのに、中に入れてこようとはしない。

「天音。これ、自分で入れてみろ」

「……へ？」

間の抜けた声が出る。彼は自分の杭《くい》を掴《つか》み、ぬるりと秘所に滑らせた。

「ふぁっ、あっ」

「もう入れ方はわかるだろう？　入り口に当ててやるから、天音は腰を動かすだけでいい。……それで、簡単に挿入《はい》る」

もう一度、ぴたりと蜜口に宛てがわれた。確かに、私が少し腰を動かせば、たやすく膣内《ちつない》に挿《は》入《い》ってくるだろう。だけど――

「そ、んな……。恥ずかしいよ……」

「恥ずかしくても、欲しいだろう？」

「それは……」

私は思わず俯《うつむ》く。

確かに期待している。ここまで愛撫《あいぶ》されて、焦《じ》らされて、体はすっかり欲しがっていた。まだ二回目なのに、こんなにもセックスしたいと思っているなんて。

私……もしかして、すごくいやらしい人間なのかな。

思わず落ち込んでしまった私の顎《あご》を、幸人が優しく上向かせる。そしてゆっくりと口づけてきた。とろとろした舌で口腔《こうこう》を舐め回し、胸の頂《いただき》を指でつついて軽くつねってくる。

「ふっ……んっ」

体がびくびくと反応する。宛てがわれたままの彼の杭《くい》に、私の蜜が伝っていく。

まるで性交のように深い口づけをした後、幸人が口元で甘く囁《ささや》いた。

「天音……入れてみて？」

それは、会社で見せる幸人の顔。私が憧れた、優しくて紳士的な表向きの顔。にっこりと目を細めた彼は、瞼に口づけてくる。

「天音に、俺を望んでもらいたい」

甘えた声で囁《ささや》かれ、下腹部にずくんとした痛みを感じた。

体がうずいている。悦《よろこ》んで、早く早くと幸人を望んでいる。

もう、私には行為をやめるという選択肢はなかった。

手を後ろの床につき、ゆっくりと腰を前へ動かす。

にゅぷり、と先端が挿《は》入《い》ってきた。――どうしてだろう。幸人に入れられるよりもずっと、ダイレクトに感じてしまう。

「ふぁ……ん、あぁっ！」

ずる、ずる、とゆっくり挿入《そうにゅう》される。狭い道をこじ開けるように貫《つらぬ》かれ、柔肉を擦られる感覚に、上ずった声が出る。

「はいっ……たよ？」

もういいでしょう？　という気持ちを込めて見上げた。幸人はまだまだ、と言わんばかりに笑っている。

「もっと奥まで入るだろう？」

「ふっ……う、意地悪……っ！」

もう限界が近いのに。私は甘い腰のうずきを感じながら、自《みずか》らをいじめるように、幸人のモノを呑み込んでいく。

「もう、ムリ……いっぱいになっちゃ……あぁっ！」

唐突に幸人が腰を前に出し、思い切り最奥まで貫《つらぬ》いてくる。強すぎる衝撃に、私の口から大きな声が上がった。

「奥はここだ。ここ。……わかるか？」

「んっ……や、ぁ。ぐりぐりってしないで……あっ、き、きもちいい……からっ」

「気持ちいいなら別に構わないだろうが。面白いな、天音は」

くっくっと笑って、幸人は私を抱きしめる。そして腰だけを動かし、強く打ちつけてきた。

「あぁんっ、は、あぁ……っ」

肌と肌がぶつかる音。

結合部から響く、ぐちゅぐちゅと粘《ねば》ついた音。

耳まで犯されている。体中が彼に辱《はずかし》められている。それなのに――

「あっ、あ、きもち……い。幸人さん、好き……っ」

おかしくなりそうなほどの快感を覚えていた。幸せで、嬉しくて、もっともっと彼に抱かれたい。

「天音……」

うわごとのように私の名を呼ぶ幸人。彼に名を呼んでもらえるのが嬉しい。

気づけば幸人の顔から笑みが消えている。ひどく真剣な表情は怒っているようにも見えた。けれど抱きしめる腕には一層の力がこもり、私の膣内《ちつない》へ乱暴に抽挿《ちゅうそう》を続ける。

「あンっ！　ふ、ぁ、……はぁ、んっ！」

勢いよく引き出されては、最奥まで貫《つらぬ》かれる。そのたびに蜜が溢《あふ》れ、交わっているところが白く泡立つ。

声がかすれて、声にならなくなっていく。はっはっと獣みたいに口を開けて息をしながら、彼の大きな背中に手を這《は》わせ、強く抱きしめる。

体がぴったりと密着して、私の小さな胸が潰される。それでも足りなくて、さらに体を押しつけた。まるで一つの生き物になりたいと体が訴えてるみたいに。

いつしか、余計なことを何も考えられなくなっていた。

幸人が好き。大好き。私の思いはその一つに集約し、幸せな気持ちでいっぱいになる。好きな人に抱かれるというのは、何て嬉しいことなんだろう。

幸人は無言で腰を動かすのみで、私に何かを囁《ささや》くことはない。だけど彼の行動が全てを物語っていた。口を開けば意地悪なことしか言わない男が、とても真剣に私を抱いてくれている。

そんな幸人が愛《いと》おしい。もっと、私の体にあなたを刻みつけてほしい。

とめどない抽挿《ちゅうそう》は続く。何度も抜かれ、何度も突かれる。

「ふ、あぁ……あ、やぁっ……」

やがて快楽の波が一気に押し寄せて、頭の中が真っ白になって――

幸人が「くっ」と呻《うめ》き声を上げる。波にさらわれる私を抱き留め、一緒に落ちていく。

その時の多幸感はたまらないほど心地がよくて、まるで夢の中にたゆたうようだった。

幸人とお付き合いを始めて、早くも一ヵ月が過ぎようとしていた。

恋人だからといって、プライベートでしょっちゅう会えるものではない。次の週はデートの約束をしているけれど、普段は時々メールを交わしたり、電話をしたりする程度だ。

会社ではほとんど接点がない。付き合う前後は嫌がらせレベルのスキンシップをされたが、その後はいつも通りの幸人に戻った。私も仕事の話しかしないし、向こうも特に話しかけてくることはない。

だからなのか、私に対する悪意の視線は次第に減っていった。未だ敵意を剥《む》き出しにしてくるのは、一課と秘書課の取り巻きの方々くらいである。そんな彼女たちも、なぜか最近は幸人にまとわりついていない。

入社二年目。幸人はようやく平穏な生活を得たようにのびのびとしていた。どこに行っても女性に囲まれていたのが、今は遠巻きに見られるくらいに落ち着いたからだ。

今日も社員食堂で、彼は同僚の男の人たちと食事をしている。

「何だか、ちょっと拍子抜けですよね。壮絶なイジメが始まると思っていたのに」

「そんなの付き合ってる当人たちと会社がしっかりしてれば、滅多に起こらないよ。それに噂によるとね、高柳君が皆の前で明言したみたいだよ」

明言？　お弁当を食べながら首を傾げる私に、江美さんがハムサンドをぱくりと食べつつ頷く。

「本多天音と付き合ってるんですか？　って聞かれて、高柳君はしっかり肯定したんだって。しかも、自分から交際を申し込んだので、天音を悪く言わないでほしいってお願いしたらしいよ」

卵焼きを食べていた私は、目を丸くする。

だって、最初は私が幸人に告白したのに――

幸人は私を気遣って、そんな風に言ってくれたんだ。

「皆が幸人さんを囲まなくなったのは、そのせいなんですか？」

「そうみたい。天音とのことが女性社員の間で知れ渡って、ほとんどの子が諦めたんだろうね。諦めの悪い子も、とりあえず様子見してるのかも。さすがに堂々と横取りを狙う子はいないと思うよ。高柳君は紳士で真面目な人だから、倫理に反することを嫌いそうだし」

確かに横取りしたくても、好きな男に嫌われては元も子もない。それに幸人は裏の顔でさえも、倫理に関しては厳しそうな気がした。女が横取り上等で迫ってきたら、「愚《おろ》か者め」とか言いそうである。

……ま、表向きの高柳幸人なら、もうちょっと優しくオブラートに包むだろうけど。

「きっと皆、天音と高柳君が別れるのを今か今かと待ち構えているんじゃないかな？　そのために、天音の評判を落とそうとしてくる連中がいないとも限らないから、油断はしちゃだめだよ」

「……そうですね」

シャケフレークを混ぜたおにぎりを食べて神妙に頷く。江美さんは明るく笑い、「そこまで深刻にならなくてもいいって！」と励ましてくれた。

「何にしてもよかったじゃない。少なくとも、露骨な嫌がらせやロッカールームでの悪口はなくなったんだし。高柳君も、同僚の営業さんたちから祝われているみたいだしね」

「祝われてるんですか？」

「今まで可哀想なくらい、女の人に囲まれていたからね。彼女ができてやっと落ち着いてよかったねーって言われてるよ。あと、相手が天音だったことで好感度も上がったみたい」

「……何で私が相手だと、幸人さんの好感度が高くなるんですか」

何となく嫌な予感がしてジト目になる。すると、ご名答とばかりに江美さんが微笑んだ。

「天音は平凡が特徴みたいな無難な物件だもん。男が羨《うらや》むような美人でもなし、スタイル抜群でもなし、天下の御曹司《おんぞうし》で相手も選びたい放題なのに、意外と庶民的な子が好きなのかーってね」

「絶対、皆して私をけなしてますよね」

「そんなことないよー。野に咲く雑草だって、お花を咲かせたら可愛いでしょ？」

「それ、全然褒めてないです！」

パックジュースを片手に怒ると、江美さんが「あはは っ」と軽く笑った。ちなみにネックレスの件で怒った時も軽い調子で謝られて、「まぁ無事にプレゼントしてもらえてよかったじゃない」と背中をバシバシされたのだ。

確かに贈り物は嬉しかったけど、微妙に押し切られた感がある。ほんとに反省してるのかな？

賑《にぎ》やかな昼食を終えて、午後の業務へ。

デスクにつき、スリープさせていたパソコンにパスワードを入力した。昼休みの間に何枚かの発注書がトレーに入っていたので、まずは在庫管理ソフトに入力するところから始める。

ずらずらと並ぶロット番号を確認しながら、ぽちぽちマウスを操作していると、横から「本多さん」と声をかけられた。

「はい」

振り向けば、そこに立っていたのは三課の営業事務をしている、阪上さんだった。いつも大人しくて黙々と仕事をしている、私に輪をかけて目立たない事務員さんだ。

けれど、口から出る言葉の八割が嫌味とセクハラで構成されている伍島課長のもと、不満一つ言わずに働いている辺りがすごいと、我々営業事務の間で密かに称えられている。私なら絶対に耐えられない。よく嫌な顔もせず彼の言葉を聞き流せるなぁと感心してしまう。

「これ、今月の廃番表です。それから、リサイクルに回す品番の指示書です」

「はい、ありがとうございます」

阪上さんから書類を受け取る。私は二課の事務仕事とは別に、廃番になる製品の管理も任されていた。毎月の営業会議で決定される廃番をパソコンに入力し、廃棄用の倉庫へ運んでもらう。実際に製品を移動させるのは、倉庫管理部の仕事だ。

だが、かねてより、毎月大量に出る廃棄品がもったいないのではという意見が出ていた。高柳繊維ロジスティックスは近年エコ活動に積極的で、大量の繊維ごみ問題に頭を悩ませてきたのだ。

そこで社長が提案したのが、廃棄品のリサイクルだった。

原料が化学繊維である廃番をピックアップし、リサイクル会社に回収してもらう。産業廃棄物として焼却処分するよりコストが高いけど、これは企業イメージをよりよくするための啓蒙《けいもう》活動でもあるのだ。

私は卓上カレンダーを見て、リサイクル会社に回収依頼すべき日を逆算する。倉庫管理部で廃棄品とリサイクル品を分けてもらって、最終チェックをしてもらわなきゃいけないけど、今日は木曜日だから……

うん、来週頭でオッケーかな。

さっそく依頼書の雛型《ひながた》をパソコンに表示させ、リサイクル品のロット番号を打ち込んでいく。

その時、隣に人の気配を感じた。不思議に思ってそちらを見ると、用件を済ませたはずの阪上さんがまだ立っている。

……ちょっとびっくりしてしまった。どうして席に戻っていないのだろう。

「あの、何か？」

「いえ、その……本多さんが、あの高柳幸人さんとお付き合いしてるっていうのは、本当なんですか？」

唐突な質問にやや面くらいながらも、私はこくりと頷いた。

「うん……。本当だよ」

そういえば、こんな風に幸人との関係を聞かれたのは初めてだ。秘書課の人にも聞かれたけれど、あれは返答を求めるというより、いびり倒すことが目的だったからな。

阪上さんは少し俯《うつむ》くと、自分の腕を掴《つか》んだ。無意識のくせなのか、そのまま忙《せわ》しなく腕をさすっている。

「……どんな、気分なのかな」

「え？」

「皆、高柳さんの一番になりたかったんでしょう？　その頂点に立った気分は、どんなものなのかなって」

私と目を合わせることなく呟く。その言葉には明らかなトゲが含まれていた。

どろりとした正体不明の黒い感情。まだ取り巻きの先輩たちのほうがわかりやすい分、さっぱりしているかもしれない。阪上さんのそれは暗く、得体の知れない不気味さを感じた。

もしかして、阪上さんも幸人が好きだったのだろうか。いや、違う気がする。彼が好きだから嫉《しっ》妬《と》しているのではなく、単に私が気に入らないだけのような、そんな感じがした。

「すみません。変なことを言ってしまって。指示書のほう、よろしくお願いします」

ぺこりと頭を下げた阪上さんが、三課の島に戻っていく。そんな彼女の後ろ姿を、私はジッと見つめていた。

くぱくぱと鍋の中で踊る具材。ボウルの中にはレンジでカリカリに焼いたベーコンと牛乳、卵を混ぜたものが入っている。

チン、とレンジが鳴った。中から取り出したのは、レンジでパスタを茹《ゆ》でることができる容器。

二人分くらいなら湯を沸かして茹《ゆ》でるよりも時短《じたん》になるのだ。

日曜日の今日はおうちデートである。幸人が私の部屋を見てみたいと言うので、つい了承してしまった。もちろん、昨日は死にもの狂いで掃除した。

果たして御曹司《おんぞうし》はこんな安アパートに足を踏み入れたことがあるのだろうか。何だこのウサギ小屋は、などと言われたら泣いてしまうかもしれない。

「ふむ、牢獄みたいな部屋だな」

「牢獄……」

ウサギ小屋と牢獄。表現としてはどっちがひどいだろう。……どっちもひどいな。

というか、全国のヒラリーマン及び学生に謝れ。これだから金持ちのお坊ちゃんは！

「文句つけるなら、うちに来たいなんて言わないでよ！　しかも張り切ってお料理作ろうとしたのに全部却下してくるし！」

もー！　とおたま片手に非難する。

そうなのだ。アパートへ遊びに行きたいと言われて、私は一つのチャンスを思いついた。おうちデートといえば彼女の手料理。おいしいランチで彼氏の胃袋を鷲掴《わしづか》み！　というアレだ。

必死になってレシピ研究を重ね、男ウケがよくて所帯じみておらず、かつ贅沢《ぜいたく》すぎるわけでもない、愛情たっぷりのメニューを考えた。

その結果、やはり和食が手堅いという結論に落ち着いた。テッパンである肉じゃがや筑前煮《ちくぜんに》、白和《しらあ》えなどのお惣菜。それに炊き込みご飯。和食を作れる女子は好感度が高いらしい。

私は必要な材料をリストアップして買い物し、準備万端で待ち構えていた。にもかかわらず、うちに遊びに来た幸人は「男ウケを狙った料理は嫌だ。普段から作っている料理にしてくれ」と注文をつけてきたのである。

だが、普段の料理と言われても、卵かけご飯とかシャケの混ぜご飯とかもやし炒めとかは、さすがに出せない。恥ずかしすぎて絶対に出せない。

悩んだ末、休日によく作る料理にした。

トマト缶を利用したミネストローネと、簡単カルボナーラ。カルボナーラは、レンジでチンしたショートパスタを卵液の入ったボウルに入れて混ぜる。たっぷりの粉チーズをふりかけて、黒コショウ少々を散らせば出来上がり。

ほんとに、こんな簡単料理でいいのかな。密かに幻滅してないかな。などと思いながらテーブルに並べ、興味深そうに室内を眺めている幸人に声をかけた。

「何にもないでしょ。狭いワンルームだし、面白いものなんか一つもないと思うけど」

「そんなことはない。部屋はその持ち主の人間性を表すからな。この狭い部屋からでも、君の性格が十分に窺《うかが》える」

狭くて悪かったな。でも、本当に可愛げもなくシンプルな部屋だ。ラックの上に置かれた液晶テレビ。時々購入しているファッション雑誌。カラーボックスを組み合わせて作った食器棚。すのこベッド。一人用のビーズクッション。あとは携帯ゲーム機が転がってたり、漫画や小説が棚に並べられてたりするだけの、どこにでもありそうな部屋。

……しまった。昨日は掃除にばかり躍起《やっき》になって、飾りつけるのを忘れていた。お花くらい買ってくればよかった。

幸人がテーブルにつき、私も向かいに座る。

「部屋がシンプルだということは、物に対する執着が薄いということだ。家具に金をかけていないところから、さほどこだわりのない性格だとも言える。余暇《よか》の時間、君は携帯ゲーム機で遊んだり読書をしたりするようだな。私服や持ち物からも堅実な性格が窺《うかが》える。個人的には、もう少し身の回りのことに金をかけてもいいと思うが」

ぺらぺらと話してから、「いただきます」とフォークを手に取る。そして上品な仕草でカルボナーラを食べ始めた。

「うん、うまい。作り慣れてる味がする。毎日弁当を作ってきていることから考えても、料理は嫌いではないようだ。掃除も行き届いているし、家庭的な女性なのだとわかる。根が真面目で正直な性格。一つの偽《いつわ》りも感じさせないこの部屋が、君の人のよさを物語っている」

ふ、と笑った幸人はミネストローネをスプーンですくい、こくりと飲む。

私はショートパスタをフォークに刺したまま、あんぐりと口を開いた。

「……幸人さんって、探偵か何かなの？」

「何を言っているんだ？　同じ会社で働く同期だろうが」

「い、いや。だって、部屋をちょろっと見ただけでそこまで見透《みす》かしてしまうなんて、物語に出てくる探偵みたいじゃない」

ようやくぱくりとパスタを食べる。確かに、カルボナーラは好きだからよく作る。けど一口食べただけで、作り慣れてるかどうかなんて、わかるものなのかな。

幸人はそこで、少し困ったように笑った。そしてミネストローネの中から具材をすくい取り、ゆっくりと口に運ぶ。

「昔から観察癖《へき》があるんだ。人の腹ばかり探っていたからだろうな。もし不快に感じたのなら謝罪しよう」

幼少の頃から表向きの顔を作り、自分を偽《いつわ》っていた幸人。彼はきっと勘のいい少年だったのだ。だからこそ観察癖《へき》がついてしまったのだろう。

相手の思考を読み、自分が何を求められているかを瞬時に察し、先回りして望み通りの結果を出す。そうすれば皆が幸人に期待し、信頼を強めていく。親も、クラスメイトも、同僚も。

そうやって、表向きの高柳幸人が構築されたんだ。でも、そうだとしたら……

「幸人さんは、孤独じゃなかったの？　ずっと本性を隠して……寂しくなかった？」

ミネストローネを食べる手を止めて聞いてしまう。すると、幸人は穏やかに目を細めた。

「君が理解者になってくれたから、寂しくはない」

クリームがついていたのか、彼は親指で私の唇を軽くぬぐった。それをぺろりと舐めて、にっこりと微笑む。きっと今の私は、顔が真っ赤になっているだろう。

幸人の理解者……。私という存在を、ようやく彼に認めてもらえたような気がする。

とはいえ、まだ違和感は残っていた。彼はこれまでも、色んな女の人に告白されてきたはずだ。

それなのに、どうして私の告白だけを受け入れる気になったのだろう。まっすぐな告白だったからとか、自分のことをわかってくれるかもしれないとか言っていたけど、本当にそれだけが理由なのだろうか。

心の底に、疑《うたぐ》り深い自分がいる。……でも。

「嬉しい」

それが正直な気持ちだった。

幸人は少し困ったように笑い、「まいったな……」と呟いた。

食後に出したのはホットコーヒー。奮発して購入したお高い豆をミルで挽《ひ》き、ドリップして淹《い》れたのだ。普段はインスタントコーヒーばかりだから不慣れなんだけど、おいしくできてるかな？

幸人は何も言わず静かに飲んでいる。一人用のビーズクッションに身を傾け、私を足の間に挟みながら。

ううむ……自分のアパートでこういう恋人っぽいことをするのは恥ずかしいな。何だか妙に照れてしまう。

「テ、テレビでも見ようか。今の時間はバラエティの再放送くらいしかやってないけど……」

返事を聞く前に、ポチッとテレビをつけた。これだけ密着していて無音というのが、どうにもいたたまれなかったのだ。

何か映画のＤＶＤでも借りておけばよかったな、と少し後悔していたら、幸人がコーヒーを片手に抱き寄せてきた。

「ひぇっ」

「今日の天音の服装はいいな。デートに着てきた服も悪くないが、こっちのほうがラフでいい」

「そ、そう？」

マグカップに入ったコーヒーをこぼさないように気をつけながら、自分の体を見下ろす。今日はデニムパンツにボートネックのカットソーという格好だ。確かに、デートの時の気合を入れまくった服とは印象が違うかもしれない。

「前に幸人さんが言ったでしょ？　デートのルールや人のアドバイスなんて気にするなって。だから、あんまり堅苦しく考えるのはやめてみたんだ。うちで過ごすんだったら、服装も変に気取らなくていいかなって」

「うむ、いい傾向だな。それに首元の開いた服だと、こういうこともできるから楽しい」

にっと口の端を上げた幸人は、カットソーの襟元《えりもと》を指で摘まみ、ひょいと中を覗いてきた。

「お、水色のストライプか。天音の選ぶ下着は可愛いものが多いんだな」

「ちょっ、こら。そういう変態みたいなことをするな！」

しかし私の非難はまるっと流された。幸人が意地悪な笑みを浮かべながら、大きな手をカットソーの中に差し込む。

「ひゃっ！」

「こういうことができるのも、恋人の利点だろう？」

「それはそうかもしれないけど……」

「ベッドで抱き合うのもいいが、こうするのも悪くない……ほら」

容易にブラの中にまで入り込んだ手で、胸をすくうように持ち上げられる。シャツの中で顔を出した頂《いただき》を、幸人は人差し指と中指できゅ、と摘まんだ。

「んっ……やぁ、ん……」

そのままゆっくりと擦られる。愛撫《あいぶ》というよりはイタズラをしているみたいに、幸人の顔は楽しそうだ。

彼は床にマグカップを置き、もう片方の手をシャツの下から入れてくる。

テレビではバラエティ番組の再放送が流れていた。でも、私も幸人もそれを見てはいない。

ブラをずらして、片方の胸を掴《つか》まれる。もう片方の胸は、頂《いただき》をぐりぐりと強く攻められていた。柔らかだったそれはみるみるうちに硬くなる。

「あっ……は……ぁ」

私は甘ったるいため息をつく。

腰が砕けたみたいに力がなくなって、くたりと幸人にもたれかかる。

「天音」

艶《つや》めいた声が私の名を呼ぶ。振り返ると、彼が唇を重ねてきた。

「ん……」

口腔《こうこう》でまぐわうような、深いキス。彼が舌を動かすたび、くちゅりとはしたない音がする。彼の両手は私の上半身をいやらしく撫で回し、性感帯を優しくいじり続けた。

「──恋人というのはいいものだな」

唇を離し、幸人が目を細める。そして首筋に舌をゆっくりと這《は》わせてきた。

「気兼ねなく、触れたい時に触れることができる。手を伸ばしたところにぬくもりがあるというのは、こんなにも安堵するものなのか」

ちゅ、と音を立てて首筋に口づけられる。びくっと体が反応して呼吸が乱れてしまう。

「んっ……や、あの、触《さわ》るのは……いいんだけど。ここでは、ちょっと……あっ」

頂《いただき》をつねられて体中が強張《こわば》るけれど、必死に首を横に振った。

気持ちいいし、幸人といちゃいちゃするのも嫌じゃないけれど、やっぱり自分のアパートでするのはちょっと……いや、だいぶ抵抗がある。これが幸人の部屋とかホテルなら全然構わないんだけど、自分の部屋でやると事あるごとに思い出して、恥ずかしくなってしまいそう。

ぷるぷると体を震わせながらシャツごしに彼の手を掴《つか》むと、くすりと笑われた。

「ふぅん？　天音は生殺しをご希望か」

「な、生殺しって……ひゃ！」

くるりと視界が回る。幸人は私を横向きに座らせ、ぐい、とシャツをめくってきた。そしてブラを上にずらし、露《あら》わになった胸をちろりと舐めてくる。

「はっ……あ」

「次のデートが待ち遠しくなるように、今日はとことん焦《じ》らしておくことにしようか」

楽しそうに言って頂《いただき》に吸いつき、デニムパンツのボタンを外す。

「ん、やぁっ……ちょっと……」

片腕で私の体を支えつつ、にやついた笑みを浮かべながら、ショーツの中に指を入れてきた。それは何かを探し求めるように蠢《うごめ》き、やがてくちゅりと音を立てて秘裂に差し込まれる。

「くぅんっ……！」

体が大きく戦慄《わなな》いた。幸人にこんな風にされると、私の体は滑稽《こっけい》なほどコントロールが利かなくなるのだ。

幸人の好きなように、望み通りに、翻弄《ほんろう》されていく。

彼は硬く尖らせた舌先で、胸の頂《いただき》を重点的に攻めてくる。私が大きく息を吐いたところで、ぐちゅりと卑猥《ひわい》な音がした。

とろとろしたものがこぼれ出す蜜口を、幸人の指がかき回したのだ。

彼は胸元で囁《ささや》くように笑う。そして頂《いただき》を甘く噛み、ちゅ、と音を立てて強く吸った。

「ふぁっ……あ、……んっ……」

たまらなくなって声を上げてしまう。はしたなく蜜が流れ、幸人の手をしとどに濡らす。

彼はその指をぬるりと動かした。そして私の最も敏感なところ——花芯にゆっくりと触れてくる。

「やんっ、……あっ、んっ……」

自分でも信じられないほど、その声は淫《みだ》らな色に染まっていた。肉芽をいじる幸人はもったいぶるように、ゆっくりと私の官能を煽《あお》ってくる。

「天音」

私の名を呼ぶ囁《ささや》き声に、体がびくりと反応する。上半身を起こし、私を抱きかかえた幸人は、唇にキスしてきた。たっぷりと唾液をまとわせた舌が口腔《こうこう》に入ってくる。

くちゅ、くちゅ。

私の部屋に、その水音がいやに響く。歯列を執拗《しつよう》に舐める幸人は、まるで私の歯並びを確認しているかのよう。

頬の内側、上顎《うわあご》、そして舌の裏側。口腔《こうこう》と一口に言っても色々なところがあって、幸人はそれらを丁寧に舐めてくる。長く濃厚なキスはどうしても息苦しくなって、私は合わさった唇の隙間《すきま》からかろうじて息を吸い込む。

「鼻で息をしろと言ったのに、物覚えが悪いやつだな」

ふふ、と口元で笑われた。そしてきゅっと肉芽を摘ままれる。

「あぁっ！」

先ほどまでの優しい愛撫《あいぶ》とは一転して、強く刺激を与えてくる。私の体は感電したみたいにびりびりと震え、否応《いやおう》なく襲いかかってくる快感に涙がにじんだ。

自分の意思とは裏腹に暴《あば》れ出そうとする体を、幸人が片腕でぎゅっと抱きしめてくる。身動きが取れないまま、畳みかけるような官能の攻めは続く。

「んっ、は、あぁっ……」

幸人の指が私の胸の頂《いただき》を捕らえ、肉芽をいじる指と同じくらいの力加減で摘まんでくる。そしてひどく緩慢《かんまん》な動きで、くりくりと擦った。

「ん、んんっ……あ、ゆき、とさ、ん……」

だらしなく口を開け、とろけた声で彼の名を呼ぶ。幸人は後ろで嬉しそうに笑い、耳朶《みみたぶ》にキスをしてきた。強いリップ音が鳴り、耳の裏にギリッとした痛みを感じる。

「んっ……や、変なところに……痕《あと》をつけないで……」

「髪を上げなければ見えない。第一、こんなところを凝視する人間なんていないだろう？」

低く唸《うな》るような笑い声。私の耳がかあっと熱くなる。

幸人は大きく口を開け、がぶりと耳に噛みついた。

「はぁっ、あ、ン……っ！」

「いるわけがない。こんな風に君に触れられるのは俺だけだ」

耳のすぐそばから聞こえてくる獰猛《どうもう》な囁《ささや》き声。もしここで幸人以外にもいると答えたら、私は彼に食べられてしまうだろう。

裏切りは許さないと、幸人の声音《こわね》が言っていた。

どうしてこんなに執着するのか、私にはわからない。なぜなら、まだ幸人にあの言葉を言われていないからだ。

幸人は、私のことをどう思っているのか。ありていに言えば、好きなのか。それはとても基本的かつ重要なことだ。

聞きたい。でも聞くのが怖い。はっきり聞ければ楽なのに。「私のことが好きなの？」と。

……何かが欠けている気がする。それは幸人の思考を探るための、大事なパズルのかけら。それを見つけない限り、聞くのは憚《はばか》られた。

「んっ……、あ、あぁ……」

体はこんなに気持ちよくて幸せなのに、心には不安の雨が降っている。それはやがていっぱいになって、いつか溢《あふ》れてしまうんだろう。

そんな漠然とした不安を感じながら、私は秘所をいじる幸人の手を掴《つか》んだ。

「……っ、幸人さん、だけ、だよ……」

私をこんな風にできるのは、私に触れることができるのは、幸人だけ。その思いは変わらない。

私の気持ちは、はじめから何一つ変わっていない。

幸人がふっと目を細めた。満足そうに笑い、ぎゅうと抱きしめてくる。

「そうだな」

くぷり、と蜜口に指を差し込み、私の中から官能を引き出すように、くいくいと動かしてくる。

柔らかな膣壁《ちつへき》をかかれ、下半身から腰へ、背骨を伝って頭へ、甘い性感が上《のぼ》ってくる。

「ふ、あ、あぁっ……！」

脳は官能のシグナルをとめどなく体中に送った。腰が浮き立ち、喉《のど》から声が上がる。

このままじゃおかしくなりそうで、やめてほしくなる。——でも同時に、やめてほしくない、もっとしてほしいと、そんなはしたない望みを持ってしまう。

「んっ……ゆき、と、さんっ……」

幸人は私の心を読んだように、くぷくぷと指を抜き差ししてきた。やがて指を二本に増やし、膣《ちつ》内《ない》で交互に動かしてくる。

「……っ、はぁ、あ、っ……」

がくがくと震える体。足はいつの間にか大きく開いて、幸人が手を動かしやすいような体勢になっていた。それは間違いなく、私自身が幸人を受け入れている証拠に他ならない。

蜜口をくるくるとかき回す指。耳朶《みみたぶ》をぞろりと舐める舌。胸の頂《いただき》をぐりぐりと執拗《しつよう》に攻め立てる指。

「は、ンっ、ふ……っ、あぁっ」

気持ちよすぎておかしくなる。あられもない声は、かろうじて理性を繋ぎ止めるための最後の鎖。

幸人はにゅるりと親指を肉芽に滑らせ、円を描くようにさすってくる。

「はぁ、アっ」

私は大きく身を震わせた。明日は筋肉痛になっているのではないかと思うほど、全身が緊張している。とめどない快感に汗ばんでいる。

彼はぬちゃぬちゃと音を立て、指の抽挿《ちゅうそう》を続ける。はぁ、と首元に熱い息を吹きかけ、強いリップ音を鳴らしてしるしをつけてくる。

「や、ぁあ……っ、んんっ！」

びりびりとした感覚がどんどん高まって、何かがとてつもなく欲しくなって。

とろけた顔であえぐ私の耳に、ずんと腰にくるような甘い低音が聞こえてきた。

「――ここまでやればセックスとほとんど変わらないと思うが、欲しいか？」

ふふ、と笑いながら、くちくちと音を立てて指を出し入れする。明らかに幸人は私を煽《あお》っていた。

私はぐっと唇を噛み、すっかり脱力した体に活《かつ》を入れて起き上がる。

最後までしてしまうのは簡単だけど……やっぱり自分の部屋でするのは恥ずかしい。幸人の言う通り、ここまでされたらほとんど変わらないものの、どうしても自分の「日常」に「非日常」を入れ込むのに抵抗があった。その行為をするかどうか、ただそれだけのことなのに、とても重要な境界線に思えてしまうのだ。

私は力の入らない首をふるふると横に振った。「ほう？」と楽しそうな声が聞こえる。幸人は、私の反抗を面白がっていた。

「こんなに濡らして体はすっかり発情しているのに、まだ抵抗するとは……天音は強情だな」

「ごめん……。でもやっぱり、こういうことを家でするのは……恥ずかしいの」

「恥ずかしいのか。何だかそう言われると、無理矢理にでも犯したくなる。恥ずかしさに身悶《みもだ》えしながら感じる天音は、さぞかし見ごたえがありそうだな？」

悪者みたいなセリフを口にして、くっくっと幸人が笑う。私が困った顔をすると、さらにおかしそうに笑われた。

「冗談だ。天音は意思が固いんだな。酒でも入らない限りは」

「むぅ……。あの夜のことを言ってるの？」

「まあな。一応言っておくが、俺以外の男と飲もうなどと思うなよ？」

ニヤニヤと笑いつつも、形のよい目はぎらついていて、猛禽類《もうきんるい》を思わせる鋭さがあった。軽い口調だけれど本気で言っているのだとわかる。

「――飲まないよ」

もうお酒で失敗するのはこりごりだ。また幸人と飲む機会があっても、あんな風に酔いたくない。むすっとした声で返事をしたら、幸人は嬉しそうに笑う。そして膣内《ちつない》に埋めていた指を曲げ、ぐりりと回した。

「あぁっ！」

膣壁《ちつへき》がねじれ、激しくうねる。子宮の辺りに甘い痛みを感じて、思わず力が入ってしまった。

「我慢してやる代わりに、もっと頑張ってもらおうか。次は天音からおねだりさせてみたいからな」

「お、おねだり？」

「俺が欲しいと、その口に言わせてやる。そのためにも、今日は存分に天音を焦《じ》らしておこう」

彼がクク、と凶悪な表情で微笑む。体をよじって抵抗する私を腕で抱き込み、唇にキスを落とす。舌でまぐわいながらも、下では容赦なく指が動いていた。

「くっ……んんっ……」

ぐちゅぐちゅと絶え間なく水音を鳴らし、指の抽挿《ちゅうそう》は続けられる。時折奥まで突かれ、指先で巧みにそこを愛撫《あいぶ》された。

息をつく暇もなく官能を煽《あお》られ、キスの合間にあえぐ。そのあえぎさえ封じ込めるかのように、幸人が深くキスをしてきた。

「っ、ん、ふ……っ！」

本能が幸人を求めている。蜜口からこぼれ出るもので、ショーツはもちろんデニムパンツも濡れていて、このままだと床まで汚してしまいそう。膣内《ちつない》から体中に広がっていく不思議なうずきは、彼でないと鎮《しず》めることができない。

「ん、は、あぁ……」

私を包み込むように抱きしめている幸人。その抱擁《ほうよう》の中でさまよっていた手が、ふと彼の下腹部に当たってしまった。

すっかり硬くなっていて、時々ぴくりと動くもの。どうしても気になってしまう、彼の猛《たけ》り。それは幸人もまた、私を求めていることを表していた。彼も興奮しているのだ。

ここで一つになれたらどんなに気持ちがよくて、体中が満足するか……あのどうしようもない快感を、私はもう知っている。

――でも、それでも。

「なぁ、一回くらい……」

「だめぇ……！　うう、幸人さんのばか……っ！　こういうことをするつもりだったなら、ちゃんと場所を考えてよ！」

「ははは、本当に強情だな。面白い」

心底楽しそうに笑った幸人は、ようやく淫《みだ》らな悪戯《いたずら》をやめ、私の秘所から指を抜いた。

ようやく解放されてほうと息をつく私を、ぎゅっと強く抱きしめてくる。

「幸人さん……？」

「ほんと、たまらない。天音……」

急に日常が戻ってきたかのように、私の耳にテレビの音が入ってきた。いつの間にかバラエティの再放送から午後のニュースに変わっている。

幸人が私を見ながら、ぽそりと何かを呟いた。「え？」と聞き返すと、彼は「何でもない」と穏やかに笑って首を横に振る。

鳴りを潜《ひそ》めていた不安の種が、再び芽吹く。彼は時々、何かを訴えるような不思議な視線をよこしてくるのだ。

その理由はわからない。ただ、単純に私を気に入っているから付き合っているわけではないと、証拠もないのになぜだか確信していた。

幸人には隠し事がある。でも、それは浮気をしているとか嘘をついているとか、そういう類《たぐい》のものではなく。

――もっと深刻な何かを隠しているように思えた。

例えば幸人が社長の息子じゃなかったら、私の心のありようも違っていたのだろうか。

それとも私が恋愛に対して臆病すぎるのだろうか。

デートを重ねても、体を重ねても、どうしても埋まらない溝がある。自分はもっと楽観的だと思っていたのに、油断してはいけないと、常に頭の中で警告音が鳴っている。

もっと幸人に寄り添いたい。彼の理解者としてそばにいてあげたい――確かにそう思っているのに、もやもやとした不安がなくならなかった。

幸人に相談したら、きっと彼は杞憂《きゆう》だと言って笑い飛ばすだろう。だけど、私がその言葉で安心できるかといえばそうとは思えなかった。

幸人は大企業の社長令息だし、顔がよくて人気があって女性もよりどりみどりだから。

私より魅力的な人なんて、いくらでも周りにいるから。

……いつか私は捨てられる。だから、いつ捨てられても構わないように心しておく。「その時」が来た時、大きなダメージを受けないために、今から覚悟しておく。

やっぱり……私は、怖いんだ。

本性を現した幸人は意地悪な人だけど、私を恋人として扱ってくれている。優しさも見せてくれている。

でも、いつか「本命」を見つけるまでの繋ぎじゃないかと疑ってしまって、不安がぬぐえない。

おそらく、全ては私に自信がないせいなのだろう。何か一つでも、これは誰にも負けないと言えるようなものがあれば、違っていたのかもしれない。

私はどこまでも平凡だった。例えば駅のモニュメントの前に突っ立っていたとしても、誰一人目を向けてくることはない。幸人みたいにナンパされることも、もちろんない。

だから、どうしても幸人とは釣り合わないと思ってしまう。かといって自分から身を引くのも間違っている気がして。

幸人から終わらせてくれるのを、今か今かと待っている。

お前は用済みだと言われる時を覚悟しながら、怯えている――

はぁ、とため息をついて、発注書のリストをぱさりとデスクに置く。

大量のロット番号をリストと照合していたら、目が疲れてしまった。眉間《みけん》を人差し指で揉みほぐし、目の疲れを和らげる。

人は幸せの絶頂にいても、常に不安を感じるものなのだろうか。

だってはたから見ても、私は幸せであるはずだ。何せうちのアイドル君をゲットしたわけだし。それがたとえ期間限定であっても……って、いけない。また後ろ向きなことを考えてる。

誰かと付き合うって難しいんだな。それとも私が一人でマイナス思考の堂々巡りをしているだけなのかな。

こういう時は人に相談したくなる。誰かに話して、大丈夫だよと励ましてもらいたい。誰かと言っても私の場合、江美さんくらいしかいないのだけど。

でも、あんまり彼女に頼るのもよくない。仕事でもさんざん頼ってきたのだし、自分の恋愛くらい自分でどうにかしないと呆れられてしまいそうだ。

んー、と伸びをしてマグカップを手に取り、それを傾けたところで、からっぽだったことを思い出した。

頭の中が仕事のことと私的な悩みでぐちゃぐちゃだ。コーヒーでも淹《い》れて気分転換しよう。と言っても、自前のインスタントコーヒーにお湯を注《そそ》ぐだけなのだが。

席を立ち、営業フロアを出てすぐそばにある給湯室に向かう。すると廊下の先に顔見知りを見つけた。一人は幸人、もう一人は江美さん。

……奇妙な組み合わせだ。いや、営業の幸人が経理の江美さんに用事があってもそこまでおかしくはないのだけど、どこか違和感を覚える。

二人は廊下の角で立ち話をしていた。江美さんはイライラしているらしく、腕を組んで幸人を見上げている。

どうやら言い争っているようだけど、何の話をしているのだろう。

そこで幸人の横顔を見て驚愕《きょうがく》する。彼は居丈高《いたけだか》な態度で、江美さんを見下《みくだ》すように睨《にら》んでいたのだ。

それは明らかに表向きの顔じゃなかった。つまり、江美さんは幸人の本性を知っているということだ。

頭が混乱する。一体どういうことだろう。江美さんは全てを知っていながら、私の恋を応援していたということなのだろうか。

二人は程なく別れて、幸人だけがこちらに向かって歩いてくる。私は慌てて営業フロアに戻った。努めて平静を装《よそお》い、自分のデスクにつく。

そこでコーヒーを淹《い》れ忘れたことに気がついたけど、さすがに戻る気にはなれず、力なく仕事の続きを始めた。でも油断すると思考の渦《うず》に陥《おちい》ってしまいそうなので、躍起《やっき》になって仕事に集中する。

気づけば終業時間を過ぎていた。

今日は何だか、一日中悩んでいた気がする……。おかげで妙に疲れてしまった。

こんな日は駅前のそば屋で天ぷらそばでも食べて、コンビニでビールとつまみを購入して、飲んで寝るのが一番だ。我ながら中年男性のような思考だが、それが一番気楽なストレス発散方法なのである。

そうと決まれば、さっさと片付けてとっとと帰ろう。私は上司に挨拶《あいさつ》し、デスクに置いてあった化粧ポーチを持って営業フロアを後にした。

「本多さん！」

ロッカールームに向かう途中、あまり見ない顔の女性に声をかけられた。

誰だろう？　この会社は規模が大きいから、全員の顔を覚えるなど不可能だ。見覚えがないのに私の名前を知っているということは、倉庫管理部の人だろうか。

「ごめんなさい。いつも廃番製品の回収を手配してくれてるのって、本多さんですよね？」

「はい。そうですけど」

「うちでちょっと手違いがあって、申し訳ないんですけど型番を確認してもらいたいんです。廃番じゃないのが紛れてしまったかもしれません」

「あ……わかりました。リストを持ってきますね」

私は彼女と共に営業フロアへ引き返し、廃番製品の最新リストをファイルから抜き出す。そしてエレベーターに乗って地下まで降りた。

倉庫が地下にあるのは知っていたけれど、実際に来たのは初めてだ。

会社の地下って、こんな風になっているんだなぁ……。少し薄暗くて、ぼんやりした明かりが廊下を照らしている。

ふと、忘れ物をした夜のことを思い出した。

あの日、薄暗い営業フロアで残業している幸人を見て好きになったんだっけ。さほど前のことではないはずなのに、ずいぶん昔のように感じた。

「廃棄用の倉庫って、どの辺りにあるんですか？」

「ここです。あ、その前に本多さん。スマートフォン持ってますか？」

「スマートフォン？　はい。ここにありますけど」

何気なくポケットから取り出したそれを、彼女がパッと奪う。「え？」と声を上げた時、ドン、と胸元を押された。暗い倉庫の中に、どしんと尻もちをつく。目の前の扉が、錆《さび》ついた音を立てて閉じられていく。

ガチャン。――私の周りが、暗闇に落ちた。

ようやく状況を把握する。私は、この倉庫に閉じ込められたのだ。

「出して！」

慌てて立ち上がり、ドアを叩く。外から女性社員たちのけたたましい笑い声が聞こえた。

「あははっ！　ざまあみろだね。そこで頭冷やしてなよ。あんたと高柳君、まったく釣り合ってないんだって。身のほどをよく考えることね」

「ほんとほんと。最近調子に乗ってさあ、高柳君の彼女なんですーみたいな顔して、ウザいったらなかったもん。あーすっきりした」

「これで別れなかったら、あんたが自分で退職届を書きたくなるまでいじめてあげる。そろそろ現実を見たらどう？　何の取り柄もないくせに、玉の輿《こし》狙ってんじゃないよ」

間違いなく、秘書課と営業一課の人たちの声だった。

彼女らはきゃっきゃと笑い声を上げながら去っていき、やがて何も聞こえなくなる。

――あんたと高柳君、まったく釣り合ってないんだって――

「わかってるもん……」

ぽそりと呟く。そんなの、わざわざ言われなくても自分が一番わかっている。私は身のほど知らずだし、何の取り柄もない。でも調子に乗ってたつもりはないし、玉の輿《こし》を狙ってるわけでもない。ただ好きになってしまったから付き合っているだけだ。たとえ相手がどんな意図を持っていようとも。

「はぁ……」

重いため息をつく。私をここまで案内した人は、あの取り巻きたちに言われてやったのだろう。脅されて仕方なくだったかもしれないし、元から私が気に入らなかったのかもしれない。

それにしてもうかつだった。まさかスマートフォンを取られてしまうとは……。何も警戒せずに取り出した私はまったくの愚《おろ》か者だった。

とりあえず、何とかして出られないか試してみよう。

扉の内側に取っ手らしきものはない。扉を押してみても、ガチャガチャと金属音が鳴るのみで、一向に開く気配はなかった。

打つ手なし。それでも最悪明日になれば、誰かしらが気づくだろう。少なくともこの倉庫でのたれ死ぬことはない。今のところ、それだけが安心材料だ。

ずるずるとその場に座り込み、三角座りをして再びため息をつく。

真っ暗な倉庫。外からは誰の声も聞こえない。終業時間を過ぎた地下ってこんなに静かなんだ。

ドアに体を傾けて耳をくっつける。少しでも物音がしたら、大声を上げて助けてもらおう。

それにしても、こんなことまでしてくるなんて……あの取り巻きたちも、いよいよ切羽詰《せっぱつ》まってきたのかな。それとも単に、私が幸人と付き合っているのが気に入らないのかな。

気に入らないのは当たり前か。だって彼女たちは幸人が好きなんだから、彼が誰と付き合おうと面白くないに決まっている。

ドアに耳を当てたまま俯《うつむ》く。こんな真っ暗闇の中では何もすることがない。私はしばらくぼんやりして、思考の渦《うず》に落ちていた。

どれくらいの時間が過ぎただろう。もしかしたら少し寝てしまっていたかもしれない。三角座りに疲れてきたので、正座を崩したような座り方に変えた。

ぐー、とお腹が鳴る。そういえば夕飯を食べていない。意識したらますますお腹が減ってきた。

喉《のど》も渇いてきた気がする。しかし私の手には化粧品が入ったポーチがあるのみだ。

ぐーぐーと呑気に鳴るお腹を押さえながら、そういえばと気づく。この倉庫からしばらく出られないとなると、トイレに行きたくなった時はどうしたらいいのだろう。

……

………

「えっ、ちょっと待って！」

今、考えてはならないことを考えてしまった！　女の子として絶対に想像してはいけないことを想像してしまった！

私は慌てて立ち上がる。これは深刻な事態だ。のんびりしている場合ではない。可及的《かきゅうてき》速やかにここから出なければ。女としてのプライドと私の膀胱《ぼうこう》を守るためにも！

真っ暗闇な倉庫の中を、手さぐりで壁伝いに歩く。すると、何か出っ張りのようなものが手に触れた。これはもしかして、照明のスイッチだろうか。

試しに押してみると、倉庫の天井に白い光が灯った。ようやく少しホッとする。やはり光があるというのは安心するものだ。

倉庫は思っていたよりも広かった。そしてたくさんの廃棄品が並べられている。自分が普段、端末に入力している廃番が、実際はこんな風に収められているんだなぁと、感心しつつ眺めてしまう。

確かにこれだけ廃棄品が多いと、企業として少しはエコに貢献したほうがいいんだろう。日本人、特有の感情かもしれないが、まだまだ新品同様なのに焼却処分しなくてはならないと思うと、もったいなく思ってしまうのだ。

一体何を根拠にして廃番にするんだろうと、処分予定のクロス製品を見て回る。

「ん？」

ふと違和感を覚えた。何か……この倉庫はおかしい。

ポケットから廃番のリストを取り出す。それを見ながら一つ一つ確認して回って、ようやく違和感の正体に気がついた。

「どうしてリサイクルに回したはずの品番が、廃棄用倉庫の中にあるの？」

こんなところで保管していては、いずれ他の廃棄品と共に焼却処分されてしまうだろう。もしかして私がパソコンに入力していた品番は、ずっとここに置かれていたのだろうか。

頭が混乱する。リサイクル会社が回収に来るたび、倉庫管理部を通して伝票を受け取っていた。それを流れ作業のようにファイリングしていたけれど、業者は毎回この膨大な廃棄品の中からリサイクル用資材を探して回収していたのだろうか。それって、かなり大変だと思うのだけど……

「うーん、おかしい」

普通は業者が回収しやすいように、まとめておくものではないだろうか。だからこそ私はいつも、倉庫管理部へリサイクルに回す品番を伝えているのに。

これはどう考えても、私一人の胸に留めておくものではないだろう。誰かに相談するべきだ。例えば課長とか……幸人とか。

倉庫の真ん中で、腕を組んで思い悩む。その時、扉の向こうからばたばたと複数の足音が聞こえてきた。ひどく急いでいるなぁと思った矢先、硬い金属音がして、ガチャリと扉が開かれる。

そこに立っていたのは、ひどく切迫した表情をする幸人と、初老の警備員さんだった。

「天音！」

幸人は開口一番、私の名前を呼んだ。廃棄品の前で立ち尽くしていた私を見つけると、ホッとした顔で微笑む。

「よかった。怪我はないか？」

「あ、うん……怪我はしてないよ」

私は戸惑いながら答えた。

幸人は大股で私に近づくと、問答無用で抱きしめてきた。まさかそんなことをされるとは思わなくて、あたふたと手をばたつかせてしまう。

「ゆ、幸人さん！　こ、ここ、会社だから！」

「場所など関係ない」

「関係あるって！　警備員さんが見てるから！」

ほら、コホンって意味深な咳払いしてる！　ちょっと視線をそらして「ヤレヤレ今時の若いもんは」って呟いてる！

「今日は俺も定時上がりだったから、天音と夕食でも食べようと思ったんだ。それなのに、お前はいつまで経ってもメールの返事をよこさない。天音のくせに生意気だと思って電話しても、やっぱり出ない。さすがに気になってな」

「……ねえ今、天音のくせに生意気だとか言わなかった？」

「お前のアパートまで行ってみたが、何度インターフォンを押しても出てこない。その辺りで腹が立って、何が何でも見つけてやろうと必死に探したんだ」

「何で腹が立つの？　そこ腹を立てるところじゃないよね？」

相変わらず幸人は性格が悪い。心配していたのなら素直にそう言えばいいのに。

幸人はようやく私を抱きしめるのをやめて、にっこりと微笑んだ。

「念のため、会社に戻ってみてよかった。営業部の連中に片っ端から電話をかけたら、一人、お前を見たヤツがいたんだ」

私がエレベーター前で声をかけられたのは、ちょうど終業時間を過ぎた頃だった。つまり、それなりに人通りがあったということ。

幸人は目撃者の話から、私が地下に連れ込まれたと推測し、警備員さんを連れて探しに来てくれたのだ。

「ありがとう……。私を目撃していた人にもお礼を言わないとね」

「それなら明日言うといい。白橋課長だ」

「うちの課長が!?　そうなんだ……。幸人さんも、わざわざ上司にまで電話をかけてくれて、ありがとう」

私がお礼を言うと、彼は穏やかに微笑み「いいや」と首を横に振った。

「課長は、前から天音のことを心配していたからな」

私は首を傾げる。どうして課長が私のことを心配していたのだろう。疑問を口にしようとしたら、

「とりあえずここから出ないか？」と幸人に促《うなが》された。

確かに、こんな場所ではゆっくり話もできない。倉庫を出て警備員さんに鍵をかけてもらい、ロッカールームで着替えを済ませてから会社の外に出た。

うーん、久々のシャバだ。といっても、倉庫に閉じ込められていたのは四時間程度だったらしい。

そういえば、スマートフォンを奪われたままだけど、言ったら返してくれるのかな。

「夕飯どうする？」

「うーん……今日は、ごめん。あんまり食べたい気分じゃないかも」

それより、さっさと帰ってビールを飲んで寝たい。昼に思い悩んでいたこととも相まって、どっと疲れが押し寄せていた。

「そうか」

幸人はそれ以上誘おうとはせず、駅の方に向かって歩き出した。

……本当は、色々聞きたい。廊下で江美さんと何の話をしていたの？　幸人はどうして私の告白を受け入れてくれたの？　あなたは本当に、私と付き合いたいと思っているの？

幸人と付き合い始めて一カ月。どこまで足を踏み入れていいものなのか。幸人は割とズカズカ私の領域に入ってくるけど、私が幸人の領域に入るのは、まだ許されていない気がした。

何より、深入りして嫌われたくない。さようならを言われたくない。

心のどこかで終わりを覚悟しているくせに、やっぱり別れたくないなんて……我儘《わがまま》だな。

「天音をあの倉庫に閉じ込めたのは誰だ？　……大体想像はつくが」

「幸人さんの想像通りだよ。ただ、私を倉庫に案内したのは、多分倉庫管理部の人だと思う。名前は知らないけど」

「さっき白橋課長が天音を心配していると話したが、課長はまさにこのことを危惧《きぐ》していたんだ。おそらく彼に聞けば、相手の名前もすぐにわかるだろう」

白橋課長は私がこんな目に遭《あ》うのを想定していたということだろうか。でも、どうして。

そんな疑問が顔に出ていたのか、幸人が小さくため息をつく。

「俺が入社する前、あの取り巻きたちは兄の周りをうろちょろしていた。そして兄に近づく女に対して陰湿な嫌がらせを繰り返していたんだ」

「……つまり、あの人たちにはたくさんの『前科』があったということなんだね」

私の言葉に彼が頷く。聞けば聞くほど、あの一課と秘書課の人たちはどうしようもない。自分たちの王子様に手を出す女が許せなくて、悪質なイジメを繰り返していたというのだ。時折退職者が出るほどだったので、かねてから問題視されていたらしい。

彼女らはやがて兄から弟へと鞍替《くらが》えし、そして弟――幸人の恋人となった私に矛先《ほこさき》を向けた。だからこそ課長は、私を心配してくれていたんだ。

幸人が私を安心させるように、ぎゅっと手を握ってくる。

「大丈夫だ。もう二度とこんな目には遭《あ》わせない。さすがにこれだけのことをしたとわかれば、彼女らの上司も動かざるを得ないはずだからな」

「……え？」

「前と比べて、うちの会社は社内モラルの是正に力を入れているんだ。そのことに気づきもせず天音を陥《おとしい》れた彼女らには、そろそろ心から反省してもらおう」

ふ、と意味深に幸人が笑う。一体何を企《たくら》んでいるの？

その私の問いに、彼は答えてくれなかった。


後日、朝から白橋課長に、ミーティングルームへ呼び出された。四人がけのテーブル席について待っていると、倉庫管理部の資材課長と、先日私を倉庫まで連れていった女性社員が入ってくる。

彼女は赤く泣きはらした目で、俯《うつむ》いたまま、私の向かい側に座った。

そうして、手に持っていたものをテーブルに置く。——それは、私のスマートフォンだった。ちなみに悪用されるのが怖かったので、通信会社に連絡して利用停止にしてある。

「先日はすみませんでした」

彼女が深く頭を下げて謝ってくる。何と返したらいいかわからず黙ったままでいた私に、資材課の課長が説明してくれた。

倉庫に人を閉じ込めたという問題行為。さらには助けが呼べないようにスマートフォンを奪うという計画的な犯行。これだけでも十分、彼女は処罰されても当然のことをした。

追及されても最初はシラを切った彼女だけれど、私のスマートフォンを隠し持っていたことが仇《あだ》となり、認めざるを得なかったという。

おそらく上司から相当絞られ、自分の行為がどれほどのものだったのか、ようやく気づいたのだろう。泣きはらした赤い目が全てを物語っていた。

「私……ずっと高柳さんに憧れていたんです。だから悔しかった。本多さんが羨《うらや》ましくて、早く別れてしまえばいいって思ってました。そんな時に秘書課の人が、別れさせる方法があるって……うまくいけば本多さんを辞めさせられるって言うから……」

やっぱり幸人絡みの動機だったのだ。

シン、と静まるミーティングルーム。今度は私の上司である白橋課長が口を開く。

「しばらく前から、社内の風紀が乱れているとの意見が上がっていた。一部の男性社員に対し、異常に執着する女性社員が存在しているとな。男女間の問題に会社が口を出すべきではないが、営業部一課及び秘書課の数名はあまりにモラルから逸脱していた。彼女らに対する苦情は増える一方だ」

ふぅ、と疲れたようにため息をつく課長。だけど、ようやく決着がついたとでも言うかのように、私に笑いかけてきた。

「君を倉庫から助け出したのは高柳君だったそうだな。彼が営業部長と秘書課の課長に直談判《じかだんぱん》したらしい。いい加減にしてくれってな」

「ど、どういうことですか？」

思わず問い返すと、白橋課長は私から視線をずらし、呆れたように肩をすくめる。

「君もよく目にしていたはずだが、高柳君は入社当初から彼女らに絡まれていた。出社時、昼食時、そして退社時。仕事以外のほぼ全ての時間に、アイドルのごとく取り囲まれていた。彼女らは高柳君に話しかけようとする女性社員を恫喝《どうかつ》し、時には悪質な嫌がらせも行《おこな》っていたんだ。今回君がされたのと同じようにな」

課長は顔をしかめて「迷惑な話だ」と呟く。

「高柳君は何度もやめてほしいと言っていたそうだ。しかし一向に聞き入れてもらえなかったらしい。このままでは仕事にも支障が出るから、上司なら彼女らの手綱《たづな》くらい握ってくれと。まぁ、かいつまんで言えば、そんな風に訴えたというわけだ」

幸人はずっと一人で耐えていた。でも自分の恋人に手を出されたことで、とうとう牙を剥《む》いたのだ。彼は会社員として、そして一人の男として、上層部に状況の改善を訴えた。

表向きの事情としてはそんなところだろう。だけど私は、彼の本性を知っている。

「彼女らの振る舞いについては、あちこちから苦情が来ていた。そこに社長の息子からの苦情が加わったことで、ようやく上司たちも重い腰を上げたわけだ。一課の課長は前から彼女らをよく思っていなかったこともあって、近々謹慎処分を言い渡すつもりらしい」

きっと幸人は、前からこのチャンスを待ち構えていたんだ。彼女らに痛恨のダメージを与えることができる、またとない好機を。

そのきっかけとなったのが自分だと思うと複雑な気持ちではあるけれど、人を倉庫に閉じ込めるようなことまでしたのだから、謹慎処分もやむを得ないのかもしれない。

もう天音をこんな目には遭《あ》わせない――

幸人はそう言った。そして彼は有言実行したのだ。しかし何とも手際がいいというか、計画的な匂いを感じてしまう。

何にせよ、これでようやく平穏が訪れる。あの鉄壁部隊もさすがに謹慎処分はこたえるだろう。

それでも微妙に不安な気持ちを抱えながら、私は仕事に戻るのだった。


あれから数日が経ち、非常にゆるやかで、のんびりした日々が続いていた。会社ならではの適度にざわついた雰囲気の中、いつも通り午前の業務をこなす。

そんな営業部のフロア内に、昼休みを告げる明るいチャイムが鳴り響いた。

キリのいいところまで入力作業をした私は、お弁当を持って社員食堂に向かい、軽く辺りを見回した。

――今日も来てないか。

少ししょんぼりしてしまう。ため息をついて、静かに食堂の端に座った。

実は廊下で幸人と話しているのを見た日から、江美さんが食堂に来なくなってしまったのだ。営業フロアと総務フロアは階が違うため、普段は滅多に会うことがない。

江美さんは、幸人の裏の顔を知っていた。

聞きたいことが山のようにあるのに、突然仕事が忙しくなったのか、それとも私と顔を合わせたくない事情があるのか、メールの返事すらくれない。

何にせよ、江美さんが隠し事をしているのは明らかだった。

ふりかけご飯をモソモソと食べて、またため息をつく。いっそ幸人が江美さんと浮気でもしてくれていたほうが、マシだったかもしれない。なぜなら江美さんに避けられる理由がわかりやすいからだ。

でも二人に限ってそれはないと思う。……だからこそ、胸が苦しくなる。

何も教えてくれないということは、私は信じるに値しないと言われているような気がして。

やっぱり幸人に聞かなきゃだめかな。聞いたら教えてくれるのかな。

もやもやするあまり、気分が悪くなってくる。私はこんなに繊細な一面を持っていたのか。割と図太いほうだと思っていたのに。

何とかお弁当を食べきって、きんちゃく袋に仕舞う。お茶のペットボトルでも買おうかと思って立ち上がった時、遠くのほうから女の人の金切り声が聞こえてきた。

ざわざわと辺りが騒がしくなる。そちらを振り向くと、食堂の真ん中に幸人と秘書課の女性が立っていた。取り巻きのリーダー格だった、髪を縦巻きにした女性だ。

「どうしてよ！　何であんな子のせいで、私がこんな目に遭《あ》わなきゃならないの!?」

彼女は日替わり定食のトレーを手にした幸人に噛みついている。「あんな子」とは間違いなく私のことだ。上司から謹慎を言い渡され、八つ当たりのごとく幸人を責め立てているのだろう。対して幸人はとても冷静で、いつも通りの微笑みを浮かべている。

「何の話でしょう？　こんな大衆の真ん中で、大の大人が叫ぶものではないと思いますが」

「しらばっくれないで！　あなたが上に言いつけたのは知っているのよ！」

どうやら自分たちの非は一つも認めていないようだ。顔を紅潮させた彼女は全力で幸人を非難しており、反省の色はまったくない。

幸人は困ったようにため息をつく。

「少しは周りを見てはいかがですか？　誰もあなたに同情していませんよ。皆あなたたちの悪事を知っているんです。今回の処分に関しても、僕は最後の引き金役に過ぎません」

彼女は慌てて辺りを見回した。人々は皆、一様にしらけた視線を向けている。同情どころか、むしろようやく上が動いたのかと呆れた雰囲気すらあった。

「な、何よ。今まで私たちを侍《はべ》らせていい気になっていたくせに。女ができた途端に手のひらを返すなんて、最低だわ」

「僕は遠慮してほしいと何度も言いましたが、聞き流していたのはあなたたちですよ。それに、僕は当然のことをしたまでです。僕の大切な人が夜の地下倉庫に閉じ込められたのですから……怒って当然でしょう？」

口元にこそ笑みを浮かべていたが、幸人の目はまったく笑っていなかった。とても冷たく、氷のように寒々しい。目の前の女性を心底見下《みくだ》し、軽蔑している目だ。

入社当初からずっと穏やかな好青年であり続けた彼が、初めて見せた怒り。そのあまりの迫力に、この場にいる全員が息を呑む。そして、ヒソヒソと囁《ささや》き始めた。

「地下倉庫に閉じ込めたって、例の二課の子を？」

「いい大人のくせして、よくそんな子供じみたイジメができるね」

「ほら、彼女の父親は専務だから、上司もなかなか注意ができなかったらしいよ」

まるで波紋が広がるように、交わされていく噂話。そうか、彼女がこれまで好き勝手できたのは、親の後ろ盾があったからなんだ。

青ざめた顔で、ふるふると怒りに震える彼女を見ながら、私は誰にも気づかれないようそっと食堂を出た。持ち前の地味さは、意外とあちこちで役に立つ。

公衆の面前であそこまで暴露されては、さすがの鉄壁部隊も形無しだろう。でも、私の心は少しも晴れやかにならなかった。

このままでいいのか。そんな気持ちがどんどん大きくなる。私はもっと色々なことを考えるべきなんじゃないかと思えてくる。

幸人とお付き合いをして、夢のような扱いをされて、時々優しく触れられて。それで呑気に幸せを感じていていいのだろうか。私は本当に幸人の——恋人なのだろうか。

どこか現実味がなくて、足元がふわふわしていた。初めて肌を重ねた時も、お付き合いをすると決めた時も、デートの時も、いつも夢心地から抜け切れなかった。

地に足がつかない感覚。彼との時間があまりに特別であるゆえに、一時《いっとき》の夢じゃないかと疑ってしまう。

泡沫《うたかた》の恋はいつか音もなく割れて、夢の時間は終わりを告げるのだ。

シンデレラは、不安を感じたりはしなかったのだろうか。とんとん拍子に幸せになっていく展開を、できすぎだと穿《うが》った目で見なかったのだろうか。

王子様の気まぐれによって自分はいつか捨てられ——また継母《ままはは》や姉たちに虐《しいた》げられる生活に戻

されるかもしれないと、そんなことを想像しなかったのだろうか。

不安な平日を過ごして、ようやく迎えた休日。私はベッドの上でスマートフォンとにらめっこしていた。

「うーん……ホームページはないのか」

仰向《あおむ》けになってぱたぱたと足を動かし、ぽちぽちとスマートフォンを操作する。調べているのは、うちの会社と取引しているリサイクル会社のことだ。

幸人が倉庫から助け出してくれて、それがきっかけで鉄壁部隊が崩壊して。幸人の私に対する気持ちを疑ったり、江美さんにもやもやしたものを感じたり。

色々ともまぐるしくて正直それどころじゃなかったけど、忘れていたわけではなかった。

――どうして廃棄用倉庫にリサイクル用資材があったのか。

倉庫に閉じ込められた翌日、私はさっそく白橋課長に相談した。彼も初耳だったらしく、倉庫管理部に問い合わせてみると言ってくれた。

そして私は、ファイリングしていた伝票を見直してみたのだ。伝票は全て手書きで、回収済みの品番が乱雑な筆跡でずらずらと書かれていた。

いつもこれを見て「ああ、業者が回収に来たんだな」と思ってはいたけれど、実際の回収作業はどのように行《おこな》われていたのだろう。

廃棄用倉庫に入っているたくさんの廃番の中から、リサイクル用資材だけを選んで回収する。

確かに不可能ではないけれど、かなり大変な作業だと思う。一回や二回だけならともかく、毎回探すのはさすがに手間だろう。

もしかしたら業者が見つけやすいよう、倉庫管理部が直前に選《よ》り分けているのかもしれない。だけど、私はどうしてもそのリサイクル会社が気になってしまった。とりあえずネットで検索してみたものの、まったく名前が出てこない。

ホームページもないし、関連したニュースもない。まぁ、全ての会社がホームページを持っているとは限らないけれど。

そういえば、件《くだん》の会社は三課の伍島課長が紹介したのだそうだ。……伍島課長。正直苦手だけど、あの人はリサイクル会社の人と知り合いなのだろうか。

うーん、と一人で悩み、やがてハッとひらめいて顔を上げる。

「そうだ。直接見に行けばいいじゃない。どうせ今日は休みだし、他にすることもないし」

決まりだ。こういう時フットワークが軽いのは、おそらく私の長所だろう。適当に化粧を済ませて、ルームウェアから普段着に着替え、サイフを入れた鞄《かばん》を肩にかけて家を出る。

住所は、リサイクル会社が送ってくるＦＡＸの送付状に載っていた。コピーを持っていたので見てみれば、ここからそう遠くはない。電車を一度乗り換えるだけだ。

その会社を一目見たら、ひとまず安心できるような気がした。

確か布地を細かく刻んで繊維を取り出し、化学的な処理を経てエコロジー燃料にしているのだとか。それだけの作業をするとなれば、それなりに建物の規模は大きいはず。おそらく町工場《まちこうば》のような感じではないかと私は予想していた。

電車を乗り継いで最寄り駅で降り、スマートフォンに表示させた地図を見ながら探して歩く。やがてＦＡＸ送付状の住所と一致した場所にたどり着き——

「……え？」

ぽかんと開いた口から、間の抜けた声が出た。

それは確かに「町工場《まちこうば》」のようであった。でも明らかに寂《さび》れている。まるで倒産して何年も経っているかのような雰囲気を醸《かも》し出していて、とてもじゃないけど、現在も稼働しているようには見えない。

ところどころさびついた黒い鉄格子。看板は裏返しになっていて、社名を読むことができない。人の気配のしないトタン屋根の事務所と、その奥にある古い工場。

夜にここを訪れたら、なかなかのホラースポットに見えそうだ。だけど私は別の意味で、ぞわりと背中を震わせた。

ここは何？　本当にリサイクル処理を行《おこな》う会社なの？

……私はずっと、ここに電話をかけていたの？

黒い鉄格子の門にはしっかりと南京錠がかけられていて、当然入ることはできない。インターフォンのようなものがないか探してみたけれど、どこにも見当たらなかった。

「一体、どういうことなの？」

震えた声で呟くと、遠くのほうから話し声が聞こえてきた。そちらを見れば、男女二人組がこちらに向かって歩いてくる。

「……っ!?」

私は驚きに目を見開いた。本能的に足が動き、私の意思とは関係なくその場から逃げ出す。歩いてくる二人組に背を向ける形で走って、最初に見つけた角を曲がった。

それからゆっくりと振り返り、コンクリート塀の陰から様子を窺《うかが》う。

工場の前に立っていたのは、幸人と江美さんだった。

頭が混乱していて、うまく状況を呑み込めない。何やら会話している二人を、呆然と眺めることしかできなかった。

心臓がばくばくと音を立てている。幸人は会社で見せる穏やかな表情ではなく、険しい顔で江美さんに話しかけていた。そして彼女のほうも、持っていた書類をめくり、何かを口にしている。

デート……というわけではなさそうだ。そもそもこんな場所でデートする人はいない。それに二人の表情は硬く、何だか仕事や調査をしているような雰囲気だった。

一体、何をしているんだろう……

ジッと見ていると、やがて二人はこちらに向かって歩いてきた。私は慌てて駆け出し、近くにあった小さな公園に身を潜《ひそ》める。彼らは私に気づくことなく通り過ぎ、駅に向かって歩いていった。

やがてその姿が見えなくなってから、私はこっそり公園を出る。

幸人と江美さん。二人はどういう関係なんだろう。間違いなく言えるのは、やはり江美さんは幸人の本当の顔を知っているということだ。

もしかして私が幸人に恋をしたと報告する前から、全てを知っていたのかな。

表向きの幸人に恋をする私を見て、彼女は何を思ったのだろう。物事の表層しか見られない愚《おろ》かな人間だと思っていたのだろうか。それとも表の顔に騙《だま》されて可哀想だと同情していたのだろうか。

ふるふると首を横に振る。どっちにしろ、江美さんはそんな人じゃない。

でも、だからといって二人の関係を見過ごすわけにはいかなかった。駅に向かってとぼとぼ歩きながら、小さくため息をつく。

……どうやら、私も腹を括《くく》る時が来たようだ。


休み明けの月曜日、仕事を終えた私は廊下の角に身を潜《ひそ》めていた。終業時間の直後であるため、廊下を行き交う人は比較的多い。彼らは忍者みたいに片膝をつく私をチラ見しては、見ないフリをして去っていく。

そんな中、私はひたすらにターゲットを待ち構えていた。今日こそは逃がさない。

やがて総務部のフロアから「お疲れ様でした」と言いつつターゲットが出てきた。その人が角に差しかかった時、私は廊下のど真ん中にバッと飛び出す。

「江美さんっ！」

「うひゃあ！」

びっくり箱よろしく出てきた私に驚き、江美さんは後ろに飛び退《の》いた。

「びびび、びっくりした……天音!?」

「ようやく捕獲しました。江美さん、ちょっと話があるので顔を貸してください！」

私は江美さんをジッと見つめる。彼女は少し悩むそぶりを見せた後、「わかった」と頷いた。

社内だと人の目が多すぎるので、お互いにロッカーで着替えてから、会社近くにあるカフェへ向かう。

「私、この前の休日に、江美さんと幸人さんが一緒に歩いているところを見たんです」

アイスカフェモカを脇に置き、のっけから本題を切り出した。江美さんはホットコーヒーをぷぴっと噴く。

「ちょっ、どうして⁉　というか、違うから！　誤解だから！　私は高柳とは何でもないの。ホントだよ。お願いだからそれだけは信じて！」

……こんなに慌てる江美さんは初めて見たかもしれない。必死になって幸人との関係を否定する彼女。でも、その言葉は決定的だった。

「江美さんは、幸人さんの本性を知っているんですね」

顔をまっすぐに見ながら問い質《ただ》す。江美さんは目を伏せ、両手で持ったコーヒーカップを見つめた。そして観念したようにゆっくりと頷く。

「……うん。知ってた」

「いつからですか？」

「高柳が入社して程なくかな。色々あって、向こうから本性を見せてきたんだよ」

色々という言葉を使って、詳しい説明を避ける江美さん。私が黙っていると、彼女は慌てて手を横に振った。

「ホントに、プライベートな関わりは一切ないんだよ。あくまで仕事上の関係だからね？　……あいつの性格の悪さを知ってたから、天音が高柳を好きになったって聞いた時は、止めようかと思ったんだ」

でも、と江美さんが続ける。

「何も知らない天音にあいつの本性をバラしてさ、やめておけ……なんて、やっぱり言えなかった。そんなの悪口みたいだし、天音の気持ちを傷つけるのも嫌だったし。それに正直言って、天音があいつを射止めるとは思ってなかったから……」

ごめんね、と江美さんが謝ってくる。私は首を横に振った。私自身、幸人と付き合えるなんて思ってもみなかったのだから。

「天音の恋を応援しておきながら、心の中では無理だと思ってたなんて、ひどいよね」

彼女の表情はつらそうだった。おそらく、よほどの事情を抱えているのだろう。

「江美さん。頷くか首を横に振るだけでいいです。これだけは答えてください」

もしかしたら私は、聞かなくてもいいことを聞こうとしているのかもしれない。それどころか、とんだ藪蛇《やぶへび》になるかもしれない。

でも、どうしても聞いてみたかった。私がずっと抱えていた不安の原因がそこにあると、何となく感じていたから。

「幸人さんが私と付き合ったのは……私が、あのリサイクル会社に関係しているからですか？」

江美さんが驚きに目を丸くした。そして、小さくため息をつく。

「そうだった……。天音は何も考えていないように見えて、割と冷静に物事を見てる子なんだよね……」

観念した様子で、江美さんはこくりと頷いた。


そもそも最初から、警告音は鳴っていたのだ。

幸人に甘やかされて、優しくされて、たくさんの幸せを感じた。そんな中で垣間見る、私に何かを訴えかけてくるような表情。まるで私を観察しているかのような、冷静な視線。

難しく考える必要はない。点と点を、線で繋いでみればよかったのだ。

幸人が私に興味を持った理由。今まではそれがわからなくてもやもやしていたけれど、先日目撃した光景から一つの可能性を見いだした。

幸人と江美さんは、あの「リサイクル会社」を調べていた。そして今現在、あの「リサイクル会社」に関わる業務を担当しているのは私だ。

つまり……幸人が私と付き合い始めたのは、私から「リサイクル会社」についての情報を得たかったから？

その可能性を思いついてしまったら、もう思考を止めることができなかった。カチカチとパズルのピースが嵌《は》まっていく。いっそ楽しくなるほど、パズルがどんどん出来上がっていく。

そしてわかったのは、幸人ははじめから私を好きでも何でもなかったということ。

恋人のフリをして近づき、私が彼に心を許したところで、聞くつもりだったのではないだろうか。あの、謎のリサイクル会社について——

……本当は、気づきたくなかった。優しい夢に浸っていたかった。平凡を絵に描いたような人間が王子様に見初《みそ》められるという、幸せなシンデレラストーリーに身を委《ゆだ》ねていたかった。

きっと幸人は自分の目的を果たした後、私に優しく別れを告げただろう。そして私は何も知らないままそれを受け入れ、きれいに別れることができただろう。心のダメージは避けられなくても、今よりずっと軽かったはずだ。

でも、「やっぱりな」と納得する気持ちもあった。美人でもなくこれといった魅力もない平凡な私が、シンデレラになれるわけがなかったのだ。

いずれダメージを受けるだろうと、私は気づいていた。

ずっと不安だったのはそのためだ。私はこの日を恐れていたのだ。

本当は意地悪で性悪な幸人。だけど時々寂しそうな顔をして、私と肌を重ねる時はいつも、意外なほど優しさを見せていた。

あれはそういう演技だったのだろうか。それとも、あれも幸人の「素《す》」なのだろうか。

もしそうだったのなら嬉しい。……私は今でも、幸人が好きなんだから。

だけど、このままでいいわけがない。気づいた以上、私は幸人に確かめなければならない。

私が行き着いた一つの答え。それの答え合わせをするのだ——

そして翌日――ターゲットオンである。射程距離はおよそ二メートル。

私は短距離選手のごとく、クラウチングスタートの体勢を取った。

今いるのは会議室フロア、通称ミーティングエリアの廊下だ。終業時刻を十分ほど過ぎてからようやく会議が終了して、営業マンたちがぞろぞろと会議室から出てくる。

私はダッと駆け出した。目指すは、ファイル片手に穏やかな微笑みを浮かべて歩いている、バカ幸人。

くらえ、渾身《こんしん》の――膝かっくん！

「うわ!?」

驚いた様子で声を上げた幸人の膝が、かくんと落ちる。

私はヤツの首根っこを掴《つか》み、すぐそばにあった資料室に連れ込んだ。そして後ろから首元に愛用のマーカーペンを突きつける。

「正直に答えよ……」

「えっ、天音か？　背後から襲うなんてお前、俺に何か恨みでもあるのか」

「あるに決まってるでしょうが！　この極悪人めが！」

私は虎視眈々《こしたんたん》と狙っていたのだ。この男と直接対峙し、私の恋心を弄《もてあそ》んだ報《むく》いを受けてもらうチャンスを。

「ねぇ幸人さん。私と付き合ったのは、あのリサイクル会社を調べるためだったの？」

後ろから静かに問い質《ただ》すと、幸人がわずかに息を呑む。――それで、私は全てを悟った。

「やっぱり、そうなんだね」

マーカーペンを力なく下ろす。幸人はこちらを向き、無言で私を見下ろした。

私たち以外誰もいない小さな資料室は、メタルラックに大量のファイルが並べられていて、申し訳程度の明かりがついている。

「なぜ気づいたんだ？」

「先日、幸人さんと江美さんが例のリサイクル会社の近くを歩いているのを見かけたの。実は、私も同じところにいたんだよ」

「天音も……？」

なぜ、と幸人の顔が言っていた。私は廃棄用倉庫に閉じ込められた時の出来事を、簡単に説明する。そして幸人と江美さんがあの工場を訪れていたことで気づいた、一つの可能性を口にした。

私はどこか期待していたのかもしれない。まったくの誤解だと言ってもらえることを。

でも現実は悲しく、冷たいものだった。幸人の表情が全てを物語っている。

私との付き合いは、仕事の延長に過ぎなかった。そこに愛はなかったのだ。

——やっと、夢から覚めた気がする。

だから、にっこりと笑って幸人を見上げた。

「私に協力できることがあったら、何でも言ってね」

「え？」

幸人が驚いた顔をした。もしかしたら、なじられるとでも思っていたのかもしれない。情報収集のために人の恋心を利用するなんてひどい奴だと。

……確かにひどい男だ。でも、すでに怒りの気持ちはない。こうして直接確認することができたから、もうそれでいいのだ。

「だって、自分の周りで何かよからぬことが起こってるのかと思うと、気が気じゃないもの。幸人さんは江美さんと一緒に、あの会社について調べているんでしょう？」

幸人は黙って私を見つめている。否定しないということは、肯定しているのと同じだ。

「大丈夫。誰にも言わないよ。欲しい資料とかあったら言ってね」

理由はわからないけど、幸人と江美さんが例の会社について調べているのは確かなのだ。江美さんがその件について詳しく話せなかったのは、おそらく上司から秘密裏に調査を頼まれているからだろう。

幸人と二人で動いていることから考えるに、指示を出したのはおそらく経理課の課長、高柳要一。つまり幸人のお兄さんだ。

「私が言いたいのはそれだけだよ。――あ、そうだ。もうデートとかに誘わなくていいからね。今まで気を使ってくれてありがとう。結構……楽しかったよ」

ははは、と笑いながらも、涙が出そうになった。だけど気合を入れてこらえる。

私の涙は安くないのだ。こんな男の前で泣いてたまるか。

「それじゃ、お疲れ様。何かあったらメールなり電話してね」

ぺこりと頭を下げて資料室を出る。そのまま歩いていたら、いつの間にか駆け足になっていた。

ほぼ全速力でロッカールームにたどり着いて、ぱぱっと着替える。

私、頑張ったのになぁ。

慣れないお洒落《しゃれ》に挑戦してみたり、お料理を研究してみたり。自分なりにできることを一生懸命やって、好きになってもらえるように努力した。

少しは手応《てごた》えも感じた。でも、全てはまやかし。つまり無駄な努力だったのだ。

虚《むな》しい話だけど、現実なんてこんなものなのかもしれない。夢はいつか覚めるもの……私自身、そう覚悟していたじゃないか。

だから早く――早く会社を出よう。寄り道することなく、まっすぐアパートに帰ろう。

家なら。他に誰もいない私だけの空間なら。……少しくらい、泣いてもいいはずだから。

かつてないスピードで駅に向かう。泣きたい衝動を全て足の力に変換して、走り続ける。駅にたどり着いた時には、息をはぁはぁと切らしていた。

これはきっと新記録だな。意味はないけどタイムを計ってみればよかった。

息を整え、改札口に向かう。そしていつもの通り、鞄《かばん》からカード型の定期券を取り出した。

そこで、後ろから誰かの腕がスッと伸びてくる。その人はパシッと音を立てて私の手首を握った。

「やっと捕まえた。お前、意外と足が速いんだな……天音のくせに」

振り返ると、幸人が私と同じくらい息を切らし、まるで喧嘩でも売るかのように睨《にら》みつけていた。

「幸人さん……？」

私はぽつりと呟く。彼は息を整えるために深呼吸した後、表向きの顔からは想像もできないほどガラの悪い声を出す。

「おい。何一人で自己完結しているんだ。俺の言い分を聞く耳も持たないのか」

「ぎゃ、逆ギレですか？」

「そうだ、逆ギレだよ。悪いか。……頼むから俺の話を聞いてくれ」

聞きたくない。そう言いたくてたまらなかった。だって今にも涙がこぼれそうなのだ。彼が私と付き合っていたのは情報を得るためだったとわかって、傷つかない人間がいるだろうか？

私は好きだったのに。幸人の性格が悪くてもそばにいようと思ってたのに。理解者だと言われて嬉しかったのに……

でも幸人はそうじゃなかった。今までのは全て、甘い言葉の大安売り。情報が欲しいがためのリップサービスだったのだ。

幸人が私のことを愚《おろ》かだのバカだの言っていたけど、まったくその通りだった。

最初は彼の上辺の顔に惚れて、次は薄っぺらい愛の言葉にすっかり騙《だま》されていた。

自分で笑ってしまうほどのバカっぷり。

こんな私に、あなたはまだ追いうちをかけるつもりなの？　どうしてあなたの言い訳を聞かなくちゃいけないの？

「私、協力するって言ったはずだよ？　それでいいじゃない。お願いだから、今日はもう放っておいて」

さすがにダメージが強すぎる。話したいなら、せめて明日にしてほしい。

幸人の手をふりほどいて改札口に入ろうとしたら、今度は二の腕を掴《つか》まれた。

「逃がすか。天音は一晩で気持ちをさっぱり切り替えられる女だから、今聞いてもらわないと困るんだ」

何だそれは。さっぱり切り替えたほうが、どちらにとってもいいと思うのだが。

「今日を逃したらお前、俺のことを完全に切り捨てるだろ。頼むから言い分を聞いてくれ」

切り捨てるなんて、そこまで薄情なつもりはない。でも確かに明日になれば、気持ちがだいぶ冷めているだろう。私は切り替えの早さだけが長所なのだ。しかし幸人にとっては短所らしい。

彼はいつになく真剣な表情をしていた。二の腕を掴《つか》む手はきつく、決して放さないと訴えている。

私はため息をついて「わかった」と頷いた。結局のところ、私は幸人に甘いのだろう。それは間違いなく、まだ幸人のことが好きな証拠だった。


幸人に連れていかれた店は、これまた一人で入るには非常に勇気がいりそうな、お洒落《しゃれ》なカフェバーだった。

お昼はスイーツ目当ての女性客が多そうだけれど、夜は男女の比率が同じくらいだ。ビールとポテトを楽しむサラリーマンや、ケーキに舌鼓《したつづみ》を打つＯＬなど、たくさんのお客さんで溢《あふ》れている。

幸人がスタッフに話をすると、私たちは個室に案内された。

「ここはスイーツのメニューが豊富なんだ。甘いものが食べたいなら頼むといい」

「じゃあ……お言葉に甘えて」

私はパンケーキと紅茶、幸人はホットコーヒーを頼む。

それらが運ばれてきた後、幸人が再び口を開いた。

「――悪かった」

まさかいきなり謝られるとは思っていなくて、私はフォークとナイフを持ったまま固まってしまう。

「あの宴会の日、君から手紙を渡されてチャンスだと思ったのは確かだ。最初は打算があって君の誘いに乗った。でも、それはきっかけに過ぎない。今は利用しようという気持ちなんて微塵《みじん》もない。……それだけは信じてほしい」

まっすぐに私を見て訴えてくる、その目に嘘はない……気はするけど、やっぱり疑いの気持ちがぬぐえない。

ひとまずキコキコとパンケーキを切って口に運ぶ。びっくりするくらい柔らかくて、メープルシロップと刻んだナッツがとても合っていた。

「そもそも俺は、君から情報を得ようだなんて思っていなかった」

「……そうなの？」

「ああ。知りたいのは君の人柄だった。性格、好み、金銭感覚、生活レベル。だが、バーで話しているうちに、君自身に興味を持ったんだ」

なるほど。でも、どうして私の人柄なんて知る必要があったのだろう？　私がもう一口パンケーキを食べると、幸人は静かにコーヒーを飲む。

「悪いが、今はこれ以上言えない。……宮村も、何も話さなかっただろう？」

「うん」

「今、うちの会社の水面下では非常にデリケートな問題が起きている。だから俺たちも慎重にならざるを得ないんだ。……本当は全て終わってから説明するつもりだったが、このままだと君は潔《いさぎよ》く俺の前から去ってしまいそうだったからな」

幸人がため息をつく。どうやら私に説明したのは、苦渋《くじゅう》の決断に近かったらしい。

つまり、それほど大きなことがあの会社の中で起きているということ。……あんなに平和そのもののみたいな会社なのに。

「天音は俺のことが好きだと言う割に執着はしていないから、不安になるんだ」

少し面白くないといった風に、顔をしかめる幸人。

「執着していない？」

「見切りが早いとも言うな。君はまっすぐな性格をしているだけに、好意に対して素直に好意を返してくれる。だが、逆に言えば裏切りに対して潔《いさぎよ》く関係を断ち切ることもできる。……そのさっぱりした性格は好ましいが、俺としては今切られると困るんだ」

「困るって……どうして？」

まだ私に利用価値があるのだろうか。それとも会社で起こっている問題が解決するまでは現状を維持したいのだろうか。

紅茶を飲む私を、幸人がしかめっ面《つら》のまま見つめる。

「天音が好きだからに決まっているだろう」

ぶふぁ、と紅茶を噴いた。

え、何言ってるのこの人。誰が好きだって？

「なっ、なん、どういうこと！　まさか、また私を騙《だま》すつもりなのか。もう騙《だま》されないぞ！」

「騙《だま》してない。何のためにこんな言い訳を聞いてもらったと思っているんだ。お前を手放したくないからに決まっているだろう！」

「って、また逆ギレですか！　だ、だって。幸人さんが私に近づいたのは何か企《たくら》みがあったからで、私個人のことなんか、どうでもいいはずで……」

「だから、それは最初だけだと言ったはずだ。——まぁ、からかう気持ちがなかったわけではない。でも君に言った言葉に嘘はない。好きじゃなかったら抱かないし、天音なら俺を理解してくれるかもしれないと思ったのも本当だ」

幸人はコーヒーカップをソーサーに置き、まっすぐに私を見た。

「頼むから、もう少し待ってほしい。全部終わったらちゃんと説明するから。そう遠くないうちに終わらせるから」

「幸人さん……」

「俺は天音を手放すつもりはない。たとえ君が俺を嫌いになったとしてもだ。……それが俺と君との執着度の違いなんだ」

わかったか、と幸人が強い瞳で見つめてくる。

私よりも、幸人のほうが執着している……。確かに時々、そんなそぶりを見せていた。

あれは本当だったの？　私を手放したくないと、本気で思っていてくれているの？

まだ疑いの気持ちが完全に消えたわけじゃない。それでも、彼の言葉の中に一つだけ、私の心に響いたものがあった。

「わかった。幸人さんを……信じるよ」

彼が私と付き合い始めたのには、確かに打算があった。だけど今、彼が私を好きだと言うのなら……待ってみよう。そう思ってしまうところが、まだまだ甘っちょろいのかもしれない。

でも、人を信じる心をなくしてしまったら、それは私ではない気がした。

平凡で地味で何も持たない私だけど、切り替えの早さ以外にもう一つ長所を挙げるとするなら、人の言葉を信じることができるということだ。

最初は疑う気持ちがあっても、本人から「それは違う」と言われれば、最後には納得してしまう。

ある意味、それは短所かもしれない。人の言うことを鵜呑《うの》みにして騙《だま》される人が数多くいることは、私も知っている。

でも、信じることは悪いことじゃない。

人を信じて結果騙《だま》されたとしても、それは騙《だま》すほうが悪いのだ。

騙《だま》されたほうが悪いなんて理屈は、騙《だま》した人間が自分を正当化するための方便。

何もかも疑ってかかる人生なんて何が楽しいのだろう。私はそんな生き方はしたくない。

だから――今回だけは幸人を信じる。これも彼の嘘だとしたら悲しいけれど。

「私に手伝えることはある？」

「正直言って、何もしないでくれるとありがたい。今は何にも気づかないふりをして、普通に仕事をしていてほしいんだ」

「わかった。じゃあ、もう少し待っているね」

そう言うと、ようやく幸人がホッとした表情を見せて、「ああ」と頷いた。

彼の本心が読めなくて、私はずっと得体の知れない不安を抱えていた。でも、やっと少しだけ、心が晴れた気がする。

店を出ると、辺りはすっかり人気《ひとけ》が少なくなっていた。思っていたよりも長くカフェにいたようだ。

夜のビジネス街は昼とは違い、ひっそりとして静寂に包まれている。時々思い出したように車が大通りを走り、硬い歩道を歩けばカツカツと靴音が鳴り響いた。

この歩道がこんなに音を響かせるなんて、知らなかった。普段は雑踏《ざっとう》の音に紛れて、靴音なんて聞こえないから。

空を見上げた私は、自然と月を探していた。明るい都会では、星はあまり見えない。だからせめてと思って月を探してしまう。……それは、人が本能的に自然の光を求めているからなのだろう。

そんなことを考えながらぼんやりと歩いていたら、ふいに手が温かいものに包まれた。我に返って見下ろすと、私の手は彼の大きな手に握られていた。

その手から、彼の思いが伝わってくるように感じる。

私のことが好きなのだと言う幸人。

対して私はどうだろう？　本当に幸人のことが好きなのかな。

……あの夜のオフィスで、私は幸人に恋をした。あの時に感じた思いと、彼の私に対する思いはまったく同じものなのだろうか。

最初は、ただの憧れに近かったかもしれない。そう、まるでアイドルに恋をするような、そんな感覚だった。でも、それだけじゃダメだと思って私は行動を起こした。そうして藪《やぶ》をつつき、蛇《へび》を出してしまったのだ。

彼の本性を知った時は、はっきり言って幻滅した。何て性格が悪い男だと落ち込んだ。それでも、彼の隠れた優しさには気づいていた。

幸人は、ある意味したたかな性格をしている。どこか人生に対して冷めていて、でもそんな自分の将来を悲観はしていない。自分はこういう人間なのだと、しっかり自覚しながら表向きの顔を作り、上辺を取り繕《つくろ》って日々を生きている。

そんな幸人のそばにいたいと、いつしか私は思うようになっていた。彼が本性をさらけ出せる唯一の人間になりたいと。

私相手なら、いくらでも減らず口を叩いてもらっていいのだ。

悪態だってついていいし、そのせいで喧嘩になることもあるだろう。

でも、私は決して幸人との絆《きずな》を切らない。……切りたくない。

幸人が私のことを好きでいてくれるなら、私も幸人を裏切らない。

気づけば、私も彼の手を握りしめていた。ぎゅっと力を込めると、幸人が静かに私を見下ろしてくる。

「……私も、幸人さんが好き」

ぴた、と彼の足が止まった。人気《ひとけ》のない夜のビジネス街。歩道の上空で雲が晴れる。

探していた月は雲に隠れていたようだ。今日は満月であるらしく、街灯よりも明るい光が、柔らかく私たちを照らす。

その下で、私は少し意地悪く笑った。

「何も返してくれないの？　『そんなことは知っている』って、いつもの調子で返してくると思ったのに」

幸人は笑わなかった。やけに真面目な表情で、私をジッと見つめている。

そして、ゆっくりと首を横に振った。

「いや。嫌われても仕方がないと思っていたから、少し驚いた」

「嫌ってたら、信じるなんて言わないよ？」

「それもそうだな。……でも」

ふ、と口の端を吊り上げる。それは意地悪な笑みでもなく、表向きの紳士な笑みでもなく、無色透明の笑みだった。どこか儚《はかな》く、少し寂しげにも見える、穏やかな微笑み。

「嬉しいな。天音に好きだと言ってもらえるのは」

もしかしたら、今の幸人が本当の幸人なのかもしれない。彼はたくさんの顔を器用に使い分けているけど、本当の自分自身は幼少の頃からずっと隠し続けていたのではないだろうか。

……自分の正体を人に見せるのが怖かったから。

そう思うとたまらなくなった。

やっぱり私、幸人のそばにいたい。信じていたい。ずっと好きでありたい。

「幸人さん。……一つだけ、我儘《わがまま》言ってもいい？」

「一つと言わず、いくらでも言えばいい。何だ？」

何色にも染まっていない幸人は、穏やかな口調のまま返してくる。私は軽く顎《あご》を上げ、彼を見上げた。

「キス、してほしい。ちょっと恥ずかしいけど……」

照れくさくなった私は、にへら、と笑って頭をかく。こんな往来のど真ん中で何を言ってるんだろう。

でも、どうしても今、幸人の気持ちを確かめたかった。手を繋ぐだけじゃ足りない。もっと、幸人を感じたい。

「えっと、幸人さんを信じようって気持ちに自信を持ちたいのかな。だから、キスしてほし……っ!?」

ぐっと乱暴に手首を引かれた。驚いた瞬間、唇がふさがれる。同時に腰に腕を回され、私は彼の胸の中にいた。

「んんっ」

くぐもった呻《うめ》き声は、拒否しているわけじゃない。ただ、いきなりだったから息を吸うタイミングを逃してしまって、少し苦しいだけ。

でも幸人は私に息継ぎを許してくれなかった。重ねた唇はぴったりとくっついていて、隙間《すきま》がない。

長い口づけに頭がくらくらしてきた時、幸人がようやく唇を離した。

私は、はっ、と息を継ぐ。けれど彼は私の頬を両手で挟み、角度を変えてまた唇を重ねてきた。

体中が熱くなり、力が抜けていく。膝ががくんと落ちそうになって、慌ててたたらを踏んだ。

幸人は私の唇をじっくりと舐め、深く口づけた。ちゅく、と水音が響く。

かくかくと震えていた足はついに力をなくし、崩れ落ちる私の体を幸人の腕が支えた。

「キスに、理由なんてつけなくていい」

「幸人……さん」

彼は私の頭の後ろに手を回し、しっかりと胸に抱き込む。その腕に力を込めて、呻《うめ》くように囁《ささや》いた。

「そんなのは我儘《わがまま》のうちに入らない。俺はいつだって、天音とこうしたいと思っている」

私も幸人の背中にゆっくりと手を伸ばした。そっと抱きしめると、彼の胸からとくとくと心音が聞こえてくる。柔らかで品のいいフレグランスの香り。温かくて心地よい、幸人の胸。

ああ、好きだ。私、この人が好きなんだ。

キスをして抱擁《ほうよう》を交わすことで、確かめられる気持ちがある。それは手を繋ぐだけではもちろんのこと、体を重ねてもわからない、大切な気持ち。

「好きだ。天音が」

最初は打算があって近づいたはずの彼が、いつの間にか私に強く執着していた。

私もそうなのかもしれない。淡い憧れがいつの間にか、彼を愛したいという気持ちに変化している。

「私も、好き」

愛しているという言葉は口にすると安っぽくなってしまう気がして、私も幸人に同じ言葉を返す。

だけど心はしっかりと繋がった。誰一人として切ることのできない、固い絆《きずな》で結ばれる。

私の心は決まった。これから何が起こっても、私は平気だ。

他に誰もいないビジネス街の歩道。時間が過ぎ、月が再び雲に覆《おお》われても、私たちは離れることができなかった。


幸人に何にも気づかないふりをしろと言われたので、私はその後も普通に仕事をしていた。

「本多さん。今月の廃番リストです。リサイクルに回す品番をピックアップしてありますので、よろしくお願いします」

阪上さんがいつも通り、ロット番号がつらつらと並んだリストを持ってくる。それを受け取り、じっくりと眺めてみた。

……これをパソコンに打ち込んで倉庫管理部に回したところで、リサイクル用資材はあの廃棄用倉庫に収められてしまうのだろう。

そういえば、私が倉庫に閉じ込められた日から程なく、リサイクル回収の伝票が倉庫管理部から回ってきた。業者が回収したリサイクル資材は、一体どこに持っていかれたのだろう。

そんなことを考えつつも、淡々と回収依頼のＦＡＸを作成し、リサイクル会社に送る。……このＦＡＸも、どこに送られているのか。あの寂《さび》れた工場だとしたら、何だかぞっとする話だ。

ともあれ今は、すぐに終わらせると言った幸人の言葉を信じるしかない。

「本多、ちょっといいか」

白橋課長の声が聞こえた。私は「はい」と返事をして彼のデスクに向かう。

「前に君が報告してくれただろ。廃棄用倉庫の中にリサイクル用の資材が紛れてるって」

私が頷くと、課長が考え込むように顎《あご》に指を添える。

「その件を倉庫管理部に問い合わせてみたんだ。そうしたら、リサイクル資材を置くための倉庫がないんだとさ」

「……え、どういうことですか？」

「廃番の一部をリサイクルに回すという試み自体、最近始まったばかりだ。つまり、まだそれ用の倉庫が作られていない。だから全部まとめて廃棄用倉庫に収められているそうだ」

なるほど。確かに、これは半年前から始まった新しいプロジェクトだ。まだ倉庫がなかったことには驚くけど、新しく倉庫を作るというのは結構大変なのかもしれない。

「いずれ着手する予定らしいが、今のところはリサイクル用資材をわかりやすい場所にまとめておいて、回収業者が見つけやすいようにするしか方法がないんだそうだ」

「そういうことだったんですね。わかりました。でも、倉庫が早くできるといいですね」

「倉庫管理部も忙しいからな。現状、回収業者のトラックが来ているかどうかも、伝票を見て確認しているだけという有様なんだ。業者の方も、伝票を切ったら警備員に渡しているらしい」

　この会社は毎日たくさんのトラックが出入りしている。倉庫管理部は検収作業だけでなく、どの資材をどの倉庫に収めるのか指示もしなければならない。

　そんな多忙な業務の中で、回収業者が来たら流れ作業のように廃棄用倉庫に案内して、あとは警備員さんに任せているのだろう。

　……かなりずさんだと感じるけど気のせい？　どうせ捨てるものだからって、ちょっと管理が甘すぎないだろうか。

　そうは思うものの、口に出すのはやめておいた。幸人から何にも気づかないふりをしていてくれと言われたのだから、下手に首を突っ込むべきではない。


　数日後、デスクに向かって仕事をしていたら、見覚えのない男性が二人やってきた。

「本多さんですね？」

「は、はい」

「私たちは監査部の者です。仕事中失礼しますが、二、三点ほど質問したいことがありますので、一緒に来てもらえますか？」

営業フロアがざわついた。監査部がいち社員をこんな風に連行するなど、初めてのことだからだ。

私はゆっくりと立ち上がって「わかりました」と頷く。

……大丈夫。私は何も後ろめたいことはしていない。

ヒソヒソと誰もが囁《ささや》き合っている。幸人の取り巻きだった一課の先輩たちも、三課の阪上さんも、他の事務員や営業マンも、皆が私を見ていた。

監査部の人たちに連れていかれたのは、上階にある少人数用のミーティングルーム。かけてください と言われて、私は近くの椅子に座る。

「突然お呼び立てして申し訳ありません。実は先日、監査部宛てに内部告発の手紙が届きました」

「内部……告発？」

「あなたが会社に対し、架空の請求を行《おこな》っている……つまり、社内横領の告発です」

「なっ⁉」

目を大きく見開く。私が社内横領？　そんなバカな。

思ってもみなかった事態に、慌てて身を乗り出した。

「嘘です！　まったく身に覚えがありません。何かの間違いです」

「落ち着いてください。告発の手紙には、それを裏づける資料も同封されていました。我々はそれを元に、あなたの仕事内容について調査したのです。あなたは半年前から、廃番になった製品のリサイクル業務に携《たずさ》わっていますね？」

リサイクル業務——そこでようやく、点と点が繋がった気がした。

実体のないリサイクル会社。廃棄用倉庫に置かれていたリサイクル用資材。その二つの事柄には関連性があったのだ。

「産業廃棄物の回収に料金が発生するのと同じように、資源回収にも料金が発生します。あなたはリサイクル会社を騙《かた》った架空会社を利用して料金を横領していたのだと、手紙にはありました」

架空会社？　そんなの知らない。それを利用してどうやってお金を横領するのか、その方法すらわからない。

「私、本当にやってません。それに、あのリサイクル会社をうちに紹介したのは、三課の伍島課長だって聞いてます」

「確かにそのような話もあったため、伍島課長にも事情を聞きました。しかし、彼は紹介した覚えなどないと言っています」

「そんな！　わ、私、知りません。何も知らないんです。言いがかりです」

必死になって身の潔白を訴える。でも、私の言葉を彼らが信じてくれるのだろうか。

どうしてこんな事態に陥《おちい》っているのかわからない。まるで、サスペンスドラマの舞台に突然立たされたような気分だ。

……何だか滑稽《こっけい》だけれど、当事者である私にとってはまったく笑えない。

とはいえ、どうやら監査部も、私が犯人だと決めつけているわけではないようだった。とりあえず参考人からそれぞれ事情を聞いているところらしく、追って連絡すると言われて解放された。

それから私の日常は、少しずつ歪《いびつ》に変わっていった。

いつもと同じように話しかけてくる営業マンの表情。書類をやりとりする時に交わす、事務員たちとの会話。その全てに何か不穏なものを感じるのだ。

疑いの目。腫れ物に触《さわ》るような態度。背後で聞こえるヒソヒソ声。

私が監査部に呼び出されたことで、あることないこと噂されているのは明らかだった。

正直言って、幸人と付き合っていることがバレた時以上に居心地が悪い。一課の先輩たちに至っては、私に対する悪意の視線を隠そうともしない。

ここで弁明しようとしても意味がないことは、わかりきっていた。だから監査部が妙な疑いを早く晴らしてくれることだけを、ただひたすらに願う。

歯がゆく思うのと同時に、こんなにも自分は無力なのだと思い知る。本当にどうしたらいいのかわからない。何よりどうして突然、私にあらぬ疑いがかけられたのだろう。

普通に仕事をしているだけで、いつも以上に体力と気力が削《そ》がれていく気がする。何一つ状況が動いているとは思えないまま、今日も居心地の悪い気分で仕事を終わらせた。

「天音」

ロッカールームに向かう途中、耳に心地よい低音が聞こえる。ぽん、と肩を叩かれて振り向けば、そこに立っていたのは幸人だった。

「ちょっといいか」

人目を気にしているのか、小声で囁《ささや》いてくる。私がわずかに頷くと、幸人は「玄関で落ち合おう」と言って営業フロアに戻っていった。

きっと私を取り巻く現状について、彼も思うところがあるのだろう。

もしかしたら監査部が言っていた横領の話についても、彼は知っているのかもしれない。幸人から少しでも情報をもらえたら、私も今よりは安心できるだろうか。

そんなことを考えながらエレベーターに乗り込むと、少し遅れて阪上さんが乗ってきた。彼女もまた仕事を終わらせて、ロッカールームに向かうところなのだろう。

低い音を鳴らしてエレベーターが動き出す。阪上さんは黙っていた。私も話しかける気分にはなれず、階数を知らせるランプを無言で見つめる。

「——すっかり仲がいいんですね」

ぽつりと横から声が聞こえた。阪上さんの控えめな声はどこか淡々としていて、感情を感じさせない。

そちらを見ると、彼女は目の前にあるエレベーターのドアを見つめていた。その顔も、声と同じように無表情だった。

「きっと本多さんはどんな窮地《きゅうち》に陥《おちい》っても、高柳さんに助けてもらえるんでしょうね。羨《うらや》ましいな。負け組から勝ち組になれただなんて」

「……え？」

もはや隠す気のない、鋭いトゲ。今はっきりとわかった。阪上さんは私に悪意を持っている。前にも彼女から似たようなことを言われたが、あの時よりも明確な悪意が込められていた。

「本多さんは私と同じくらい平凡で、高柳さんの心を射止めるような要素はまったく見当たらないのに。――本多さんと私の違いって何なんでしょうね。もしかして、ただ運がよかっただけですか？」

「阪上さん……」

言い返そうにも、何も言葉が思い浮かばない。阪上さんは未だ鉄製のドアを見つめたまま、私に視線を送ろうとはしなかった。

「あなたも私も、何も持たない人間であるはずなのに。どうしてあなたばっかり……」

チン、と軽快な音を立ててエレベーターが停まる。そして重々しい音と共にドアが開いた。阪上さんは最後にぽそりと何かを口にし、ロッカールームへ向かって歩いていく。

私はそれに数歩遅れる形でエレベーターから降りた。だけどすぐにロッカーへ向かう気にはなれず、しばしその場で立ち尽くす。

阪上さんが去り際に言い残したのは――ずるい、という一言だった。

そこにはまったく感情がこもっていなくて、一課や秘書課の人たちみたいな強い悪意は感じられなかった。でも彼女らから言われた言葉よりも鋭く私の心を刺し、深くえぐった。

着替えを終えて玄関前で待っていると、幸人が小走りでやってくる。

「すまん。ちょっとミーティングが長引いて遅くなった」

「ううん……別に、そこまで待ってないよ」

そう言って笑いかけると、彼は少しだけ眉をひそめ、私の顔をジッと見つめた。

「……天音、何かあったのか？」

「え？　いや、何もないよ。ちょっと疲れただけ」

軽く笑って歩き始める。何の話をするにしても、会社から離れたほうがいいだろう。幸人もそれ以上は追及せず、私の隣を歩き始めた。

「天音が監査部に呼び出されたという話を聞いた。今、営業部はその話題で持ち切りだからな」

「あはは……やっぱりそうなんだ。あれからずっとヒソヒソ言われてるから、噂になってるんだろうなぁとは思ったけど」

監査部がいち社員を業務中に呼び出すなんて異例のことだ。本多は何をやらかしたんだと、話題になって当然だろう。もはや笑うしかなくてカラカラと笑っていたら、幸人が不機嫌そうな低い声で言う。

「無理をするな。そういう笑い方は、かえって痛々しい」

「う……ごめん」

思わず謝ってから、俯《うつむ》いた。

本当は笑うより泣きたいのだ。私は何もやっていないと叫んで、潔白を主張したい。けれど、そんなことをやったところで意味がないし、私の立場はより一層悪いものになるだろう。

とはいえ、後ろでヒソヒソ話をされたり、意味ありげに横目で見られたり、腫れ物を扱うような態度を取られたりしていると、さすがに心が折れそうになる。

それに加えて阪上さんの一言が、私の心に大きなダメージを与えていた。思い出したら涙が出そうになったので、ぶんぶんと首を横に振る。こんな往来のど真ん中で泣くなんて格好悪くてできない。

すると、ぎゅっと手を握られた。お互いの指と指を組み合わせた、いわゆる恋人繋ぎというやつだ。

顔を上げると、幸人がいつになく悲痛な表情を浮かべていた。

「すまない。俺が至らなかったせいだな。監査部に対して、もっと配慮するよう言っておけばよかった」

「幸人さんが謝る必要はないよ。それより私がこんなことになっちゃって、幸人さんも色々言われてるんじゃない？」

詳細はわからなくとも、監査部に呼び出されたということが、すでに不名誉なのだ。そんな私を恋人に持つ幸人も、きっと色々言われているに違いない。

けれど、幸人は「ははっ」と軽く笑って、繋いだ手に力を込めた。

「俺の本性を誰よりも知っているのは天音だろう？　俺が生半可な嫌味に屈するような性格だと思うか？」

「……思わない」

「だろう？　適当にかわしておいたし、これ以上天音を追いつめないよう、やんわりと注意もした。連中は、単に噂が好きなだけなんだ。最近は他に目ぼしい話題がなかったからな」

「なるほど……ゴシップネタ、ってわけね」

私がなぜ監査部に呼ばれたのか。その理由を面白おかしく推測し、噂を広めているのだろう。

幸人が注意してくれたというのはありがたい。でも、このままだと営業部だけにとどまらず、他の部署まで噂が広まるのは明白だった。つまり時間が経てば経つほど、状況は悪くなる一方なのだ。

はぁ、とため息をつく。どうしてこんなことになってしまったのだろう。

「……俺は、天音にそんな顔をさせるつもりはなかった」

革靴のかかとをカツカツと鳴らしながら、幸人が呟く。見上げると、彼はまるで睨《にら》みつけるように、強いまなざしを前に向けていた。

「君には気づかれないまま、全てを穏便に終わらせたかった。しかし『奴』は、君を本気で貶《おとし》めようとしている」

私は目を見開く。『奴』とは誰だろう。私は誰かに嵌《は》められて、濡《ぬ》れ衣《ぎぬ》を着せられているということ？

「許さない。俺は天音を嵌《は》めた奴を、決して許さない。……絶対に君を守る。君が窮《きゅう》地《ち》に陥《おちい》った時は、必ず助けに行く」

「幸人さん……」

「本当は今すぐにでも奴を断罪したいが、決め手が足りない。宮村も必死に調査している。だから、もう少しだけ待ってくれ」

宮村というのは江美さんのことだ。彼女も動いてくれているのか。

あの「リサイクル会社」を訪れていた幸人と江美さん。二人ははじめから、この横領事件について調べていたんだ。そして、あと一歩のところで苦戦しているのだろう。

幸人は強気な表情から一転、悔しそうに俯《うつむ》いた。

「今回の件で、俺はまだまだ未熟な人間なのだと思い知った。君の噂を聞いた時、無力感に苛《さいな》まれたよ。君を必死に引き留めて、早く全てを終わらせようと躍起《やっき》になっていたのに、状況はなかなか思い通りにならない。本当は大声で叫びたいくらいなんだ、天音は潔白だとな」

幸人は「天音は潔白だ」と言い切った。

誰かに信じてもらえただけで、こんなにも安心する。

そうだ、私は何もしていない。横領なんてしていないんだ。

「ありがとう」

目にじわりと涙がにじんだ。慌てて止めようとしたけれど、もう遅い。ポケットからハンカチを取り出して拭こうとしたら、幸人に人差し指で目元をぬぐわれた。

「つらい思いをさせてすまない。……必ず埋め合わせはする」

「ううん、大丈夫。幸人さんが絶対助けてくれるって……私、信じてる。だから全部終わったら、ちゃんと説明してね？」

「ああ、もちろんだ」

大通りから少し外れた路地に入って、幸人がそっと抱きしめてくる。そして私にゆっくりと口づけ、安心させるようにニッコリ笑った。

きっと大丈夫。幸人が必ず助けてくれる。

そんな安心感に身を委《ゆだ》ねようとした瞬間、私の頭の中に、あの感情のない淡々とした声が響いた。

――きっと本多さんはどんな窮地《きゅうち》に陥《おちい》っても、高柳さんに助けてもらえるんでしょうね――

思わず目を見開き、幸人のスーツの袖をぎゅっと握る。

「……どうした？」

彼がキスをやめ、心配そうに聞いてくる。私はふるふると首を振り、「何でもない」と俯《うつむ》いた。

阪上さんの話はしたくない。……今はどんなに言葉を選んでも悪口になってしまいそうだから。

その代わり、私は顔を上げて幸人をまっすぐに見つめた。

「幸人さんは私のことを好きと言ってくれたけど……それは、たまたま私を気に入ったからなの？」

「え？」

唐突な質問に、幸人が少し驚いたような顔をする。私は慌てて、早口で言葉を続けた。

「ほ、ほら、私って平凡だし、顔がいいわけでもスタイルがいいわけでもないし、特技があるわけでもないし……幸人さんに好きになってもらえる要素が一つも思いつかなくて」

口にしながら、だんだん恥ずかしくなってしまう。でも、私はずっと前から聞きたかった。どうして私が「シンデレラ」になれたのか、その明確な理由を。

ただ好きになっただけ。そんな単純な理由でいいじゃないとも思うのに、そこに根拠を求めるのは、私の我儘《わがまま》なのかもしれない。

けれど幸人は呆れることも怒り出すこともなく、私の額《ひたい》に自分の額《ひたい》をコツンと当ててきた。

「平凡で特技一つない人間なんていない。どこかに必ず、その人間だけの個性があるんだ。天音の気が強いところ、強情なところ、真面目で正直なところ、感情の切り替えが早いところ、器の大きいところ……全部、天音だけの個性だ」
フ、と笑った幸人は私の両手を握り、唇に触れるだけのキスを落としてきた。
「そんな天音の個性に俺は惚れたんだ。――君が俺にメモを押しつけてきた時から、もう好きになり始めていた……おそらくだけどな」

「そうなの？」

「少しも興味がなかったら、たとえ打算があろうと君の誘いに乗る気にはならなかっただろう。君に惹《ひ》かれていたから、俺は誘いに乗ったんだ。半分は仕事が理由だったかもしれない、でも、もう半分は……」

意地悪そうな笑みこそ浮かべているものの、幸人の瞳は真剣で、真面目に話していることがわかる。彼は少し照れたような表情をして、軽く目を伏せた。

「あわよくば、君を手に入れようと企《たくら》んでいた」

「あっ、あわよくばって！」

「ふふ。今こうやって付き合っているんだから別にいいだろう？　俺は天音が好きで、天音も俺が好き。つまり両思いだ。そして俺は、たかが会社の不祥事一つが原因で別れる気なんてない。だから……俺を信じろ」

私の不安を払い落とすように、幸人がポンポンと軽く背中を叩いてきた。それだけで、私の心の中の不安がどんどん薄れていく。

……そうか、運がよかっただけじゃないんだ。器が大きいというのはちょっと褒めすぎだと思うけど、幸人はちゃんと私という人間を理解した上で好きになってくれたんだ。

好きという曖昧《あいまい》で形のない言葉に一つの根拠が加わるだけで、こんなにも現実味が増す。

「私だって、幸人さんの意地悪な本性も、実はドがつくほど真面目なところも好き。私、幸人さんを好きになれてよかった」

「……お互い様だ」

私たちはもう一度抱き合う。その抱擁《ほうよう》は優しくて控えめなものだったけれど——

とても心地よく、心の繋がりを強く感じられた。


一日が経ち、二日が経っても、私の周りは相変わらず微妙な緊張感を孕《はら》んでいた。けれど、私さえ堂々としていれば、状況は悪い方向には行かないのだと知った。

あれから監査部に動きはないし、私が再び呼び出されることもない。別に何かやらかしたわけじゃなくて、ただ参考までに話を聞かれただけではないか——そんな風に皆の考えが変わってきたのか、最初ほどよそよそしい態度を取られることもなくなった。

しかし次の日、事態は急変する。

いつものようにコピー室でコピーを取って営業フロアに戻ったら、私の前に一課の先輩たちが立ちはだかったのだ。私は書類を胸に抱きながら、つい後ずさりしてしまう。

「社内横領をしたんですって？　本多さん」

「そんな罪を犯しておいて、社長の息子まで手に入れようとしていたなんてね。監査部に呼ばれたくせに、のうのうとしていて図々しい。怒りを通り越して呆れてしまうわ」

私は驚きに目を丸くする。彼女らはすでに知っているのだ。私が監査部に呼ばれた理由を。

でもどうして？　もしかして今日になって、事情を知る誰かが情報を流したのだろうか。

何か言い返そうにも、すぐには頭が回らない。混乱したまま立ち尽くしていると、彼女らは勝ち誇ったようにくすくすと笑った。

「それにしても、地味な顔して大それたことをやるのね。社内横領だなんて」

社内横領――。その言葉を再び聞いて、ハッと我に返る。そうだ、ぼんやりしている場合じゃない。ここで黙っていたら本当に犯罪者にされてしまう。

キッと先輩たちを睨《にら》み、はっきりと潔白を主張した。

「私はそんなことしていません。先日監査部に呼ばれたのは、そういった話が出ていると言われて事情聴取を受けただけです」

「この期《ご》に及んでまだ言い逃れしようとするなんて、本当に見苦しい。あのねえ本多さん、私たちは皆知ってるのよ？　そこにいる阪上さんが全部話してくれたんだから」

「……阪上さん？」

思わず三課の島に目を向ける。すると阪上さんは、少し後ろめたそうに俯《うつむ》いた。

「毎月の廃番リストから一部をリサイクルに回しているように見せかけて、全部まとめて廃棄処分にしてたんでしょう。そして回収業者に支払われるはずのリサイクル料金をかすめ取っていた。阪上さんはその事実を知っていたけど、怖くてずっと言い出せなかったそうよ」

一課の先輩の言葉に私は唖然とし、俯《うつむ》いたままでいる阪上さんを見つめた。

どうして阪上さんがそんなことを。もしかして、内部告発したのは彼女だったの？　でも、私は横領なんかしていない。まったくの濡《ぬ》れ衣《ぎぬ》なのだ。

「本当に私じゃありません！　私は上司の指示に従って、普通に仕事をしていただけです」

「潔《いさぎよ》く認めなさいよ。どうせ近いうちに明らかになって、あなたはクビになるんだから。ああ、それとも刑事告発でもされるのかしら？　どっちにしても、あなたはもう終わりね」

はっ、と先輩が鼻で笑う。

私は助けを求めて周りを見た。上司は席にいない。他の営業マンや事務員は皆、私からサッと目をそらした。再び腫れ物扱いに戻ったのだ。

何もしてないのに。潔白なのに。どうして誰も信じてくれないの？　これが会社というものなの？

孤独感に打ちひしがれる。皆が揃って私が犯人だと決めつけている。

阪上さんは俯《うつむ》いたまま何も言わない。そして一課の先輩たちは、楽しそうに笑っていた。

思わず涙がこぼれそうになって、ぐっと奥歯を噛みしめる。ここで泣いたら負けだ。でも、このまま黙っていても、私の立場は悪くなる一方だ。

何を言ったら信じてもらえるのか。どうすればこの最悪な状況を乗り切ることができるのか。考えようとしても、頭が全然働かない。

疑いの目で見られるのがつらくて、私は俯《うつむ》いた。すると、頭の中で幸人の声が聞こえてくる。

――絶対に君を守る。君が窮地《きゅうち》に陥《おちい》った時は、必ず助けに行く――

耳に心地よい低音。いつになく真剣な瞳。

そうだ。彼は絶対に私を助けてくれる。私が信じなくて誰が信じるんだ。

江美さんも動いてくれている。私は孤独なんかじゃない。私には味方がいるんだ。心から信じることのできる、大切な人たちが。

お腹にぐっと力を入れ、再び前を向いた。私を囲んでいた先輩たちが訝《いぶか》しげな表情を浮かべる。

「あなたたちが何を言おうと、私は横領なんてしていません。警察でも、どこへでも突き出せばいいでしょう。私はやっていない――この主張だけは、絶対に曲げません！」

「なっ……」

彼女たちがひるんだように一歩後ろに下がる。私は逆に一歩前に出て、憤然と睨《にら》みつけた。

絶対に負けるもんか。こんなところで屈してしまったら、幸人にも江美さんにも合わせる顔がない。彼らの気持ちに報《むく》いるためにも、私は決して諦めたらいけないんだ。

「あなたね、今さら何を言っても――」

「……なぁ、やっぱり本多は違うんじゃないか？」

ぽそり、と誰かが呟《つぶや》いた。私も先輩たちもそちらを見る。

声を上げたのは、二課の営業マンだった。毎日のように仕事の話をしていて、それなりに気心の知れた人だ。

「確かに本多は廃番処理の担当だけど、そんなことするヤツじゃないよ」

「そうだよね。大体、担当を決めたのは上の人たちでしょ。それなのに、たまたま本多さんが担当だってだけで横領したと決めつけるなんて、ちょっと乱暴だよね」

最初に声を上げた営業マンに続いて、いつも一緒に仕事をしている事務員の子も同意してくれた。

すると営業フロアにいる皆が、ざわざわし始める。

「つまり、もし私がリサイクル担当に任命されていたら、疑われたのは私ってこと？　それってすごく怖くない？　本多さんが可哀想だよ」

「本人がやってないって言ってるんだから、こんなところで不毛なリンチしてないで、監査部に任せたらいいのにな。阪上も、何でいきなりそんなこと言い出したんだよ」

「そっ、それは……あの」

いつの間にか阪上さんに視線が集まり、彼女はおたおたと慌て出す。そして再び俯《うつむ》き、蚊の鳴くような声で言った。

「わ、私はただ、一課の先輩たちに聞かれて……黙っていようと思ってたんですけど、怖くて……」

「ちょっと！　そもそもあなたが言い出したんじゃない。わざわざ私たちを呼び出して――」

フロア内が収拾のつかないほど騒然となり、事態は混乱の一途をたどる。

そんな中、透き通るような美声が、私の後ろから聞こえてきた。

「――まったく、こんなところでリンチまがいのことをするとは。我々は水面下で決着をつけようと思っていたのに、仕方ありませんね」

場違いなほど涼やかな声。そして安心させるように、私の肩に手が置かれる。それが誰かなんて、振り返らなくてもわかった。

……高柳幸人。彼は表向きの紳士然とした表情を浮かべて、私ににっこりと笑いかける。

もう安心していいと、そう言われている気がした。私の心に渦《うず》巻いていたどうしようもない孤独感が、すっと消えていく。

幸人は私を守るように一歩前に出た。彼の取り巻きだった先輩たちは一瞬ひるんだものの、すぐに立ち直って口を開く。

「な、何よ。その子をかばう気？　いくら付き合ってても、それは公私混同よ。本多さんが横領をしたのは事実なんでしょう？」

「そうよ。高柳君の評判だって、本多さんのせいで落ちてるんだからね。……いい気味だわ、私たちを切り捨てたんだから」

いつの間にかギャラリーが増えていて、その中には経理課や地下にいるはずの倉庫管理部の人たちまでちらほら交じっていた。

そんな彼らを一瞥《いちべつ》して、幸人はため息をつく。

「……恥の上塗りとは、まさにこのことを指すのでしょうね」

「何ですって？」

常に穏やかでジェントルな高柳幸人の口から彼らしくない言葉が出てきて、先輩たちはもちろんのこと、周りも戸惑ったようにざわつく。

幸人はまぶしいほどの笑みを浮かべて、一課の先輩たちを見据えた。

「あなたたちはいつもそうですね。気に入らない人間を蹴落《けお》とすチャンスを虎視眈々《こしたんたん》と狙っている。少しでも綻《ほころ》びを見つければ一斉に非難し、こうやって大衆の前で晒《さら》し者にする。――そういうのをね、『浅慮《せんりょ》』って言うんですすよ」

「……なっ」

先輩たちの顔が怒りで紅潮する。今やこの場にいる全員が幸人を見ていた。彼はあくまで丁寧な口調を貫《つらぬ》いているが、その内容はとても辛辣《しんらつ》だ。

一体彼はどうしたのだと、皆がますますざわつく。

「ねぇ、先輩方。楽しいですか？」

「……楽しい？」

「弱者をいじめるのは、そんなに楽しいですか？」

シン、と水を打ったようにその場が静まり返る。先輩たちは互いに顔を見合わせ、悔しそうに俯《うつむ》いた。

「本多さんを非難している時、とても楽しそうに見えましたよ。僕はそんなあなたたちを心の底から軽蔑しますけどね」

冷たい言葉を笑顔で続ける幸人。一人の先輩が唇を震わせながら、キッと彼を睨《にら》んだ。

「私たちは何も間違ったことを言っていないわ。罪を犯した本多さんが悪いんじゃない！」

「本多さんが横領をしたなんて、どこにそんな証拠があるんですか？」

「そ、それは……だって、監査部の人たちがどこかに連れていったし……」

「でも、その後の会話まで聞いたわけではないでしょう。つまり、あなた方の話は全て憶測に過ぎないんですよ。自分たちにとって都合のいい情報だけを拾い上げて面白おかしく組み立て、何の罪もない人間を攻撃している。それを浅慮《せんりょ》と言わずして何と言うのですか」

幸人はそう口にして、にっこりと笑った。先輩たちは完全に黙り込んでしまう。完膚《かんぷ》なきまでに彼女らを叩きのめした幸人は、「さて」と気を取り直したように手を叩く。

「本多さんを表立って非難したのは彼女たちですが、そうなるようにけしかけた人間がいますね。その人は彼女らの性格や行動を熟知していて、上手に扇動《せんどう》したんですよ。ある意味、とても頭がいいと言えるでしょうね」

ざわり、と辺りがひときわ大きくざわついた。一課の先輩たちを扇動《せんどう》した人間がいる。その人間こそ、私に濡《ぬ》れ衣《ぎぬ》を着せた張本人なのだ。

自然と皆の視線が一人の人間に集中する。そう、先輩たちに嘘の情報を与えて、私を攻撃するように煽《あお》ったのは……

皆が見つめる先に、幸人はゆっくりと顔を向けた。

「頭のいいあなたなら、横領なんて簡単ですよね、阪上さん」

「……え？」

名を呼ばれた阪上さんが、呆然とした顔で幸人を見つめる。そして慌てて手を横に振った。

「な、何のことですか？　私は関係ありません！」

「いいえ。あなたは横領の関係者ですよ。あなたが予想外の行動を取ったためにこんな見世物《みせもの》じみたことになってしまいましたが、本当は監査部を通して穏便に話を聞くつもりでした」

幸人の表情は変わらない。表向きの穏やかな笑みを浮かべたまま彼女を見つめている。対して阪上さんはどんどん顔が青くなり、そして何度も首を横に振った。

「言いがかりです！　自分の彼女をかばうために関係のない人間に罪を着せるだなんて、高柳さんは何を考えているんですか!?」

「……まだそんなことが言えるとは。あなたも相当したたかですね」

「本当に誤解です！　私は本多さんの仕事ぶりに不信感を覚えて、自分なりに調べた上で内部告発に踏み切ったんです。それなのに、告発した私に疑いをかけるなんて……ひどいです」

悲痛な表情を浮かべて拳《こぶし》を震わせる阪上さん。その演技はとても真に迫っていて、濡《ぬ》れ衣《ぎぬ》を着せられた私でさえ、彼女は犯人じゃないような気がしてくる。

しかし幸人は悠然と構えたまま口を開いた。

「そもそも、本多さんをリサイクル処理の担当に任命したのは営業部長ですよ。そして件《くだん》の会社と直接やりとりし、契約を交わしたのは三課の伍島課長です。本多さんはただ、上司の指示に従って仕事をしていたに過ぎない。彼女とリサイクル会社が無関係であることは、すでに監査部も調査済みです」

「そ、そうなんですか？　でも……」

「本多さんはね、むしろリサイクル資材の扱い方に不信感を覚えて、白橋課長に報告したんですよ。……それが理由かはわかりませんが、身の危険を感じたあなたは内部告発に踏み切った。スケープゴートとして彼女を差し出してね」

阪上さんは、私を横領の犯人として吊るし上げるために、一課の先輩たちを利用した。確かに計算高くてしたたかな性格と言えるかもしれない。

……でも本当に阪上さんがそんなことをしたの？　私と同じくらい地味だし、まったくの無害に見えるのに。

彼女は体をわなわなと震わせた。そして、絞り出すような声で「証拠は……」と呟く。

「私がやったという証拠はないですよね。あなただって、一課の先輩たちと同じことをしているんですよ？　根拠もなく人を非難するなんて、最低な行為です」

「いいえ、証拠ならありますよ？　なかったら言いません」

幸人の言葉を聞いて、阪上さんが目を大きく見開く。ありえないと、その表情が語っていた。

その時、まるでこの時を待ち構えていたかのように、誰かがすたすたと歩いてくる。やがて私の前に現れたのは、何と江美さんだった。

「手短に言いますね。まずはリサイクル会社についてですが、こちらは実体のない、いわゆるペーパーカンパニーでした。実際に窓口となって外部と取引していたのは、阪上さんの叔父です」

辺りのざわめきがますます大きくなる。阪上さんの顔から色が失われた。

「あなたの叔父さんは、同じような架空会社を複数所持しており、逮捕歴もあります。……いわゆる『詐欺師』であると、プロに依頼した調査で明らかになりました」

江美さんは淡々と語った。阪上さんは眉根を寄せて唇を噛んでいる。

「しかし、あなたと叔父だけで横領を成立させるのは難しい。そこで私たちが注目したのは、あなたの上司である伍島課長でした。現在監査部で話を聞いているところですが、伍島課長はとても協力的に話してくれていますよ。何でもあなたに脅《おど》されて、仕方なく手を貸していたとか……」

阪上さんの表情が驚愕《きょうがく》に染まる。それは人に裏切られた瞬間の……絶望した表情だ。

「違う！　私じゃない！　全部あいつが……伍島が考えたことなの！　脅《おど》されていたのは私のほうなんです！」

阪上さんが大声を上げ、ハッとして口を閉じる。

どちらの言い分が正しいにしろ、阪上さんが横領に関わっていたことが明らかになった。彼女は俯《うつむ》き、かっくりと床に膝をつく。

「……あなたの叔父にも連絡がつきました。訴訟を考えていると言ったら、彼も全てを白状しましたよ。さすがに再犯で捕まるのは困るようですね」

江美さんが静かに話を続ける。辺りはシンとして、誰もが信じられないものを見るような目で阪上さんを見ていた。……ただ一人、幸人を除いて。

「阪上さん。私も監査部も、あなたが主犯だとは考えていません。ですが、このままでは伍島課長の言い分が通ってしまいますよ。正直に話してくれませんか？」

それは懇願《こんがん》にも似た最後通告。彼女はもう、全てを話すしかないだろう。

崩れ落ちた阪上さんの背中に、江美さんがそっと触れる。すると、阪上さんはゆっくりと立ち上がった。そして力ない足取りでフロアを去っていく。

そんな彼女の背中を、私たちは黙って見送ることしかできなかった。


結論として、一連の横領事件の主犯は伍島課長だった。監査部から聞いた話によると、彼は阪上さんの親族に逮捕歴のある人間がいることを知り、そのことで阪上さんを脅《おど》して無理矢理仲間に入れたそうだ。

そして内部告発は、阪上さんの独断による行動らしい。一体どうしてそんなことをしたのか。監査部は罪から逃れたかっただけだろうと結論づけていたけれど、私は別の可能性を考えている。

……きっと彼女は……私が嫌いだったのだ。だから私に罪を着せて、貶《おとし》めようとしたのだろう。

どちらにしても想像でしかない。でも一つだけ言えるのは、罪の大小で言えば伍島課長のほうが上であり、彼には相当重い罰が下されるということ。犯罪に手を染めたとはいえ、彼に脅《おど》されていた阪上さんは、それほどひどい処分にはならないようだった。

ただ、あんなことがあった以上、本人が仕事を続けられるかどうかはわからない。

私は改めて監査部に事情聴取をされたり、調査に必要な資料を作成したりしていて、今日はまったくと言っていいほど通常業務に手をつけられなかった。

ばたばたした雰囲気の中で終業時間を迎え、玄関で待ち合わせをしていた幸人と江美さんと一緒に、駅近くのカフェバーに向かう。前に幸人と訪れた、個室のあるカフェバーだ。秘密の話をするのに、この店はとても適している。

そこでようやく二人から、一連の流れを説明してもらった。江美さんが上司である高柳課長の指示で横領疑惑の調査をしていたこと。そして協力者として幸人を紹介されたこと。さらに——私が第一容疑者に挙げられていたという新事実も発覚した。

寝耳《ねみみ》に水である。つまりアレか。幸人はもちろんのこと、江美さんも裏では私を疑っていたということなのか。

「ひどい！」

怒りに任せて思わず怒鳴ってしまう。幸人と江美さんは揃って居心地悪そうに俯《うつむ》き、幸人が代表して「すまない」と口にした。

私の人柄を知りたかったと言っていた幸人。それは単純な興味からではなかったのだ。私が横領をするような人間かどうか見極めたかっただけ。

しかも、気の合う先輩だと思っていた江美さんにまで疑いの目で見られていたなんて……

ずどーんと落ち込んでいく私を見た江美さんが、慌ててソファから立ち上がった。

「私は疑ってないからね!?　ちゃんと言ったんだから。天音は違うって。絶対横領なんかしない子だって！　なのに、コイツは一向に信じなかったの！」

「俺だけを悪者にしようとは、本当に性格の悪い女だな。天音、宮村はこんなこと言ってるが、俺の行動を黙認していたのも事実なんだぞ。この女は俺を泳がせて、君が本当にシロだと確信したかったんだ。さらに言うなら、俺たちが付き合い始めたと知ってから、別れろ別れろとうるさい。

余計なお世話だと思わないか？」

「だって、あんたが本気で天音と付き合うわけがないって思ったんだもん。どうせおいしいところだけいただいてポイする予定なんでしょ。だから天音を傷つける前に別れろって言ったの！」

「ほら、これだ。そうやってすぐに決めつけるところが嫌なんだ。虫唾《むしず》が走る」

「ちょ、ちょっと二人とも抑えて。何でいきなり喧嘩腰なの？」

慌てて幸人と江美さんの間に割って入る。二人の会話を聞いていると、まるで犬猿の仲みたいだ。

私は場を取りなすようにコホンと咳払いして、無理矢理話を戻した。

「つまり、横領が行《おこな》われてるんじゃないかって話が元々上層部の間で出ていて、私に嫌疑がかかってたんだね」

私の言葉に幸人はうむ、と頷く。

「俺が父から課せられた仕事の一つに、社内モラルを是正するというものがある。俺と兄に執着している一部女性社員の監視や、不正の発見。それらを監査部だけで全て行《おこな》うには限界があったから、俺たち兄弟にお鉢《はち》が回ってきたんだ」

「高柳課長は前から、倉庫管理部の廃棄品に対する管理のずさんさを気にしていたの。それを調べるうちに不正の可能性を見いだして、私たちに調査を依頼してきたんだ。あくまで秘密裏にね」

「……その第一容疑者が私だったというわけですか」

はぁ、とため息をつく。

確かに廃番の管理を任されていたのは私だし、リサイクル回収の手配をしていたのも私だ。今回の横領に関係する仕事に一番関わっていたのだから、疑われて当然かもしれない。

「それで、私への嫌疑はいつ晴れたんですか？」

「天音に誘われて、バーで酒を飲んだ時。あの時点でシロだと確信した」

「あ、あの時点で？　証拠も何もないのに……単なる直感ってこと？」

バーでやったことといえば、カクテルを二杯飲んで酔っ払ったことと、その勢いで告白したことだけだ。

幸人は腕を組み、どう説明したらいいものか、と悩むように眉根を寄せる。

「――横領というのはな、知恵が働く人間でなければできないことなんだ。小さい会社ならともかく、うちみたいな大企業から金を引き出すのは、並大抵のことではない」

確かに、会社からお金を引き出すのは難しいかもしれない。うちは小口現金がなく、経費は全て月末の給料日に一括振り込みされる。食堂の支払いもＩＣカード型の社員証で行《おこな》うし、基本的に社内で現金を見ることがない。取引先などにお金を振り込むにも、それなりの手順を踏まなければならない。

だから伍島課長は、阪上さんの叔父を仲間に引き入れ、架空会社を用意させたのだ。確かに頭がよくて計算高くなければできない芸当と言える。

「天音は今すぐ横領しろと言われても、その方法すら思いつかないいんじゃないか？」

「うん……。全然思いつかない」

「だろう？　あの日、バーでそう思った。レディーキラーと呼ばれる強いカクテルを無警戒にかぱかっぱ飲んで、呑気に俺に告白してくるような女が、裏で横領を行《おこな》っているとはどうしても思えなかったんだ」

「ちょっと待て！」

がたんと席を立ち、びしっと幸人の額《ひたい》にチョップする。この男は私が一世一代の告白をした時、そんなことを考えていたのか。何たる外道《げどう》！

「ひどい！　本当にひどい！　幸人さんなんか大嫌い！」

「やったー、高柳が嫌われた！」

「うるさい黙れ宮村。だから前にも言っただろう。疑ったのは、あくまで最初だけだったと。その時も謝ったじゃないか」

「謝ればいいってもんじゃないでしょ！　結局私のこと馬鹿にしてたんじゃない。こんな愚《おろ》かな女に社内横領なんていう難しいこと、できるわけないって思ったんでしょ！」

社内で見せる表向きの幸人なんて、ホットミルクの表面にできる薄い膜みたいなものだ。ぺろっと剥《は》がせば途端に性悪な彼が出てくる。こんな性格をしていて、よく完璧に外面《そとづら》を取り繕《つくろ》えるなと感心してしまう。

「確かに天音は考えが足りず警戒心に欠けるところがあるが、俺は決して君を馬鹿にしていたわけではない」

「それで馬鹿にしてないつもりなの……」

「計算高いことがいいこととは限らないだろう。少なくとも俺は、天音の計算できないところが好きだ」

「意味がわかりません！」

もう！　と拳《こぶし》を握って怒ってしまう。いや、これで怒らなかったら、私は菩薩《ぼさつ》にだってなれるだろう。しかし幸人は私の非難をさらっと聞き流し、正面から見つめてきた。

「君は打算一つなく、俺が好きだという理由だけで付き合ってくれた。嬉しくないわけがないだろう。俺の言葉を素直に聞き入れて、信じてくれる天音に惹《ひ》かれたんだ。罪悪感はあったが、それ以上に幸せも感じていた。さすがに俺だって、あんなにまっすぐな好意を向けられたら……絆《ほだ》される」

「……」

思わず、怒りに震えていた拳《こぶし》を下げてしまう。前に好きだと言ってくれた時にも思ったけど、この人は性格が悪いくせに時々嬉しい言葉をかけてくるから、どう答えたらいいのかわからなくなってしまうのだ。

「それに元々、俺は計算高い女が嫌いなんだ。そこの宮村を筆頭にな」

「私だって、あんたみたいな性悪男願い下げだわ。天音、こんな男容赦なく切っていいんだよ。天音にはもっと素敵でふさわしい好青年が、きっとすぐに現れるから」

「逆だ。俺との縁を切る必要はないが、この性悪女との縁は切ったほうがいい。大体、この女は性格が悪いせいで、友人が数えるほどしかいないんだぞ。しかも全員、無駄に気が強い。善良なのは天音だけだ。まったく不憫《ふびん》でならない」

「何だと」と怒り出す江美さんと、「お前こそ何なんだ」と睨《にら》み返す幸人。

そんな彼らを見て思った。この二人は、似た者同士だ。そして同族嫌悪のごとく互いを忌《い》み嫌っている。つまり、どっちも性格が悪いということ。

はぁ、とため息をついて天井を仰ぐ。私自身は至って普通のつもりなのに、どうして周りの人間はこんなにも濃いのだろう……


一連の事件に関する話し合いを終え、江美さんと駅で別れる。彼女は改札口で幸人と一緒に見送る私に、「今度お詫び代わりにお酒奢《おご》るね」と言い残して去っていった。

……そうだ、江美さんと飲むのはいい気分転換になるかもしれない。全てが終わった今だからこそできる話もあるだろうし、ゆっくりとお酒を酌《く》み交わせば、心に残っているわだかまりも溶ける気がする。

ホームに向かって歩いていく江美さんの後ろ姿を見ていたら、手をぎゅっと握られた。隣を見上げると、幸人が神妙な表情で私を見つめている。

「行くぞ」

そう短く口にして、彼は踵《きびす》を返した。

駅前では会社帰りらしき人たちが多く行き交っていて、その流れに逆らうように彼が向かったところは、タクシー乗り場だった。

すでに夜の帳《とばり》が下り、夕飯時を過ぎている。私のお腹が、思い出したようにきゅうと小さく音を鳴らした。

タクシーの順番を待ちながら、ぼんやりと駅のロータリーを眺める。ずっと押し黙っていた幸人が、ふいに私の名を呼んだ。

「天音」

「は、はい」

その声がどこか怒っているように聞こえたので、私は戸惑いながら彼を見上げる。幸人は前を向いたまま、硬い表情を浮かべていた。

「……さっき俺のことを大嫌いだと言っていたが、あれは本心なのか？」

確かに、勢いに任せてそう口にした。でも、別に本気で嫌いになったわけじゃない。もしそうだとしたら、そもそもこんな風に二人でタクシーを待ったりしない。

だけど完全に許したかというとそうでもなくて、やっぱり許せない部分はあるし、ひどいと思うところもある。それをどう言ったらいいものかと悩んでいると、幸人が低い声で言葉を続けた。

「……さっき宮村が言っていたな。お詫び代わりに酒を奢《おご》ると」

「うん、言ってたね」

「俺も天音に詫びがしたい。俺はどうやったら君に許してもらえる？」

幸人が私のほうを見た。その瞳は真剣で、本気なのだとわかる。

私は俯《うつむ》き、ぎゅっと拳《こぶし》を握った。

「じゃあ今度、私とデートしてほしい」

「デート？」

「うん。その日は私に絶対服従。何でも言うことを聞いてほしいの。……できる？」

幸人を見上げ、挑発するように睨《にら》んでみた。彼はしっかりと見つめ返し「ああ」と頷く。

「わかった。どこへだって連れていくし、何でも買ってやる。好きなだけ我儘《わがまま》を言うといい」

「ありがとう。じゃあ、その日を楽しみにしてるね」

私がにっこり笑うと、ようやく幸人もホッとしたように微笑んだ。

――不思議なものだ。あの幸人が、こんなにも必死になって私の機嫌を取ろうとしてくれている。俺様で唯我独尊《ゆいがどくそん》なところがあって、本当はとても意地悪なはずの幸人が。

自分は地味で平凡で、何の取り柄もないと思っていた。でも気づいていなかっただけで、もしかしたら私なりの魅力があるのかもしれない。他の人にはない、私だけの取り柄が。

それが何なのかはまだわからないけれど、次のデートの約束は取り付けた。

私の心をさんざん引っかき回してくれたのだから、次は私が彼を翻弄《ほんろう》してやる。

幸人はきっと、私が色々なことをせがむと思っているのだろう。服やアクセサリーをおねだりして、とっても贅沢《ぜいたく》なデートを希望して、至れり尽くせりなお姫様扱いを望むと想像しているに違いない。

だが、そこは彼の思い通りにはさせない。

私が考えたデートプランはハイキングだった。それも山登り。都会育ちの幸人には、せいぜい頑張って歩いてもらおう。そして見晴らしのよい展望台で、手作りのお弁当を食べるのだ。

超リーズナブルだし、これほど健全なデートはない。幸人は絶対そんなデートに慣れていないだろうから、今度こそ驚くはずだ。

そう、私は幸人の驚く顔が見たい。度肝《どぎも》を抜きたい。

だからせいぜい首を洗って待っているがいいと、私は一人ほくそ笑むのだった。


幸人がタクシーの運転手さんに告げたのは、彼のマンションらしき場所だった。私は「えっ」と驚いた声を上げてしまう。

「何だ。今日くらいは良いだろう？　明日は平日だが、君を家に帰すつもりはない」

いや、帰すつもりはないって、そこは断言するところなのか。ちょっと認識を改めつつあったけれど、やっぱり彼は俺様で、私の意見を聞かずに物事を決定する。

確かに私も、このまま帰るのは寂しいと思っていた。しかし、まさかこんな形で幸人のマンションにお邪魔することになろうとは。

ちょっとドキドキしながら、車窓からの景色を眺める。車のテールランプがあちこちで輝く夜の大通り。ビジネス街の隣は大きな繁華街で、車窓からはてっぺんが見えないほど高いビルが、いくつも建っていた。いわゆる一等地という場所で、一坪どころかタイル一枚分で何百万もするだろう。お高そうなブランドショップがずらずらと続く並木通り。そのど真ん中で、タクシーが停まった。

幸人は運賃を支払った後、私の手を繋いでタクシーを降りる。

「あの、今から行くのって、幸人さんのマンションなんだよね？」

「ああ、そうだ」

「でもここって繁華街でしょ？　マンションらしき建物はまったく見当たらないんだけど……」

右を見ても左を見ても洗練されたショップが並んでいるばかり。この辺りを通る人まで妙にお洒《しゃ》落《れ》に見えてしまう。明らかに、ここは住宅地ではなかった。

「マンションはそこだ」

幸人が上を指さす。その指に導かれるように、私も上を見上げた。

目の前にある高級ブランドショップは大きなビルの一階で、そこから五階までは全面ガラス窓のテナントになっている。

幸人が指さしたのはさらに上。そこにはベランダらしきものがあり、いくつかの窓にはぽつぽつと照明がついている。

——まさか。いや、でも幸人の場合は十分ありえる。彼は都内一等地に佇《たたず》むタワーマンションにお住まいだったのだ。

ビル内のエレベーターに乗ると、やがてマンションのエントランスホールらしき場所に出る。そこはホテルかと思うほど素敵な内装で、カウンターには正装の男性が一人立っていた。「お帰りなさいませ」と言って幸人を出迎えているところを見るに、彼はおそらくコンシェルジュというやつなのだろう。話には聞いたことがあるけど、実際に見るのは初めてだ。

床は黒の大理石を基調としていて、歩くとコツコツ音が鳴った。ちなみに比べるのも虚《むな》しいが、私のアパートの廊下は一面コンクリート敷きだ。

「神様は不公平だなぁ……ここから会社までどれくらいなの？」

「近くに地下鉄の駅があるんだ。それに乗って二駅だから、徒歩も含めて二十分ほどだな」

何だと。私なんか通勤に一時間かかるのに。

おのれセレブめ。一度ぎゅうぎゅうの満員電車に詰め込まれて、一時間ほどもみくちゃにされてぬか漬けになってしまえばいいのに。

そんな理不尽なことを考えつつ幸人の後に続くと、彼が向かったのはエントランスホールの奥にあるエレベーターだった。電車の乗り換えならぬエレベーターの乗り換えだ。

幸人は私が乗り込んだのを確認し、一から四十まである階数ボタンのうち、四十階を押す。……ん？　それってつまり、最上階ってこと？

「家賃とか一体、どんだけなの……」

「気になるのか？　まぁ、通常の家賃に比べたら破格といえるだろう。俺が住んでいる部屋は、元々次兄が住んでいたんだ」

エレベーターが四十階で停まる。廊下に出ると目の前が玄関になっていた。どうやら上層階はワンフロアで一世帯という贅沢《ぜいたく》な造りになっているらしい。

「ここは次兄が所有しているマンションでな。この部屋を維持・管理する代わりに安く借りている」

「えっと、確か二番目のお兄さんは弁護士なんだよね？」

「そうだ。ちなみに兄が引っ越した理由は、もっといいマンションを買ったからだ。贅沢《ぜいたく》な話だろう？」

間違いなく贅沢《ぜいたく》だ。弁護士ってそんなに儲かるのかな。この不況の時代に羨《うらや》ましい限りだ。

大きな玄関ドアを開けると、中は広いリビングルームになっていた。ナチュラルな木目のフローリングが一面に敷かれていて、玄関とリビングの間には仕切りがない。

幸人はドアの近くで靴を脱ぎ、私も彼に倣《なら》った。

スリッパを借りてリビングに入ると、革張りの黒いソファと、壁かけタイプの液晶テレビがある。奥には対面型のキッチンがあって、木目調のカウンターには背の高い椅子が二つ並んでいた。

中でも一番に目を引くのは、足元から天井まである大きなガラス窓だろう。そこから望む都会の夜景はため息が出るほど美しい。

部屋の要所要所に置かれているのは、センスのよさを感じさせる観葉植物やインテリア。しかし全体的に生活感がなく、まるでモデルルームのような感じがした。

キッチンのそばにはドアがあり、幸人はそれを軽く開けると、中にポイと自分の荷物を置く。そしてリビングの真ん中にぼんやりと立つ私に声をかけてきた。

「さて、少し遅くなったが夕飯はどうする？　近くの店で食べてもいいが、俺としては天音の手料理が食べたいな」

「作るのは別にいいけど、食材とか調理器具とか揃ってるの？」

「いや、食事を作ってくれるなら、これから買いに行こう」

これから買いに行くって、彼のキッチンは一体どうなっているんだ。

一応確認しようと思い、幸人の了承を得て拝見させてもらう。まずは冷蔵庫から。

「ミネラルウォーターしかない！」

他には調味料一つないいんですけど。冷凍庫にはロックアイスのみ。野菜室はからっぽ。私んちよりでかい冷蔵庫のくせに、何てもったいない使い方なのだ！

嫌な予感を覚えつつ、ぴかぴかにきれいなキッチンの引き出しを開けてみた。包丁入れには、お高そうなペティナイフが一本。鍋はない。フライパンもない。新品同様の輝きを放つオーブンレンジは、ひたすら出番を待ち続けるかのように作業台の上に鎮座《ちんざ》している。

こ、これは……誰が見てもわかる。幸人は料理をまったくしない人間なのだ。こんな何もないキッチンで「手料理を作ってほしい」などとよく言えるな!?

「ねえ、幸人は一体何が食べたいの？」

「何でもいい」

「それ、一番困る返事だし！　せめてメニューを決めようよ。調理器具や食材と言っても色々あるし、これだけ何もないと、本当に一から買わなきゃいけないんだから」

まさかこの男、家事能力が皆無なのだろうか。洗濯物は全てクリーニングに出し、掃除はハウスキーパー任せだと言われても驚かないぞ。だって、ちまちま雑巾がけをしたり洗濯物を干した後にアイロンがけをしてる幸人がまったく想像つかないのだ。

とりあえずソファに並んで座り、スマートフォンを使ってレシピサイトを検索する。幸人は極めてナチュラルな仕草で私の肩に腕を回し、液晶画面を覗き込んできた。

何か……密着度が高い気がするんですけど。妙に緊張しちゃうな。幸人とはもっとすごいことだってしているというのに。

こうやってくっつき合うのは久しぶりだからだろうか。

「へぇ、便利なサイトがあるんだな」

「う、うん。えっと、まずは和洋中のどれがいい？」

顔が熱くなるのを感じながら聞いてみる。幸人は私の耳元でふっと笑った。

「前に天音の部屋で作ってくれたのは洋風だったから、中華かな？」

「中華かぁ。あんまり難しいのは作れないけど……」

指でフリック操作をしながらレシピを見ていく。ギョウザ、マーボー豆腐、春巻き。中華の定番といえばこの辺りだろうか。そういえばこの家には炊飯器もないのだが、まさか家電も買うつもりか？

唐突に幸人の指が伸びてくる。彼はスマートフォンの液晶画面を押し、「これがいい」と口にした。

「チンジャオロース？」

「ああ。アメリカに留学していた頃、近くにうまい中華料理屋があったんだ。そこでよく食べていた」

「へぇ～。中華料理ってアメリカでもポピュラーなんだね。うん、チンジャオロースなら作れるかな」

「あと、エビチリも好きだな。さくさくした煎餅《せんべい》みたいなものにのせて食べるのがおいしかった」

「うーん、そういうのは用意できるかどうか……。でも、了解」

レシピを確認して、必要な材料と調理器具をメモする。どうでもいいけど、幸人にくっつかれてるので字が書きにくい。

ともあれ、私たちはさっそく買い物に出かけた。タワーマンションの地下フロアへ。……そう、このタワーマンション、地下には高級スーパーが広がっているのだ。

一階にはブランドショップ、二階はエステやヘアサロン。そして三階にはフィットネスクラブやスパが入っている。しかもこのビルで買ったものは全て、お店のスタッフが部屋まで持ってきてくれるそうだ。まったく、恐ろしい世の中である。

スーパーの店内には家電製品や調理器具を扱うコーナーもあった。私たちは先にそっちへ行って、料理に必要なものを揃えることにする。

「まずはフライパンでしょ。それから包丁と、まな板もいるよね。まな板すらないなんて、どんだけ料理しないのよ……」

「そういえば日本に帰ってきてから、料理は一度もしていないな」

「外国ではしてたの？」

「パンにハムを挟んだり、シリアルに牛乳を入れたりするくらいは」

だめだこりゃ。そんなのは料理とはいわない。

ひとまずフライパンから物色してみた。うーん、一番安いので千円台か。まぁ、フライパンなんて消耗品みたいなものだし、一番安いのでいいかな。

「って、幸人さん！　そんなお高いフライパン、買う必要ないから！」

売り場の一番目立つところに置かれているブランド調理器具。その中の一個で一万円を超えるフライパンを普通にカゴへ入れる幸人を必死で止める。すると、彼は「何だ？」と不思議そうな顔をした。

「いいものを買ったほうが長持ちするだろう？」

「それはそうかもしれないけど、テフロンって割とすぐに剥《は》げちゃうから、安物で十分だよ」

「だが、こっちのほうが軽いし、丈夫そうだし、深底だから便利だと思うぞ。ほら、ここにも色々書いてある」

幸人がお高いフライパンの箱を見せてくる。説明書きを読むと、確かに便利そうだった。

なるほど、フライパンの機能を保ちつつ、鍋としても使えるのか。これ一つでカレーやシチューを作れる。付属品を購入すれば蒸し料理も簡単に作れて、しかも丈夫な五重層！

蓋もセットでついていて、色は可愛らしい黄色やオレンジなど、女性に人気のカラーが揃ってる。主婦の皆さんイチオシですよ！　今なら送料無料、分割払いでお買い得です！

思わず深夜の通販番組風になってしまったが、本当に便利かもしれない。いや、むしろ自分用に欲しい。でも一万円はさすがに……やっぱり、千円のフライパンのほうが……

「どうせ俺が払うんだからいいじゃないか。次は包丁だな」

「うわぁ……問答無用だね。そんないいフライパン買っても、宝の持ち腐れだよ。だって幸人さん、料理しないじゃない」

「これからは君が料理するからいいんだよ」

「あ、そうか。……え？」

待て。貴様は私にどれだけ料理をさせるつもりなんだ。専属シェフか、私は。

それからも幸人は、プロ御用達《ごようたし》のブランド包丁をセットで購入するわ、炊飯器に至っては十万円超えのものをカゴに入れようとするわで、色々大変であった。

さすがに炊飯器は全力で止めた。というか、最近の炊飯器って怖い！　何でこんな超お高いのが普通に売ってるの!?　お米を炊くとしても五合炊きなんて絶対しないんだし、単身者用の三合炊きをお薦めした。

そして生鮮食品のコーナーで食材を選び、レジで会計して私たちは手ぶらで部屋に戻る。すると三十分もしないうちに、購入したものが運ばれてきた。コンシェルジュの人が商品の確認をしてくれて、お買い物終了である。

「何だろ……つくづく育ちの違いを感じるなぁ」

「人と育ちが違うなんて当たり前の話だろう。他人である以上、まったく同じ育ち方をした人間なんていない」

「そ、そういう人生観的な話じゃなくて、何というか……まぁ、いいや……」

幸人は御曹司《おんぞうし》なんだなぁと、改めて思っただけだ。普通の人間は、二十三という若さでこんなマンションには住めない。

ともあれ、私は新品の炊飯器でお米を炊き始め、リクエスト通りの料理を作ろうとまな板にタマネギをのせた。すると、幸人が真後ろに背後霊のように立つ。

「あ、あの、後ろに立たれると、とても気が散るのですが……」

「知らん、慣れろ」

「慣れろ⁉」

今、ものすごい俺様発言を聞いた気がする。

しかも、幸人はただの背後霊に甘んじることはなかった。私の肩に触れたかと思えば、後ろからぎゅうと抱きしめてくる。

「ひ、ひぃぃ。せめて包丁使ってる最中は、怖いからやめてくださいぃぃ」

「抱きしめるだけだ。何もしない」

「いや、抱きしめてるだけで十分なんですけども」

さっきソファでメニューを決めてる時も思ったけど、幸人がやたらとベタベタしてくる。何でだ。

「……恋人同士は、こういう風にするんだろ」

「何ですかそれ、どこ情報ですか」

「人伝《ひとづて》に聞いた。……でも、悪い気はしない。むしろ幸せな気持ちになってくるな」

そう言って猫みたいに私の頭に鼻をこすりつけてくる。

ほ、本当に何だろう。ぞわぞわするというか、こんなに甘えん坊キャラだっけ、幸人。

まるで大型動物に懐《なつ》かれたような感覚で幸人を背中にくっつけつつ、玉ねぎやピーマンを包丁で切る。次は流しでエビを洗い、牛肉にかたくり粉をまぶす。

二人羽織《ににんばおり》みたいで、移動が超めんどくさい……。

「この部屋に他人を連れてきたのは、初めてだ」

「そうなの？」

「俺はずっと本性を隠してきたから、プライベートな空間に他人を入れる気にはならなかったんだ。ここでは素《す》に戻っても誰にも文句を言われない。……そんな貴重な場所だったからな」

そうか……。女性と付き合ったことはあっても、裏の顔を決して見せなかったんだっけ。私が幸人の本性を知っている、初めての恋人ってことになるんだ。

それはちょっと嬉しいな。本当に心を許してくれているんだ、私に。

「じゃあ、こんな風にべったりくっつくのも初めてなの？」

「ああ。必要以上のスキンシップは避けていた。でも、天音には遠慮しなくていいだろう？　……俺たちは正真正銘の恋人同士なんだから」

ちゅ、と頬にキスをしてくる。思わず「ぎゃあ！」と声を上げてしまった。

スキンシップはいいけど、火を使ってる時はやめて！　頼むから料理してる間は、テレビでも見ていてほしい！

非常に気を使う調理を終え、出来上がった料理をカウンターに並べてご飯をお茶碗に盛る。

そして二人並んで椅子に座り、いただきますと合掌して、まずはチンジャオロースを一口食べてみた。

「うん、合格点かな」

「うまいな。天音はどうやって料理を覚えたんだ？」

「小さい頃からお母さんのお手伝いをしてたから、それで覚えたのかもね」

幸人が納得したように頷き、エビチリを薄いお煎餅《せんべい》にのせて食べる。ちなみにこのお煎餅《せんべい》はお菓子売り場で見つけたものだ。

「特に料理教室で学ばなくても、これくらいは作れるものなんだな」

「まぁ我流《がりゅう》みたいなものだから、本格的にやるならちゃんと習ったほうがいいと思うけどね。でもお料理教室って、結構月謝が高いんだよねぇ」

私のようなしがないヒラリーマンには少々つらい。たまにならいいけど、通うのは無理だ。

「俺は、天音の料理が好きだな」

ぱく、とエビチリを食べてから、幸人が続ける。

「確かにプロ級とは言えないが、心が温まる感じがする。優しさを食べている気分になる」

「や、優しさ？」

ぽろりとチンジャオロースをお茶碗の中に落としてしまった。今、幸人がすごく気障《きざ》なことを言った気がする。

「恋人というのは、いいものなんだな……」

しみじみとした口調で呟き、納得したように頷く幸人。そういえば、前に私の部屋でもそんなことを言っていた。彼にとって女性との付き合いは接待のようなものであり、決して恋人として楽しむものではなかったのだ。

幸人との最初のデートを思い出す。あのセレブリティなデートが、幸人のしてきたデートなのかもしれない。おいしくて高価なものをごちそうして、アクセサリーなどをプレゼントして、おだてて相手の機嫌を取る。

きっと多くの女性が気をよくするはずだ。優しくされて機嫌を損ねる人なんていないし、私も嬉しい気分になった。……でも同時に、こんな恋人付き合いは嫌だなと違和感も覚えたのだ。

私がされたいのは、お姫様扱いじゃない。もっと深く付き合いたい。

そして、幸人にもたくさん『初めて』を経験してほしいのだ。……私と一緒に。

二人で夕食の片付けをした後、お風呂を借りる。ちなみにお風呂もとても広かった。いちいち自分のアパートと比較してしまうところが悲しいが、余裕で倍くらいある。しかしあえて言うなら、人間、こんな贅沢《ぜいたく》に慣れてはいけない。

「お風呂ありがとう」

幸人のパジャマを着てリビングに戻ると、先にお風呂を使った彼はソファに座り、ワイン色の飲み物を口にしていた。ガラスのローテーブルには同じ色の飲み物が入ったグラスがもう一つ置いてある。

「おかえり。お前も飲むか？」

からりと、幸人がグラスの氷を鳴らす。私は「うん」と頷いて彼の隣に座った。そしてローテーブルに置かれていたグラスを取り、一口飲んでみる。

「わっ、おいしい！　これ、お酒？」

「サングリアというんだ。ワインに果実を漬けたものだな。さっぱりした味が好みで、よく風呂上がりに飲んでいる」

確かに、お風呂上がりにぴったりだ。ワインの渋みが全然なくて、柑橘《かんきつ》系の香りが爽《さわ》やかに鼻腔《びこう》をくすぐる。ロックアイスで十分に冷やされているせいか、コクコクと飲めてしまった。

「すごくおいしいよ。おかわりが欲しいな」

幸人は空《から》になった私のグラスを持ってキッチンに行く。どこにこんな素敵なお酒があったのだろうと思って見に行くと、それは床下収納庫に収められていた。中にはずらずらと瓶が並んでいて、たくさんの果物がワインに浸かっている。

「もしかして手作りなの？」

「ああ。俺が漬けてる」

「幸人さんが⁉」

この料理をまったくしない、おそらくカップラーメンすら作ったことがないんじゃないかと思うような男が、お酒を漬けているなんて！　いや、そういえばキッチンの包丁入れにペティナイフが入っていた。あれはサングリアを作るためのナイフだったのか。

幸人は細いレードルを使って、タンブラーグラスに赤いサングリアを注《そそ》いでいく。七分目くらいまで入れると、赤ワインに浸かっていたイチゴを一つすくい取り、指で摘まんで私に勧めてくる。

「ほら」

思わずつられたように、幸人の指からぱくっと食べてしまった。

「わ、イチゴ味のワインって感じの味がする」

「うまみは全部ワインに溶け出しているから、さほどうまいわけじゃないけどな」

くすりと笑って、幸人はタンブラーグラスを持ったままソファに戻った。私が隣に座ると、そのグラスを渡してくれる。

うーん、おいしい。お砂糖も入っているのかな。ワインよりもずっと甘くて、するすると飲めてしまう。

「……天音は相変わらず、俺に対して警戒心がゼロだな」

「え？」

「男と二人きりで酒を飲む時、勧められた酒を飲んではいけない。そう言ったのを忘れたか？」

――確かに言われた。幸人が初めて私に本性を見せた、あのホテルの部屋で。

思わずサングリアを飲む手を止めると、「今さらだろ」と笑われる。

「まぁ、無警戒というよりは俺を信じている、という感じがするから別にいい。だが、会社の宴会なんかで飲む時は気をつけろよ」

「う、うん。でも、会社の飲み会では男の人と二人きりになんかならないよ？」

「そうだな。それでも酔った天音の姿を他の男に見せたくないから、あまり飲みすぎないように」

はあ、と曖昧《あいまい》に頷く。

幸人がこんなに独占欲の強い人だとは思わなかった。ご飯を作ってる時もやたらくっついてきたし、今日の幸人はいつもと違う。

一体どうしたんだろう？

その疑問を察したのか、幸人は空《から》になったグラスをローテーブルに置き、私の肩に腕を回した。

「言っただろう。君よりも俺のほうが執着していると」

「あ、うん……言ってた」

「面倒くさい問題も解決して、やっと心置きなく天音と過ごせるんだ。好きな女に触れたいと思うのは当然だろう？」

そっと頬に手が添えられる。横を向くと、静かに唇を重ねられた。

どきん、と胸の鼓動が大きく鳴る。

幸人は静かに笑い、私からサングリアのグラスを取り上げた。

「あ……」

「まだ飲みたいのか？」

思いのほか残念そうな声が出てしまった私に、幸人が呆れ顔をする。そこまで飲みたいわけではないが、まだ残っているのにもったいないと思ってしまったのだ。

幸人はサングリアをゆっくりと口に運ぶ。

こくこくと上下する彼の喉仏をぼうっと眺めていたら、幸人はグラスをテーブルに置き、再び口づけてきた。

「……んっ」

舌で割られて薄く開いた口に、冷たいものが注《そそ》がれる。

まさか口移しされるとは思わなくて、あわあわと手を上下させた。

幸人は私の顔を両手でがっちり固定し、舌を挿《さ》し込んできた。

喉《のど》に冷たくて甘いものが流れていく。それは自分で飲んでいたものよりずっと甘く感じられた。

幸人は奥に縮こまっていた私の舌を絡め取り、ゆっくりと交わらせる。甘いお酒の香りがする唾液が、とろとろと私の口腔《こうこう》をとろかしていく。

唇が離れたかと思うと、次は角度を変えて口づけられた。パジャマごしに腰を抱かれ、お腹から胸にかけて撫でられる。その手は決して大きいとは言えない私の胸をやんわりと掴《つか》み、柔らかさを確かめるようにじっくりと揉みしだく。

ずっと唇を重ねているから、少し息がしづらい。

「口、開けて。舌を出して」

言われるままに舌を出すと、舌先でちろちろと舐められる。

……これはちょっと恥ずかしい。思わず口を閉じたら、「まだ」と怒られた。仕方なく再び口を開くと、幸人は片腕で私を抱きしめながら、舌を絡ませてくる。

だんだん頭がぼうっとしてくる。今さら酔っぱらってきたのかな。

犬のように舌を出しているのが、とてもはしたなく思える。口を開け続けるのもつらくて、少しずつ閉じてしまう。

その時、胸にチリッとした甘い痺《しび》れを感じた。

「は、っ、あ……」

幸人がパジャマごしに胸の頂《いただき》を摘まんでいる。そのまますするりと指を滑らせた。布一枚を隔《へだ》てた、甘くてゆるい快感。直接触《さわ》られないからこその焦《じ》れったい気持ちよさはたまらないものがある。

「ふぅ、ン……はっ……」

身をよじって、荒く息を吐いた。舌同士の交わりはまだ続けられていて、口を閉じたいのに彼の舌が許してくれない。

いつの間にか唇の端から唾液がこぼれ、顎《あご》にかけて伝っていた。幸人はようやく私の舌を解放し、まるで唾液の線をたどるように舌で舐め取っていく。

「天音のアパートでは、中途半端に終わっていたな」

ぽつりと彼が呟く。そして、パジャマの上から胸の頂《いただき》を舐めてきた。

ゆるい愛撫《あいぶ》。たった布一枚を隔《へだ》てただけで、こんなにも感じ方が違う。

「もう少し焦《じ》らすか。天音のパジャマ姿はいいな。俺のだからさすがにサイズが大きいが、袖をもてあましているところが何とも可愛い」

「わ、私としてはもう少し、布地の厚いものがよかったんだけど……」

幸人のパジャマは布地が薄かった。ただし質はいいらしく、シルクのしゃらしゃらした肌触《はだざわ》りが気持ちいい。でも、おかげでちょっと困った状況に陥《おちい》っていた。

薄布越しに胸の頂《いただき》を舐められるのは、じかに舐められるより……妙に体がむずむずする。

「は、あ、あっ……！」

小刻みに反応してしまい、思わず幸人の肩を握った。彼はそんな私の手首を優しく掴《つか》み、ちゅ、と音を立てて口づける。

「気持ちよさそうだな？」

上目遣いでニヤリと笑われ、顔が熱くなる。

幸人は反対側の胸にも舌を伸ばしてきた。紺色のパジャマの上から、もったいぶるように頂《いただき》の周りを舐めてくる。

むずむずする感覚が一層強まり焦《じ》れた体が勝手に震え出す。

「どうした。何を我慢している？」

わかっているくせに、あえて聞く幸人。本当に意地悪だ。私が恨みがましく見つめると、彼は喉《のど》の奥で低く笑う。

「相変わらず気の強そうな目だな。そういう反抗的な目は大好きだ。ますますいじめたくなる」

「意地悪……」

「こんな性悪を好きになった天音が悪い。ところで、どこか舐めてほしいところがあるんじゃないのか？」

うっ、と言葉に詰まった。思わずぷいっと横を向くと、幸人が楽しそうに笑う。

「強情だな。そういうところも実に好ましい。じゃあ、とことん焦《じ》らしてみようかな？」

ぷつぷつと幸人がパジャマのボタンを外していく。そして、ゆっくりと前を開かれた。幸人に愛《あい》撫《ぶ》された胸の頂《いただき》はすっかり赤みを帯《お》びて、硬いつぼみのようになっている。

彼ははしたなく舌を出し、ちろちろと頂《いただき》の周りを舐め始めた。煽《あお》られているのがわかって悔しくなり、私は目を瞑《つぶ》る。

「んっ……」

ギリッとした痛みを感じた。ぴくっと肩を震わせて目を開けると、胸のふくらみに赤い痕がついている。

「俺を見ろ」

冷たく、強い執着を感じさせる声。私は思わず幸人を見つめた。

彼は私に命令しつつも優しい手つきで胸を撫で、頂《いただき》の周りを舐め続ける。

むずむずする感覚が、下半身に集中していく。

まだ触れられてもいないところが、ひどく切なくなる。

「あ、や……だ」

ぷるぷると首を横に振ると、幸人が「どうした?」と声をかけてきた。

「ちゃんと、舐めて……よ」

か細い声で言えば、彼は薄く目を細める。

「どこを? 自分の指で触《さわ》って、俺に教えてくれ」

「……っ! 性悪!」

悔しいけれど、どうしても我慢できなかった。早く次のステップを踏んでほしくて、私はそろそろと手を動かす。

「こ、ここ、だよ」

震える指で、自分の頂《いただき》を摘まむ。幸人は「ふぅん」と楽しそうに笑い、私の指ごと舐めてきた。

「ひゃあ……っ！」

滑《なめ》らかな舌がじかに頂《いただき》に触れ、布越しではない強い刺激に腰が浮き立つ。

幸人が頂《いただき》に吸いつき、舌先でつんつんとつつく。欲しかった感覚に体中が歓喜し、快感を貪欲《どんよく》に求め始めた。もっとしてほしいと、恥ずかしい望みが大きくなっていく。

「ん、ふぅんっ……」

はぁ、と幸人の熱い息が胸にかかった。彼は頂《いただき》を甘く噛み、新しい官能を私に与える。

「胸、いじられるのが好きなんだな」

「う、うん。きもち、い……」

「天音は気が強い割に素直だな。可愛いよ」

フッと笑って、彼は私の体を軽く持ち上げた。どうするんだろうと思ったら、幸人の膝の上に座らされる。幸人は私の着ていたパジャマをするりと脱がした。

ぎゅう、と後ろから抱きしめられる。首筋にキスをされ、するすると肩に向かって唇を這《は》わされる。そして温かい両手がお腹に添えられた。

その手がするすると上がっていって、胸を柔らかに包み込む。きゅ、と頂《いただき》を摘ままれ、軽く引っ張られた。

「はっ……あ」

体が大きく震える。その刺激は苦痛ではなく、むしろ甘さを孕《はら》んでいた。

親指と人差し指で挟み、ぐりりとつねられる。下半身のうずきが一層強くなり、脳が官能を味わい続ける。

「ん、あ……あぁっ……！」

両方の頂《いただき》を摘まみながらゆらゆらと胸を揺らされ、私は首を横に振って「やめて」と呟いた。

「むね……大きくないから、そんなに引っ張らないで」

「小さい胸もいいじゃないか。確かに小ぶりだが感度はいいし、片手にちょうど収まる感じもいい」

くすくすと笑って優しく胸を揉み込んでくる。私はムッとして眉根を寄せた。

私の拗《す》ねた様子に気づいたのか、幸人がぷっと噴き出す。

「だから、俺は好きだって言ってるだろう」

「幸人さんが好きでも、私は好きじゃないんだもん」

「俺が好きなら問題ない。天音の胸は、俺だけのものなんだから」

そんな俺様な事をさらりと口にし、耳のフチにキスをしてきた。

「うぁ……っ」

快感に脳が溶かされ、まともなことが考えられなくなる。

「はあっ……！」

幸人が耳の中に舌を挿《さ》し込んできた。ちろちろと舐められ、彼の思うがままに体が戦慄《わなな》く。耳がこんなに感じるなんて、全然知らなかった。

「天音……足を、俺の膝に置いて」

「ん……？」

うまく頭が働かない。ゆるゆると片足を上げると、手助けをするように持ち上げられ、彼の膝に乗せられた。そしてパジャマズボンの中に手を差し込まれる。

静かなリビングで、くちゅりと水音が鳴った。恥ずかしくなった私は、思わず俯《うつむ》いてしまう。

耳元で幸人が静かに笑った。

「すごい、こんなに濡れてる」

ぐっと唇を噛む。耳元で囁《ささや》かれると余計に羞恥心《しゅうちしん》が増して、目をぎゅっと瞑《つぶ》った。

「とろとろだな。天音の体は本当に正直だ。……素直に感じてくれているとわかって、嬉しい」

「んっ……やぁ、は……はずかしい……」

幸人は耳朶《みみたぶ》にキスをして、胸の頂《いただき》をいじりながら、もう片方の手で秘所を探り始めた。足を閉じたくなったけれど、片足が彼の膝に置かれているので、自分だけの力で閉じることはできない。

半《なか》ば強制的に足を広げた状態で、幸人がゆっくりと蜜口をかき回す。そこから蜜がこぼれて、内《うち》腿《もも》に伝っていく。

「……脱ぐか？」

私はこくこくと頷く。このままだと、パジャマも下着もびしょびしょになってしまいそうだ。

幸人に手伝ってもらってズボンとショーツを脱ぐと、私だけ裸になってしまった。

「……幸人さんは、脱がないの……？」

「脱ぎたいが、それより天音を触《さわ》りたい。脱ぐ時間が惜しい」

太腿《ふともも》をするりと両手で撫でてから、幸人は私の足をさらに大きく広げてくる。そして首筋にキスを落とした。

片手で胸に触れ、もう片方の手で秘所をいじる。硬い指が淫《みだ》らに動き、柔らかな内襞《うちひだ》を優しく撫でる。彼が指を動かすたび、ぬちゅりと粘《ねば》ついた音が鳴った。

「ん……くうっ……ん」

やがて敏感な花芯に触れ、コリコリと指の腹で擦ってくる。

「あ、やあぁんっ！」

自分でも信じられないほど甘い嬌声《きょうせい》が上がり、まるで発情した動物みたいだった。幸人は黙ったまま、指だけをいやらしく動かす。

強張《こわば》っていた体が少しずつ弛緩《しかん》し、ぐったりと幸人の胸に寄りかかった。すると、ぐりりと胸の頂《いただき》をつねられて、再びビクッと体を震わせる。

「はっ、あぁっ……ふ」

幸人が「こっちを向け」と静かに命令した。

ゆっくり顔を向けると、唇にキスされた。舌が大きく交わり、とろりと絡む。

胸の頂《いただき》をつねる指に力が込められ、もう片方の指は蜜口に根元まで挿《さ》し込まれた。ぐるりと大きくかき回した後、鉤《かぎ》のように曲げて、ゆっくりと抜き差しされる。

「んっ、んんっ――！」

幸人が指を抜くたび、蜜がぐぷりとこぼれる。何かが無性に欲しくなって、腰が勝手に動いた。くちゅ、くちゅ。はしたない水音が絶え間なく続く。だけどそれ以上に、私の息遣いが大きく響いていた。

幸人は執拗《しつよう》に私の口腔《こうこう》を舌で舐めてくる。時々ぐちゅりと音を立ててかき回し、私の舌を吸い出して、大きなリップ音を鳴らす。

「はっ、あ、はっ、ゆき、と……息が、できな……」

「ああ。そうやってあえぐ天音の顔も、すごく可愛い」

「あっ、んっ……い、意地悪……ばか……」

泣きそうになりながら快感に溺れる。秘所はすでにじんじんと痺《しび》れていた。もう全身が性感帯になっていて、どこに触れられてもぴくぴくと反応する。

膣内《ちつない》を指で焦《じ》らし続ける幸人が、たまらなく恨めしい。なのに、すごく気持ちいい。

「天音。欲しいって言って？」

耳元で甘く囁《ささや》かれた。まるで内緒話をするように話されると、耳がくすぐったい。でもそれすら快感になって、私はぞわぞわと背中を震わせる。

ああ――欲しい。そう望むのは、はしたないこと？　でも、私はすでにあの快感を知ってしまっていた。甘くて、体中が痺《しび》れて、おかしくなってしまいそうな、あの快感を。

「欲し、い。幸人さん……」

「どうしてほしい？」

「んっ、……挿《い》れて、ほしいの！」

半《なか》ばやけくそになって言ったが、その声は驚くほど小さく、ただのおねだりになっていた。

幸人はくっくっと肩を震わせて笑い、私の後ろでごそごそと準備を始める。そして「少し体を上げて」と言って私の腰を持ち上げ、自分の太腿《ふともも》に乗せた。

「……上、から？」

「そう。自分で腰を下ろしてみろ」

幸人に言われ、私は困ってしまった。前にも自分で挿《い》れてみたことはあるが、挿入の感覚がとてもダイレクトに伝わるのだ。さらに自分の意思で性交をしているという感じが強まって、とても恥ずかしくなる。

それでも下からぴたりと蜜口に当てられたそれは、私に快感をもたらすものだと嫌になるほどわかっている。腰が震えて、欲しい欲しいと体中が叫び出す。

……皆こうなのかな。それとも私だけ変なのかな。

おそるおそる体を下ろしてみる。幸人が支えてくれているから、ふらつくことはない。

つぷ、と先端が挿入《はい》った。電気が走ったみたいに感じて背中がしなる。やっぱりそれは大きくて、指とは比べものにならない。

羞恥心《しゅうちしん》のせいか、私の動きはひどく緩慢《かんまん》だった。でも、だからこそ彼の形が手に取るようにわかる。えらの張ったところ、人肌の熱、とろとろにとろけた膣壁《ちつへき》を擦る、肉の感触。

「あっ、ん、……やっ、ふか、い……っ」

こうして上から入れると、正常位の時よりずっと深くえぐられる。もうこれ以上は挿入《はい》らないと思っているのに、重力が容赦なく奥へ奥へと侵入させる。

やがて彼のものが最奥へ行き着いた時、私は彼の体にまたがるような形で腰を下ろしていた。

「はぁ……」

「動くぞ」

「えっ、ちょっと待……っ、やっ！」

息をつく間もなく、幸人がぐっと私の両膝を掴《つか》み、上下に揺り動かした。目の前の壁にかかった液晶テレビには、私の痴態《ちたい》がしっかりと映り込んでいる。

「あっ、い、いやぁ……っ」

秘所がしっかり見えるくらい足を広げられて、彼のものを抜き差しされる姿。そんな自分の様子が否応《いやおう》なくわかって、恥ずかしさに目をそむけてしまう。

その瞬間、肩をかぷりと噛まれた。

「はぅ！」

「目をそむけるな。ほら、映っているだろう？　天音の恥ずかしい姿が」

ゆさゆさと私を揺さぶりながら、幸人が笑う。彼は最初から気づいていたのだ。私の姿が、大きな液晶画面に映り込んでいることを。

「ここに、しっかりと嵌《は》まっている。天音が自分で咥《くわ》え込んだものだ。欲しかったものは、気持ちがいいか？」

くすくす。幸人が楽しそうに笑いながら、私の膝をさらに開いて上下に揺さぶる。

勢いよく突かれるたび、お腹の奥がきゅんとする。収縮した膣内《ちつない》が、幸人を放すまいと吸いついていた。

「はぁっ、あ、あんっ……！」

黒い液晶画面に映る私の顔は、ひどくだらしがなかった。口を半開きにしたまま、下から突き上げられている。彼のものが出し入れされる様子はいやらしくてはしたないのに、見ていてひどくドキドキした。

「天音、気持ちいいのか？」

耳元でもう一度聞かれる。私はこくこくと頷いた。すると、秘所の花芯を親指で潰される。

「あっ！」

「言えよ。口に出して」

「あ、う、きもち……い……っ」

荒く息を吐きながら言葉を紡ぐ。幸人はようやく満足したように、私の耳朶《みみたぶ》を甘く食《は》んだ。

「自分の行為を見て興奮するなんて、天音はなかなかにいやらしい」

「そ、そんなこと、言わないで……」

いやいやと首を横に振ると、幸人が楽しそうに笑う。そして私の体をぐるっと回転させた。

うな。

彼の杭《くい》で膣内《ちつない》をぐりりとえぐられ、あられもない声が出る。何か、ヘンなところに当たったよ
「ひゃああ！」

私は幸人と向かい合わせで座る形になった。目が合うと、彼はにっこり笑ってキスをしてくる。

「天音のその目は、最初からずっと変わらないな」

「んっ……どういう、こと？」

「まっすぐで嘘をつかない目だ。君は、俺の本性を知っても、変わらず接してくれた。……俺を好きになってくれて、ありがとう」

意地悪な目が穏やかに細められる。

……こんな時に急に優しくなって、そんな言葉をかけてくるなんてずるい。さんざん意地悪だと思っていたのに、私の心は簡単に絆《ほだ》されてしまう。

でも、もしかしたら幸人はあのホテルの中で、半《なか》ば賭けのつもりで私に本性を見せたのかもしれない。私が幸人の本性を見て幻滅し、拒絶したらそれまでだと、そんな思いを持っていたのではないだろうか。

初めて他人に本性を見せる。それは一種の恐怖をともなう。

でも、私は幸人を拒絶しなかった。最初は受け入れがたかったけど、結局は好きという気持ちを捨てることができなかった。

つまり、彼は賭けに勝ったのだ。そして私は、恋を実らせた。

「私も、幸人さんを好きになれてよかったよ」

始まりが何であれ、今私たちの心が繋がっていること。それだけは違《たが》えようのない事実。

幸人は私にキスをしながら腰に腕を回し、抱きしめるようにして抽挿《ちゅうそう》を続ける。がくがくと揺さぶられるたびに私の小さな胸が上下に揺れて、口から荒い息が漏れた。

「はぁ、あ、あんっ……」

ごりごりと膣内《ちつない》を擦る幸人の杭《くい》は、甘い快感しかもたらさない。ぐっと勢いよく貫《つらぬ》かれると、子宮の辺りがきつく収縮する。強すぎる官能は鈍痛にも似ているのに、それすらも気持ちいいと感じていた。

いつの間にか結合部が泡立ち、ぐじゅぐじゅと音を立てていた。

「くっ、ふぅ……っ」

気持ちがいいから、こんなにも私は濡れているのだろうか。それとも幸人が好きだからだろうか。

……多分、どっちもだ。気持ちよくて幸人が好きだから、もっと幸せになりたくて、体が反応してるんだ。

「あっ、ゃあ、……んっ、ゆき、とさん……っ」

「天音、好きだ。君さえ本当の俺を理解してくれるなら、俺は……」

――誰にも理解されなくていい。

そんなことを呟いて、幸人は己の快楽に集中し始める。私を悦《よろこ》ばせるだけではなく、自分も官能を貪《むさぼ》るために。

私も幸人の肩に腕を回し、ぎゅっと抱きしめて腰を動かす。まだこの行為に慣れないから、上手に自分の体を動かすことができない。それでも……

私も、好きだから。

表向きの幸人も、意地悪な幸人も、陰で頑張る幸人も、皆好きになってしまったから。

じゅぷじゅぷという卑猥《ひわい》な水音。肌と肌がぶつかる音。私と幸人の、あえぐような息遣い。

抱きしめ合って、とめどない快感に身を委《ゆだ》ねる。何も考えられなくなって、本能が体を突き動かす。

「はっ、あ……幸人、さん……何か、くる。怖い……っ」

強すぎる官能に頭がおかしくなりそうで、悲鳴のような声を上げる。だけど幸人は私を抱きしめたまま、「それでいい」と囁《ささや》いた。

「その感覚から逃げるな。俺を信じて」

「あ、うん……っ、や、ああっ！」

膣内《ちつない》がきつく収縮する。体が戦慄《わなな》き、びくびくと震えた。頭の中が真っ白になって、快感が頂点に達する。

はぁ、と息を吐くとみるみる力が抜けて、膣内《ちつない》からどろりと蜜がこぼれた。

「ご、ごめん……何か出て……ソファ、が」

「こんな時にソファの心配なんて、余裕があるんだかないんだか。面白いやつだな」

くすくすと笑って、幸人は私を抱きしめた。

「あー……。我慢するのが、ちょっとつらい」

「え？」

「でも、ソファじゃ思い切りできないから、移動しよう。天音のイキ顔も拝めたことだしな」

ふっと幸人が笑った。イキ顔って……私はどんな顔をしていたんだろう。すごくだらしない顔をしてた気がするので、あまり詳しく聞きたくはない。

幸人は「よっ」と声を上げると、私を抱えたまま立ち上がった。

……って、あの、まだ挿《さ》したままといいますか、繋がっているんですけど……

「こ、このまま行くの……!?」

「せっかく挿入《はい》ってるんだから、このまま寝室に行く」

「ちょっ、これは、まじで恥ずかしいというか……！　やっ、あ、動かさないでっ！」

幸人が歩くたびに、彼のものが上下して膣内《ちつない》を擦られる。だけど抱き上げられている体勢はとても不安定で、思わず足を幸人の腰に巻きつけてしまった。

すると彼がニヤリと笑う。

「おっ、やる気か？　こんな体位が好きだなんて、天音もなかなかマニアックだな」

「何が!?　……あぁっ！」

ずん、と勢いよく下から突き上げられる。杭《くい》の先端が最奥に当たり、あられもない悲鳴が上がった。

リビングから寝室に向かって歩いていく途中、幸人は気まぐれに膣内《ちつない》を突いてきて、私はバカみたいに嬌声《きょうせい》を上げながら彼の肩を抱きしめる。

幸人が寝室の扉を片手で開けた時、彼のものが少し斜めになって、私は思わず「ひぁっ⁉」と変な声を上げてしまった。

彼がびっくりしたように私を見る。

「どうした？　カエルが踏まれたような声を上げて」

「カエル⁉　い、いや、何か今、幸人の……が、変なとこに当たって……つい」

途切れ途切れに呟くと、幸人はまじまじと私を見つめた。な、何だろう、おかしなことは言っていないと思うんだけど。

彼はニヤリと口の端を吊り上げ、ひどく攻撃的で凶悪な笑みを浮かべた。

「ああ、そうか。そういえば、まだ確かめていなかったな」

「た、確かめるって……きゃっ！」

薄暗い寝室に入り、セミダブルベッドにどさりと下ろされる。幸人は繋がったまま私の上に覆《おお》いかぶさり、意地悪そうに目を細めた。

「天音のイイところ。いっぱい突いてやるから、探してみよう」

「イ、イイところって何……っ？　あ、やっ」

幸人はぐい、と私の片足を小脇に抱えた。そして私の体を横向きにし、正面からではなく斜めから抽挿《ちゅうそう》を進めてくる。

「は……っん」

痺《しび》れにも似た快感が、腰から背中にかけて走った。

蜜口に近い浅い部分。そこを杭《くい》で擦られると、たとえようもなくおかしな気分になる。

「なるほど。ここか」

ふ、と笑った幸人が、小脇に抱えた足をしっかりと固定し、容赦なく抜き差しを繰り返す。

「ああっ、そこは……やっ、あっ！」

私はばたばたともがき、ぎゅうっとシーツを掴《つか》んだ。無慈悲に快感を送り込まれ、何も考えられなくなってしまう。気持ちいいのにやめてほしくて。それなのに幸人が杭《くい》を抜くたび、切なさに体がうずく。

どうしてほしいかわからない。わからないまま、あの感覚が思っていたよりずっと早くきた。

背中に伝う汗。体中が総毛立つ感覚。とても怖いけれど、その恐怖を乗り越えればさらなる快感が待っている。

頭の中が白く、白く染まって、いよいよ何も考えられなくなる。

「あぁっ……！」

強くシーツを掴《つか》み、背中をぴんと張った。痙攣《けいれん》したように体が震えて、一気に脱力する。

「はぁ、はぁ、あ……」

ぐったりした私の体に、幸人が覆《おお》いかぶさった。私の手を握り、なおも激しい抽挿《ちゅうそう》を続ける。

達した時に溢《あふ》れ出た蜜が太腿《ふともも》を伝い、結合部がじゅぷじゅぷと泡立つ音がした。

幸人の杭《くい》が最奥を貫《つらぬ》くと、体中が戦慄《わなな》く。二回も達したのに、私の体はまだ幸人を求めている。

「んんっ、あ、あぁんっ」

肌のぶつかるところから聞こえる水音の正体が、蜜なのか汗なのかもわからない。

突然、幸人が噛みつくようにキスをしてきた。激しくて、まるで襲われているかのような獰猛《どうもう》なキス。

はっ、と息を継いだ時、幸人と目が合った。

薄闇の中、彼の目だけは妙に光っている。その目に浮かんでいるのは甘さとか優しさとか、そういうふわふわしたものじゃない。

――それは、ゾクリとするほどの強い執着。

それなのに体中が歓喜に震える。その喜びはさらなる快感を運び、私はたまらず幸人の体を抱きしめた。

「……好き、だよ」

あなたの本性を知っても。それがどんなに性悪でも。

私は拒絶しない。だって、高柳幸人が好きだから。

そんな気持ちを込めて抱きついていると、幸人も私を強く抱きしめ返してきた。強く強く、腰が折れそうなほどに。

「――っ、ク……っ」

一番奥まで自身を埋め込み、幸人が低く唸《うな》る。彼もまた、果てたのだ。

余韻を味わうように、幸人はしばらく私を抱きしめたままでいた。やがて、ずるりと杭《くい》を抜く。

「すごいな。こんなに出たのは初めてかもしれない」

はぁ、と息をついて幸人がおかしそうに笑った。そして避妊具を外し、ティッシュに包んで捨てる。

私もゆっくり起き上がると、くしゃみが一つ出た。汗もかいたし、裸だし、ちょっと肌寒い。リビングに脱ぎ捨てたままのパジャマを取りに行こう。

——と思ってベッドを下りようとしたところで、片足を引っ張られる。

「えっ」

そのまま、ずるずるとベッドの中心まで引き戻された。

仰向《あおむ》けにさせられ、腰をよいしょと持ち上げられたかと思うと、後ろから容赦なく何かが挿入《はい》ってくる。何かって、ナニに決まっているんですけど。……って何でまた入れてるの!?

「ちょっ！　終わったんじゃ……あぁっ！」

「誰が終わったと言った。ゴムを替えただけだ」

「だ、だって、今までは……」

行為は一晩に一回きりだった。なのに幸人は耳元にフッと息を吹きかけ、低く笑う。

「一応、君に申し訳ないという気持ちがあったからな。俺なりに遠慮していたんだ」

「……へ？」

「でも、もう遠慮する必要はないだろう？　思い切り君を愛して、存分に味わわせてもらう」

幸人が後ろから私のお尻を掴《つか》み、腰を強く打ちつけてくる。ぱぁん、といい音がして、私はびくっと体を震わせた。

「あぁんっ！」

「せっかくだし色々試して、天音が一番好きな体位を知っておこう。後ろも存外悪くなさそうだな？」

また低く笑い、幸人が背中に舌を這《は》わせる。背骨に沿ってツツーと舐められ、ぞくぞくした快感にのけぞった。

「あ、はぁっ……！」

奥まで貫《つらぬ》いた幸人は、私の官能を煽《あお》るようにぐりぐりと擦りつけてくる。

「安心しろ。朝はちゃんと起こしてやる」

「やんっ、だ、だめ……明日、仕事があるのに、っあ、ふ……あん！」

私のお尻に彼の下半身が容赦なくぶつかる。そのたびに脳まで突き抜けるような快感が走り、意思に反して高く嬌声《きょうせい》が上がった。

——今まで遠慮してたなんて。じゃあ、彼の限界はどこなの？

しかし悲しいことに、私が幸人の限界を知ることはなかった。

なぜなら先にへろへろになって、気を失うように寝てしまったからである。


「ん……」

その自分の声で、ふいに目覚めた。辺りを見れば暗闇が落ちていて、今が真夜中なのだとわかる。

先ほどまでの騒ぎが嘘のように静まり返った寝室。……と言っても騒いでいたのは、主に私自身だったかもしれない。

もぞりと体を動かすと、すぐそばにぬくもりを感じた。

「起きたのか？」

耳元で聞こえる囁《ささや》き声。驚きに目を見開くと、隣に幸人が寝そべっていた。枕に片肘をつき、私のほうを見ながら横になっている。

「……今、何時？」

思っていたよりも、気だるげで眠そうな声が出た。でも、あんなにもあえぎ続け、最後のほうはへろへろになっていたのだ。疲れていて当たり前である。

「三時半かな。もう少し寝たほうがいいぞ」

「そうだね。明日も仕事だし」

ごそごそと布団に潜《もぐ》って寝る体勢を整える。そういえば、幸人は起きてたみたいだけど少しは寝たのかな？

再びシンとした静寂が落ちる。

また眠りに落ちる前に、私はぽつりと呟いた。

「あのね……」

幸人が穏やかな声音《こわね》で「ん？」と聞き返してくる。

「半年くらい前、幸人さん……夜の会社にいたよね」

少し驚いたように、幸人が息を呑んだ。きっと彼にも覚えがあるのだろう。

「私、忘れ物をしてね、取りに戻ったの。そしたら、営業フロアに幸人さんが一人で残っていて、ずっと……仕事してた」

私の大切な宝箱。それを今だけそっと開ける。

幸人はフンと小さく鼻を鳴らした。そして粗雑な仕草で私に布団をかけ直す。

「忘れろ」

「わ、忘れろって言われても、忘れられないよ」

私にとっては大事な思い出なのだ。だって、幸人を好きになったきっかけなのだから。

しかし幸人にとっては思い出したくない過去だったらしく、力任せに私を抱きしめてくる。

「ぎゃ！」

「まったく。そんなところまで見られていたとはな。――誰にも言うなよ」

「言わないよ。……でも、そんなに嫌なの？」

努力する必要なんてなさそうな幸人が、裏では懸命に努力していたという素敵なエピソードなのに。

幸人はため息をつき、「あのなぁ」と不満げな声を出す。

「格好悪いにも程があるだろうが。俺は表向きはとてもスマートで、努力なしに何でもソツなくこなす天才肌の男で通しているんだ」

「な、何それ。そうなの？」

「努力して結果を出すなんて当たり前の話だ。努力していないように見えて、しっかり結果を出すから格好いいんだ」

「そうかな……そういうものなのかな……」

絶対、努力して成績を収めるほうが格好いいと思うのだが、幸人的にはそうではないらしい。

男の人ってわからないな。

でもやっぱり、あの幸人の姿は私しか知らないものだったのだ。

本人さえも隠し切れていると思っていた、幸人の秘密。性悪で口も悪い幸人だけど、素敵なところもたくさんある。

それを知っているのは私だけ。その事実がちょっと誇らしい。

幸人が誰にも言うなと言うのなら、喜んで隠していよう。

そして時々、こっそりと蓋を開けて眺めるのだ。わかりにくい、だけど素敵な、彼の長所を。

番外編　愛《いと》しい君と、幸せの味

連休初日。本日は晴天なり。

空を見上げれば雲は一つもなく、まさにデート日和《びより》と言えよう。

俺――高柳幸人は、待ち合わせ場所の駅に向かっていた。

先日の横領事件のことに関して詫びるため、天音の言うことを何でも聞く日だ。高級ブランドのバッグでも洋服でも、はたまたアクセサリーでも、好きなだけ買ってやる。あらかじめクレジットカード会社に連絡し、コンシェルジュにも話を通しておいた。だから突然「ヘリに乗って夜景が見たい」などと言われても、すぐに準備を整えることができる。

天音は「首を洗って待っていろ」だの「ほえ面《づら》かくなよ」だのブツブツ呟いていたが、あいつの我儘《わがまま》なんてたかが知れている。俺の予想の範囲を超えることは決してないだろう。

ただ一つだけ、腑《ふ》に落ちないことがある。

天音はなぜか、俺の服装に注文をつけてきたのだ。履き慣れた運動靴と、汚れても大丈夫な服を着てくるようにと。

一体、俺に何をさせる気なのだろう。それだけがわからない。もしかしたらめちゃくちゃな命令でもするつもりなのか。例えば運動公園のトラックを三周してこいとか、腕立て伏せを百回しろとか。

普通の女が相手だったら「そんな馬鹿な」と鼻で笑うところだが、天音の場合はありえる。あいつは時々、俺が考えもしないようなことをしでかすのだ。社内で膝かっくんをしてきたり、後ろからマーカーペンで脅《おど》してきたり。

まったく常識では測れない女だ。しかしそんな女に惚れてしまったのは、間違いなく俺自身。だから、これはもう仕方がないと思う。結局、惚れたほうが負けなのだ。天音は俺のことを好きだと言ってくれたが、好きの度合いも執着度も、今や俺のほうが上だと思う。

さぁ、何を考えてるかは知らないが、物でも食事でも好きに言え。約束したからには、意地でも言うことを聞いてやる。

半《なか》ばやけくそな気分で待ち合わせの駅にたどり着くと、天音はすでに改札口前に立っていた。

遠目に見る彼女は、デートにはそぐわない格好をしている。初めてデートした時はものすごく気合を入れていたが、今日はどちらかと言えばラフな服装だ。

黒のカットソーに、白のパーカー。綿のスキニーパンツに、俺のと同じような運動靴。そして背中にしょっているのは……リュックサック？

怪訝《けげん》に思いながら近づくと、天音は俺に気づき「よっ」と手を上げた。

「おはよう！」

「……おはよう」

俺は警戒しつつ挨拶《あいさつ》する。まるで遠足の装《よそお》いだ。どう見ても、繁華街でショッピングという感じではない。

お前は、一体何を考えている？

ついさっきまで、天音の我儘《わがまま》など俺の予想を超えないとたかをくくっていたのに、もう超えられている。これが天音の恐ろしいところだ。

「私の言った通りの服装だね。よかった。特に革靴だとつらいからね」

「つらい？　どういうことだ。あと、そのリュックサックは何なんだ」

「ふふふ、後のお楽しみです。じゃあ、さっそく行こう！」

あらかじめ購入しておいたのか、天音が俺に切符を一枚渡してくる。これは……奥多摩《おくたま》方面に行くつもりか？

とりあえず電車に乗り込む。今日は休日だが、思ったよりも空《す》いている。二人席に並んで座ると、電車が走り出した。

「目的は何だ？」

「奥多摩《おくたま》に行くんだよ」

「それは切符を見ればわかる。そうではなくて、奥多摩《おくたま》で何をするつもりだと聞いているんだ」

運動靴に、動きやすそうな服。何となく予想はつくが、天音の思考がまだ読めない。すると彼女は非常に腹の立つ笑みを浮かべた。

「それも秘密、って言いたいけど気になるよね。今日のデートはね、ハイキングなんだよ」

「……ハイキング」

天音の言葉を反復し、なるほどと納得する。確かに、この装《よそお》いはハイキングに最適だ。

しかし、なぜハイキング？　今日の俺は天音に絶対服従。つまり彼女にとっては、いくらでも我《わが》儘《まま》を言える日だ。だからこそ俺は、どんな我儘《わがまま》にも対応できるよう相応の準備をしてきたというのに。

「幸人さんはさ、私が繁華街でいっぱいお買い物したがる、って思ってたんじゃない？」

「ああ、似たようなことは考えていた」

「でしょう？　だからハイキングにしたんだ。だって今日は、幸人さんが私に絶対服従なんだもん。とことん連れ回して、驚かせてやるからね」

天音が楽しそうに含み笑いをする。

俺はようやく彼女の意図を理解し、思わず額《ひたい》に手を当てた。

「もしかして、俺の思考の裏をかきたいという理由だけで、ハイキングしようなんて考えたのか？」

「うん！」

「愚《おろ》か者め。お前は馬鹿か」

「愚《おろ》かに加えて馬鹿って言った!?」

がーん、とショックを受けたように身をのけぞらせる天音。しかし、このくらいで傷つくようなタマじゃないことはよく知っている。

「確かに今日の俺は、天音に絶対服従だ。しかし、ハイキングなんていつでも行けるじゃないか。

天音にも欲しいものの一つや二つあるだろう？　素直に買い物にしておけば、それらが手に入ったというのに。俺の予想の裏をかきたいがために、せっかくのチャンスを潰すなんて、愚挙《ぐきょ》としか言えないな」

「愚挙《ぐきょ》!?　普通、彼氏が彼女に向かって、愚挙《ぐきょ》は言わないと思う……」

隣でブツブツと呟いていた彼女は、しばらくして小さくため息をつく。

「欲しいものはあるけど、別に幸人さんに買ってもらうようなものじゃないし」

「それはそれで悲しいな。俺の金を頼りにしすぎるのもどうかと思うが、何もいらないと言われるのも悲しい」

「う……ごめん。だって今欲しいのは、新しい通勤用の服とか、擦《す》り切れてきたパンプスの替えとか、そんなのばっかりなんだもん」

「そういうのはもっと早く言え。次のデートは買い物だな」

俺が腕を組みながら言うと、天音は困ったように眉をハの字にした。どうやら俺に何か買ってもらうことに、未だ抵抗があるらしい。

まったく。そっちがその気なら、こっちだって容赦しない。次のデートでは上から下まで買い揃えてやる。さらに着回し用として数着買ってやろう。

そういえば天音が普段使っているビジネスバッグは、就活の時に買ったものらしい。ついでに新調してやるか。

それだけ買えば天音は困り果てるだろうが、俺は天音の困り顔が好きだ。もっともっと困らせてやりたい。

次回は覚えてろよ、という思いを込めてその横顔を見つめていたら、天音は両手の指を組み合わせ、ぽつりと呟いた。

「買い物も悪くないと思うけど……。どうしても幸人さんの驚く顔が見たかったんだもん……」

その言葉に俺は目を見開く。

――そうだった。天音はこういう人間だった。

俺とキスがしたい。俺の驚く顔が見たい。彼女の「我儘《わがまま》」はいつも、俺自身に関することばかりだった。つまり、それだけ俺を望んでいるということだ。

嬉しくないわけがない。

天音はどこまでも俺が好きで、俺以外を望んでいないのだとわかるから。

つい天音の肩を抱き寄せ、その首元に口づけてしまう。天音が「わっ!?」と驚いた。

「ちょっと、こんなところでやめてよ!」

「どうせ誰も見ていない」

「いやいや、どこに人の目があるのか分からないのが、公共の場なんだから」

「うるさいな。こうしてやる」

ぱくっと首すじに噛みついてやる。天音が「ひぇっ!」と色気のない悲鳴を上げた。

まったく……実に楽しい。

誰かと付き合って、こんなにも楽しいと思えたのは初めてだ。しかし、それは当たり前の話でもある。

これまでも女性と付き合う機会はあったが、俺は徹底して表の顔しか見せなかったのだ。そもそも人前で本性を出すつもりなんて一切なかった。

俺が本性をさらけ出した、初めての「恋人」。それが本多天音だ。

どうしてそんなことをしたのか。俺自身、今でも明確な理由はわかっていない。ただ、賭けに等しい行動だったのは間違いない。俺は天音のまっすぐな言葉と、偽《いつわ》りのない瞳に懸けたのだ。

——彼女なら、本当の俺を受け入れてくれるかもしれないと。


そう、はじめは単なる打算だった。

海外で七年過ごした俺は、帰国してすぐ父の経営する企業に入社し、長兄の要一からとある役目を言い渡された。

それは、会社のあちこちからにじみ出た膿《うみ》をかき出し、よりよい職場環境にすること。

高柳繊維ロジスティックスは祖父が興《おこ》し、二代にわたって経営している企業だ。しかし目の前の利益ばかりを追求するあまり、うやむやにしてきた問題がある。

社内モラルの低下。上役の怠慢《たいまん》。廃棄品のずさんな管理。どれも一日二日で悪化したわけではない。ずっと昔から問題視されていたことが少しずつ悪化し、深刻な事態へと変貌してしまったのだ。

その中で、例の横領事件が発覚した。

——まだ確信に至ってはいないが、横領が行《おこな》われている可能性がある。

そう口にした兄から経理課の宮村を紹介され、二人で手分けして調査を始めたのだ。

天音からメモを押しつけられたのも、その頃だった。

当時、天音は横領の第一容疑者としてリストに挙がっていた。リサイクル品の回収料金を横領するとしたら、彼女が一番動きやすい立場にいたからだ。

——これはチャンスかもしれない。

天音のメモを見て最初に思ったのは、そんなこと。あえて誘いに乗り、彼女のことを知れば……少なくとも、シロかクロかがはっきりすると思ったのだ。

ちなみに天音が第一容疑者にされたことに、宮村は強く反発していた。

本多天音が、そんなことするわけない——

それなら、俺が見極めてやろうと思った。天音が罪を犯すような人間か否《いな》か。

そんな思惑から、彼女の誘いに乗ることを決めたのだ。


ハイキングをするため長距離を電車で移動するということに、無意味さを感じずにはいられない。別に歩きたいだけなら近所の公園でもいいだろうに、わざわざ電車を乗り継ぎ、バスで一時間揺られて、ようやくハイキングコースの入り口にたどり着いた。

ここからさらに、山の頂上に向かって歩くという。登山という趣味は、俺にとって理解しがたい趣味の一つだ。

「この山は標高が低いから、二時間くらい歩けば頂上に着くんだよ」

「登山道がこれだけしっかり舗装されていると、山道という感じがまったくしないな」

緑豊かな森の道には、ウッドチップが敷き詰められている。なだらかな坂が上のほうまで続いていて、山とは思えないほど歩きやすそうだった。

「そりゃハイキングコースだからね。でも坂道がずっと続くし、最初から飛ばしてたら結構疲れるよ。果たして都会育ちの御曹司《おんぞうし》君は、どこまでその余裕顔を維持できますかねえ？」

ニヤリと、天音が憎たらしい笑みを浮かべる。……なるほど、ようやく魂胆《こんたん》が見えてきたぞ。俺のことを馬鹿にするつもりだな？

こと策略において、天音に後《おく》れを取るわけにはいかない。やや大人げないとも思うが、ここはしっかり後悔してもらおう。俺を怒らせるとどうなるのか、その身をもって知るがいい。

ゆるやかな坂道を、まずはゆっくりと歩き出す。爽《さわ》やかな森の木々が、静かに俺たちを出迎えた。涼しい風が頬をくすぐり、山道を囲む緑の葉がさやさやと心地よい音を鳴らす。ウッドチップを踏む感覚も、なかなか気持ちいい。

ハイキングを楽しむ人は俺たち以外にもいるが、それほど多くなかった。繁華街に行くと好奇の目で見られて辟易《へきえき》するが、ここならそういった煩《わずら》わしさからも解放される。

……歩くためにわざわざ遠出するのは時間の無駄だと思っていたが、ハイキング自体は意外と悪くないかもしれない。

ペース配分に気をつけながら歩いていたら、天音と初めてバーで飲んだ日のことを思い出した。

当時の俺は、はっきり言って拍子抜けしていた。面倒な駆け引きなど必要ないほど、天音は善人そのものだったのだ。横領とはまったく関係のない人間だと早々に確信した。

レディーキラーと呼ばれるカクテルを、何の疑問も抱かずごくごくと飲む警戒心のなさ。軽いジャブもなく、まっすぐなストレートを打ち込むような、飾らない告白。

俺自身が常に表向きの顔を「演じて」いるからだろうか。天音の言動は演技ではないと、すぐに見抜くことができた。

恐らく彼女を隠れ蓑《みの》にして、別の誰かが暗躍《あんやく》している――そのことがわかっただけでも、十分収穫はあったと言える。

だが俺はどうしても、目の前の女が気になってしまった。

横領疑惑とまったく関係がないのなら、もう彼女に付き合う必要はない。理性がそう言っていた。それなのに、会話を切ることができなかった。

二杯目を注文し、再び強いカクテルを勧める。本能が天音を逃がしたくないと言っていたのだ。

――今宵、彼女を落としたい。

俺自身の中から湧き出した願望。天音だけはどうしても欲しいと思ってしまった。一夜限りのものではなく、気まぐれでもなく。本当の意味で彼女を手に入れたいと。

まっすぐで嘘のない天音の瞳に、俺は夢を見てしまった。この女なら俺を理解し、受け入れてくれるかもしれないと思ったのだ。

賭けにも等しい愚行《ぐこう》。彼女が俺の本性を拒絶し、社内で言いふらしでもしたら、今まで俺が作り上げてきたものは簡単に瓦解《がかい》してしまう。

しかし、俺はまだまだ人間として未熟だったのだろう。酔っぱらった天音の呑気な顔を見て、つい夢見てしまったのだ。

自分はもっと肩の力を抜いて生きてもいいのかもしれない。天音がそばにいてくれたら、こんな性悪な俺でも幸せになれるのかもしれないと。

……まあ、単に毒気を抜かれてしまっただけとも言えるが。


ざく、ざく。

ウッドチップの敷かれたゆるやかな坂道を歩く。隣では、天音がぜいぜいと息を切らしながら首をひねっていた。

「おかしい……なんでこんなに疲れてるんだろう。……体力だけは自信あるのに」

時折ペットボトルのお茶を飲みつつ、ブツブツと呟く。俺は疲れを一切見せることなく、余裕の笑みを浮かべてやった。

「どうした。息が上がっているぞ？　都会育ちで御曹司《おんぞうし》の俺より体力がないとは、天音もたいしたことないな」

ふっと鼻で笑うと、天音が悔しそうに眉根を寄せる。

「く……っ！　これくらいのハイキングコースで疲れるなんて、今までなかったのに」

なんで？　と首をかしげている。見ていてとても楽しいが、そろそろ種明かしをしてやろう。

「それは、俺が自分のペースで歩いていたからだ」

「……？」

まだわかっていない彼女は、ペットボトルに蓋をしながら不思議そうに俺を見つめる。

「俺は少しずつペースを上げていたんだよ。当然、隣を歩く天音のペースも上がるわけだから、疲れて当たり前だ」

「えっ⁉」

ようやく理解した天音の顔が驚愕《きょうがく》に染まる。俺が思わず笑ってしまうと、天音は目を吊り上げて怒り出した。

「い、陰険だ！　そんな地味な嫌がらせするなんて、性格悪い！」

「俺の性格の悪さは、すでに知っているだろうが」

「知ってるけど、まさかこんな時にまで性悪を発揮するとは……！」

くっ、と悔しそうに顔をゆがめる。そんな彼女の頭を軽く撫で、なだめるように言った。

「天音が先に俺のことを馬鹿にしたからだぞ？　都会育ちで御曹司《おんぞうし》でも、それなりに体力はあるんだからな」

「うぅ……それは悪かったけど。幸人さんだって普段から私のこと馬鹿にしまくってるじゃない」

「そんなことはない。俺は天音のことを、いつも可愛らしいと思っているよ」

そっと顔を寄せ、彼女のこめかみにキスをする。天音は驚いた声を上げ、びくりと体を震わせた。

「ほら、今だって可愛い。天音を恋人にすることができて、俺は本当に幸せ者だ」

「……っ！　ず、ずるいよ……こんな時にそういうこと言うなんて。私、もう何も言えなくなっちゃうじゃない……」

ブツブツと文句を言った後、「口ばっかり上手いんだから」と呟く天音。俺はくすくすと笑って、彼女の背中を軽く叩く。

俺は自分でも性格がよろしくないと思っている。だからこそずっと、それこそ幼少の頃からずっと、自《みずか》らを偽《いつわ》り続けていた。本来の自分のままでいたら、絶対に人から好かれないとわかっていたからだ。

己の性格を変えることはできないが、隠すことはできる。俺にとって表向きの顔を作ることは処世術であり、それ自体がすでに一つの人格となっていた。表向きの顔を維持することに何らストレスを感じることもなく、まるで服を着るかのように別の人格を「着て」いたのだ。

でも、天音を恋人にして初めてわかった。

自分を偽《いつわ》らなくてもいいというのは、こんなにも気が楽なのだと。

天音は俺自身を受け入れてくれている。悪態をつきながらも、文句を言いながらも、それでも俺から離れることはしない。

なぜなら彼女は、俺のことが好きだからだ。表向きの俺ではなく、今の「俺」のことが。

それがどんなに嬉しいか。

俺は天音をそばに置くことで、ようやく知ったのだ。

自分を理解してくれる人がいるというのは、この上なく幸せなことなのだと。

ようやく頂上にたどり着き、ぜはーと大きく息をつく天音に、「お疲れ様」と声をかける。

「その言葉は、私が、言うつもり、だったのに……」

息を切らしながら天音が睨《にら》んでくる。俺にねぎらいの言葉をかけるなど百年早い。

なだらかな山の頂上は、広々とした公園になっていた。自然豊かでありながら、人の手できちんと整備されているので、なかなか居心地のよさそうな場所だ。

腕時計を見れば、ちょうど昼を過ぎた辺りだった。観光客たちがあちこちで弁当を広げている。公園にはテイクアウト専門の店やちょっとしたレストランもあり、食事に困ることはなさそうだ。

「さて、これからどうするんだ？　今日の俺は天音に絶対服従だから、何でも言う事を聞いてやるぞ？」

「この期《ご》に及んで、まだそんな事を言うか！　さんざん私に嫌がらせしたくせに！」

「特に『意地悪をするな』とは命令されていないからなぁ」

「うっ……その手があったか。最初からそう言えばよかった！」

悔しそうに俯《うつむ》く天音に、愛《いと》おしさが募《つの》る。そんな考えの足りないところも大好きだ。可愛くてたまらない。したたかな天音なんて、天音じゃない。

「お昼はその、わ、私のお弁当を、食べてもらう……予定なんだけど」

少し拗《す》ねたようにそっぽを向き、顔を赤くする天音。

何だろう、この可愛い生き物は。今すぐ抱きしめてキスをしても、俺は悪くないはずだ。天音が可愛いのが悪い。

繰り返すが、今日は天音の言うことをなんでも聞く日なのだ。

それなのに蓋を開けてみれば、俺とハイキングがしたいだの、俺に弁当を食べてほしいだの、彼女の望みは実に些細《ささい》で可愛すぎる。

俺がこんなに幸せでいいのだろうか。

もし俺が女だったら、俺みたいな男は絶対に願い下げだ。宮村が言うように、俺よりもよほどいい男が、その辺にごろごろしていると思う。

天音なら、そういった男に見初《みそ》められることもあるだろう。それでも彼女は幸せになれるはずだ。

しかし天音は俺を好きになり、そして俺は天音を好きになった。

互いに思いを通じ合わせて一緒になり、幸せの味を覚えてしまった。

天音のいない時間を寂しく思い、ずっとそばにいてほしいと願う。彼女の笑顔を見ると、胸がじわりと温かくなる。

――もう一人には戻れない。俺は天音に恋をして、弱くなってしまった。でも、同時に強くもなったのだ。彼女を守るためなら何でもできるだろう。

芝生が青々と茂る広場にレジャーシートを敷くと、天音がリュックサックから弁当を取り出す。のりを巻いた三角おにぎりが四つに、タッパーに入った色とりどりのおかず。卵焼きと唐揚げ、タコの形にしたウィンナー、キュウリやチーズを詰めたちくわなど、バリエーション豊かである。

まずは、と卵焼きを口にすると、甘い味がした。まだちゃんと付き合っていない頃、社員食堂で彼女の弁当から卵焼きをいただいたことがある。あの時とまったく同じ味だったので、思わず頬がゆるんでしまった。

あれからまだ数ヵ月しか経っていないが、ずいぶん色々なことがあった気がする。その多くは、例の横領事件に関することだ。

宮村と二人で調査を進めるうち、事態は想像していたよりも大きく、そして深刻だと気が付いた。

伍島課長が紹介したというリサイクル会社。その住所にあったのは、明らかに稼働していない工場だった。さらに調査を進めると、その工場で行《おこな》われていたのは印刷業という、リサイクルとは全く関係ないことだったのだ。

きっと誰かがあの建物と土地を利用し、偽《にせ》のリサイクル会社として役所に登録したのだろう。

そこで一番に疑いがかかったのは、伍島課長だった。なぜなら彼が、例のリサイクル会社の工場を見学し、社長の許可を得て契約を交わしたのだから。

俺は徹底的に伍島を調べることにした。

件《くだん》の会社のパンフレットには、繊維ごみやプラスチック廃材を燃料化し、中小企業などに買い取ってもらっていると書かれていた。その利益の一部を、原料を提供した企業へ還元しているとも。

宮村が調べた結果、確かにリサイクル会社からは毎月一定の額が支払われていた。だが、リサイクル燃料が中小企業などへ卸《おろ》された形跡はどこにもなかったのだ。

不信は確信へと変わる。あの会社は高柳繊維ロジスティックスからリサイクル回収料金をせしめるための架空会社なのだと。

こんな大がかりな横領が一人でできるものではない。伍島には少なくとも二人以上の協力者がいるのは明らかだった。

俺はトラックの運転手を突き止め、調査会社に身辺調査を依頼した。すると、その男は詐欺罪で逮捕歴があり、何と三課の営業事務をしている阪上の叔父だった。そこでようやく、もう一人の協力者が阪上だとわかったのだ。

本当なら天音には何一つ気づかせることなく、全てを秘密裏に終わらせるつもりだった。

しかし天音が持ち前の勘のよさから不正に気づいてしまったり、阪上が独断で天音を内部告発したりしたおかげで、俺はその対処に追われることとなってしまった。

俺もまだまだだなと思う。自分を過信するあまり、予想を超えた出来事を前にして対処が遅れてしまったのだ。

つまりは修業不足ということ。兄たちのような完璧な「御曹司《おんぞうし》」になるまでの道のりは長い。

おにぎりにかぶりつくと、中に入っていたのは焼きたらこだった。

食堂でも時々食べるが、たらこはなかなかうまい。ほんのり塩味をきかせた米にとても合う。

「おにぎりの具はたらことシャケにしてみたけど、幸人さんはどっちが好みなの？」

「どっちもうまいが、強いて言うならたらこかな」

「そうなんだ！　私もたらこ派なんだよね。特に焼いたやつが好きなの。明太子も好きだけどね」

嬉しそうに笑う天音。その表情は明るく、横領事件の犯人にされかけたことなど、すっかり忘れているかのようだ。

しかし、彼女は忘れたわけではない。乗り越えただけなのだ。俺に対する不信感も、濡れ衣《ぬれぎぬ》を着せられた時の絶望感も、全てを乗り越えて今の天音がいる。それは間違いなく、彼女の心の強さを表していた。

思えば俺を信じると口にしたのも、彼女の心が強かったからだ。

人を信じ続けるというのは難しい。でも天音はそれをやってのけた。そんな彼女は、本当にすごいと感じている。

やはり俺のそばにいるのは、天音でなくてはならなかったのだろう。

「今度、会社でも天音の弁当を食べたいな。作ってくれよ」

「ええっ⁉　嫌だよ。会社で幸人さんにお弁当なんて渡したら、針のムシロどころじゃないよ！」

「誰もそんなことをしろとは言っていない。俺のマンションに泊まって、朝渡してくれればいい。食う時も出先で食うし、それなら問題ないだろう？」

「……むぅ。それなら問題ない、かな？」

俺が色々な意味で目立つ存在なのはわかっている。だからこそ天音は苦労しているのだろう。

それでも彼女は俺から離れない。そんなことくらいで心が折れるほど、やわな女ではないのだ。

俺が惚れたのは、そんな格好いい女。皆に自慢して回りたいほど可愛くてうかつで、心の強い女。

本当に俺は幸せ者だ。他の人間に理解してもらえなくても、天音がいれば孤独じゃない。

これからも、俺は表向きの顔を作り続けるだろう。そして本当の自分を押し殺し続けるだろう。

父にとって理想の息子を演じ、会社にとって必要な駒として生き続けるはずだ。

それでも、天音さえそばにいてくれるなら。

他には何もいらない。


弁当をきれいに平らげ、二人並んで空を見上げる。

山の上で見る空は、とても近く感じられた。空から見れば山の上も下もたいして変わらないはずなのに、不思議なものだ。

穏やかな風が、青々とした芝生を撫でていく。

こうしてのんびりしていると、時の流れがゆるやかに感じられる。自分を取り巻く環境にささくれていた心が、さらりと洗い流されていく。

これは、ハイキングに対する認識を改めなければならないな。こんな気持ちになれるなんて、今まで知らなかった。……いや、天音が恋人になってくれたからこそ、知ることができたのだろう。

デートとは、女性への接待と観察の機会だとばかり思っていた。俺はずっと、ものさしで測るようにしか女性を見ることができなかったのだ。

世間知らずは天音だけでなく、俺もそうなのかもしれない。

でも、新しいことは天音と一緒に知っていきたい。楽しいこともつらいことも、全部天音と味わいたい。

レジャーシートの上にごろりと寝そべり、手の届かない空を見つめる。

「……恋人とは」

「ん？」

俺の呟きに、隣で三角座りをしている天音が反応した。

「こういう時、何をするべきなんだろうな。他愛もないお喋《しゃべ》りでもするのか、それとも黙って景色を眺めるものなのか」

人に情けないところを見せるのは恥ずかしく、格好悪いとも思う。

だけど天音には、俺の全てを知ってもらいたい。弱いところも、脆《もろ》いところも。

「俺はそんな基本的なことも知らないんだ。だから教えてくれ。天音はどう思う？」

天音が目を丸くした後、少し考えるように空を仰ぐ。

「……私も男の人と付き合うのは初めてだからよくわからないけど、こういうところでしてみたかったことならあるよ」

「ふむ、なんだ？」

少し恥ずかしそうに顔を赤くして、天音がおずおずと呟く。

「えっとね……膝枕」

……膝枕か。言葉の意味は分かる。やったこともやってもらったことも記憶にないが。

「じゃあ、やってみようか。枕の役はどっちがやる？」

「私がやろうかな。彼氏に膝枕するのって、ちょっと憧れてたし」

了解、と返事をして一旦起き上がる。天音はレジャーシートの上で正座をし、俺はまた横になって彼女の太腿《ふともも》に頭を乗せた。

「……おお」

ふかっとした太腿《ふともも》の感触に、感嘆の声が出る。これは、思っていたよりもいい。

天音が上から俺の頭を撫でてきた。普段なら子供扱いされて怒ってしまいそうだが、今は腹も立たない。むしろ天音の手が心地いい。

「どう？」

「これこそ恋人の役得だな。くせになりそうだ」

下から天音を眺めるのも、いつもと違っていい。つい手を伸ばして、彼女のうなじに触れた。そしてゆっくりと身を起こし、顔を近づける。

唇が軽く触れ合った。もう一度キスしようとしたが、天音がパッと顔をそむけてしまう。

「ちょっと、こんなところでだめだよ！」

「誰も気にしていない。恋人同士なら、キスくらい当たり前のことだろう？」

「場所を考えろと言ってるの！　前から思ってたけど、幸人さんって外で私にキスしすぎ！」

顔を真っ赤にして怒ってくるが、照れが入っている分、怖いというより可愛い。

「俺はいつだって天音とこうしたいんだ。……前にも同じことを言ったな」

キスしたい。触れ合いたい。ずっと抱きしめていたい。

それは俺が常に抱いている願望だ。現実問題として無理なのは分かっているが、こんな時くらいはいいだろう？

ここでは誰も俺達を知らない。人の目を気にせず、もっとそばにいたい。

「天音。——キスして？」

わざと優しく微笑む。本性を抑え込み、表の顔を出してやる。

天音は、俺の表向きの顔に弱い。会社でも時々こちらを見つめているし、この顔で「お願い」すると、大抵聞いてくれる。

俺の本性を知っていても、弱いものは弱いのだ。——本当に面白い。

天音は困った顔をしたが、やがて観念したようだ。「一回だけだよ」と呟き、そっと唇を重ねてくる。

俺がするのとは違い、彼女のキスは一瞬だ。

だけど、心がふわりと浮き立つ。温かくて幸せな気持ちでいっぱいになる。

表向きの自分なんて、世間から身を守るための仮面に過ぎない。だが、天音が好きだというなら、その顔でいるのも悪くない。

「ああ、楽しい」

「私は恥ずかしいよ……」

笑う俺に対して、天音はがっくりと肩を落としている。

爽《さわ》やかな風に、心地よい草のざわめき。雲一つない青空。……そして柔らかくて気持ちいい天音の太腿《ふともも》。まさに平和そのものだ。

「あの、幸人さん。そろそろ膝枕は終わりにしたいんだけど」

「もう？　まだ始めたばかりじゃないか」

「いや、その、思っていたより足に対する負担が半端ないというか、ありていに言うと、足が痺《しび》れてきたから……」

やや苦しそうな声で言う天音。俺はくわっと目を見開き、がばりと起き上がった。

「ほう……足が痺《しび》れたのか。それはそれは可哀想に」

「あっ、わかった！　今、幸人さんの思考が読めた！　だ、駄目だからね。それだけは絶対に駄目だから！」

足が痺《しび》れて動かせない天音は、手を使ってじりじりと後ずさりする。

そんな困った顔をして、ますます可愛いじゃないか。

俺は彼女ににじり寄り、にっこりと笑った。

「ふふ、以心伝心だな。しかし遠慮することはない。俺がその痺《しび》れた足を、優しく撫でてあげよう」

「いやー！　今触《さわ》られたら、あっ、だめ、ひゃああ！」

必死になって逃げようとする天音の足を掴《つか》み、ふくらはぎの部分をそっと撫で上げる。天音は笑いとも悲鳴ともつかない声を上げ、ばしばしと手で地面を叩いた。

まさか膝枕の後に、こんな楽しいイベントが待っていようとは。これは、また膝枕をしてもらうしかないだろう。

俺がふくらはぎに触れるたび、天音がつらそうな笑い声を上げる。しかし、やがて彼女は怒って拗《す》ねてしまった。

それをなだめすかして機嫌を取るのもまた、俺にとっては楽しい。
この幸せな時間はいつまでも続くのだ。俺が、天音の手を放さない限り——

幸せな結婚がしたくて何が悪い!

浪川琴莉《なみかわことり》は、職なし金なし学なしの人生敗《ま》け組女子。けれど幸せな結婚を夢見て、日々、婚活に勤しんでいる。そんなある日、小規模な婚活パーティーで出会ったのは、年収2000万以上のインテリ美形。思わず目を輝かせた琴莉だったが……

「そんなに俺の金が欲しいのか?」

彼の最大の欠点は、その性格。かくして、敗け組女と性悪男の攻防戦が幕を開ける!

◉文庫判　◉定価:本体650円+税　◉ISBN 978-4-434-21828-6　◉illustration: 也

～大人のための恋愛小説レーベル～

ETERNITY エタニティブックス

エタニティブックス・赤

オレ様室長と秘密のおシゴト!?

運命の人、探します！

波奈海月《はなみづき》

装丁イラスト／駒城ミチヲ

実家が結婚相談所を経営している梓沙《あずさ》。彼女は、「サクラ」をしていた婚活パーティで参加者に口説かれ、一夜を共にしてしまう。行きずりの関係を後悔しつつ翌週、梓沙が会社に向かうと、なんと突然、部署異動を命じられた！　しかも新しい上司は、あの夜の彼で!?　地味ＯＬと強引王子のちょっぴりビターなラブ・デスティニー！

※エタニティブックスは大人の女性のための恋愛小説レーベルです。ロゴマークの色で性描写の有無を判断することができます（赤・一定以上の性描写あり、ロゼ・性描写あり、白・性描写なし）。

詳しくは公式サイトにてご確認ください。
http://www.eternity-books.com/

携帯サイトはこちらから！

セレブな親戚に囲まれているものの、本人は極めて庶民のまなみ。そんな彼女は、昔からの約束で、一族の誰かが大会社の子息に嫁がなくてはいけないことを知る。とはいえ、自分は候補の最下位…と安心してたのに就職先の会社には例の許婚がいて、あろうことか彼の部下になっちゃった！　おまけになぜか、ことあるごとに構われてしまい大接近!?

B6判　定価：640円＋税　ISBN 978-4-434-22330-3

甘く淫らな恋物語
Noche
ノーチェ
ノーチェ文庫創刊!!
好評発売中!
シンデレラ・マリアージュ
Cinderella Mariage
偽りの結婚がもたらした、淫らな夜――
佐倉紫
Illustration: 北沢きょう
間違えた出会い
A WRONG ENCOUNTER
文月蓮
Illustration: コトハ
男装して騎士団に潜入! ところがそこで……
定価：各640円+税

桔梗楓（ききょう かえで）
茨城県在住。2012 年頃より WEB に小説を投稿しはじめる。2015 年に連載を開始した「コンカツ！」でアルファポリス「第 8 回恋愛小説大賞」大賞を受賞。2016 年、同作にて出版デビューに至る。

イラスト：篁アンナ

今宵《こよい》あなたをオトします！

桔梗楓（ききょうかえで）

2016年 9月 30日初版発行

編集－及川あゆみ・宮田可南子
編集長－塙綾子
発行者－梶本雄介
発行所－株式会社アルファポリス
〒150-6005東京都渋谷区恵比寿4-20-3 恵比寿ｶﾞｰﾃﾞﾝﾌﾟﾚｲｽﾀﾜｰ5F
TEL 03-6277-1601（営業） 03-6277-1602（編集）
URL http://www.alphapolis.co.jp/
発売元－株式会社星雲社
〒112-0005東京都文京区水道1-3-30
TEL 03-3868-3275
装丁イラスト－篁アンナ
装丁デザイン－ansyyqdesign
印刷－図書印刷株式会社

価格はカバーに表示されてあります。
落丁乱丁の場合はアルファポリスまでご連絡ください。
送料は小社負担でお取り替えします。

ISBN978-4-434-22437-9 C0093